家裡蹲
吸血姬的鬱悶
Hikikomari the Vampire Countess no Monmon
5
小林湖底
illust：りいちゅ

吸

[0] 序章

姆爾納特帝國開始吹起寒冷的北風。

如今已經來到十二月中。今年為了七紅天爭霸戰、六國大戰和天舞祭，我忙得要死（就像字面上說的真的快死了），而今年要不了多久就要過完了。

來到這個時期，娛樂性戰爭就沒有那麼多。

女僕說了「新年一開始將會召開超殺戮大感謝祭，所以這段時間暫時可以休息一下」。可以休息，我是很歡迎啦，但是那個超殺戮什麼的是怎樣？明顯像是有幾條命都不夠用的活動啊？

我想要追問詳細情形，薇兒卻只保持神祕的微笑，什麼都不告訴我。她平常就是這樣。晚點再去問佐久奈好了。

總而言之——

雖然參雜讓人不安的要素，但我目前還是能夠放點像樣的假。像今天就是星期

天，如假包換的假日。而且女僕還被皇帝叫過去，她人不在這，那可謂是空前絕後的奇蹟。

我覺得這個奇蹟一定是神賜予我的獎勵。我連一秒都不能浪費，必須有效運用——想著想著，我坐到暖爐旁邊的懶人躺椅上，一下子打瞌睡一下子看書。簡直太幸福了。法喜充滿呀。希望這樣的時光可以永遠持續下去。

對喔。我接下來就來冬眠好了。

只要跟大家放話說「其實我是會冬眠的吸血鬼」，就算瘋狂睡到明年春天，應該也不會有人說話才對。這樣的點子實在太天才了——才剛想到這邊……

「可瑪姊姊！早安！」

我好像聽見一道邪惡的聲音。

是幻聽嗎？這裡應該是我的房間吧……？

「我說可瑪姊姊。妳在看什麼書啊？不告訴我的話，小心我吸血喔？」

「喔哇啊啊啊啊啊啊啊啊!?妳快住手啦!!不准咬我的耳朵!!」

我把書本拋掉，整個人彈了起來。

不知道是什麼時候來的，背後已經多站了一個人。

那是看似天真無邪卻又邪惡的吸血鬼——蘿蘿可・崗德森布萊德。

那傢伙就跟個惡魔一樣，嘴角上揚，還發出「吶哈哈哈哈」的笑聲。這樣的笑法是怎樣。

「可瑪姊姊的血液還真美味，會讓人很想要吸。」

「開什麼玩笑！那種液體哪裡美味了！」

「聽說吸喜歡的人的血會覺得很甜美喔？妳知道嗎？」

小說之類的確實很常提到這點。其實我也曾經拿這樣的設定來寫故事。但那種東西就類似都市傳說吧？血液怎麼可能甜美啊。

「……那妳不就很喜歡我了？」

「最喜歡了！喜歡到想把妳推進水溝！」

「『喜歡』跟『水溝』是有什麼關聯性？」

「對了可瑪姊姊，我看妳應該很閒吧？」

「什麼啦，沒頭沒腦的……妳說話都跳來跳去呢……」

「要不要幫我寫寒假作業？」

看她那麼放縱，就連性格溫厚的我也難免會發火。

「為什麼我非得做那種事情不可！還有，妳是怎麼進來的!?門應該已經上鎖了啊！」

「我叫薇兒海絲多打一副鑰匙給我，拿可瑪姊姊小時候的照片交換。」

「太莫名其妙了吧！」

我覺得我好像聽見史上最糟的黑市交易。原來這兩個人已經串通好了喔。

再說拿我小時候的照片是要用來幹麼？那東西又沒什麼有趣的。好吧的確，我也會想看薇兒小時候的照片啦——不對不對，那種事情晚點再說。

我這個妹妹名字叫做蘿蘿可，說她是我的天敵也不為過。

這傢伙可是始作俑者，害我隨隨便便都流了超過一百萬公升的淚水。

她會橫刀奪愛搶走我的點心，還會恐嚇我交出零用錢，甚至會突然跑過來吸食我的血液，在我的臉頰上亂畫貓咪鬍鬚，而且這傢伙還曾經沒憑沒據撒下漫天大謊，跟我說「吃了西瓜的種子就會刺破肚子長出來」，害我晚上都睡不著——總而言之妹妹暴虐的行徑不勝枚舉。

「對了可瑪姊姊，我接下來必須出去一趟。若是不幫我寫作業，我就跟大家說可瑪姊姊在寫色情小說。」

「我、我我我我才沒有在寫那種小說！」

「唔哇妳整個人都慌了！看來妳還是有點自覺！」

「…………」

她一定是惡魔之子。可是這次我不能夠屈服。

因為我可是七紅天大將軍。若是被年紀比我還小的女孩耍弄，未免太難看了。

於是我先做了個深呼吸，讓心情平靜下來，接著就拿出大人的威嚴開口。

「——我說蘿蘿，妳是不是有點小看人生啊？」

「小看人生的是可瑪姊姊吧？姊姊妳一天到晚都在哭喊『想當家裡蹲當家裡蹲』，看到我都替妳覺得丟臉。」

「作、作業這種東西就是要自己做才有意義。」

「啊，我知道了！是因為可瑪姊姊功課太差！明明自稱賢者，頭腦卻很不好，妳應該不希望這種事情穿幫吧？那就沒辦法啦——要讓可瑪姊姊學數學好像還太早了——」

噗滋。在我心中主宰憤怒的魔物開始發出降世啼哭。

……頭腦太差？不會讀書？

這傢伙在對世間罕見的賢者說什麼？

「呵呵呵……我好像被人小看了。若是搭上我這顆聰明的腦袋，不過是妹妹的作業而已，看我用一根小拇指就能搞定。」

「咦!?莫非可瑪姊姊要對我展現超強大腦!?」

「要展現也是可以！不管是乘法還是除法，全都放馬過來！」

「真不愧是我無敵的姊姊！那這個就拜託妳囉。」

那個妹妹臉上堆滿笑容，把作業本塞到我手上。

沒想到分量還滿多的，但應該沒問題吧。說起我這個世間罕見的賢者，跟人殺戮才不是本領所在。像這樣子動腦才是我擅長的。就讓她見識見識我的實力吧。我眼前彷彿看見妹妹哭喪著臉的樣子——我有把握自己將會大獲全勝，這就來翻看作業本的第一頁。

上面寫了這段文字。

『複數平面：應用題』

……？…………………………………………………………??

「明天之前要做完喔！我會買高級番茄醬給妳當謝禮。」

「那個……」

「怎麼了？」

「這不是乘法習題嗎？」

妹妹在這時一臉不可思議地歪過頭。

「應該是會用到乘法。但畢竟是可瑪姊姊，這點程度的習題應該會做吧？稍微做錯一些也沒關係啦。若是太完美還會讓老師起疑心。」

「…………」

這搞不好是妹妹在戲弄我也說不定。若不是頂尖的數學家，哪有可能解開這種惡夢等級的習題。這傢伙一定是在拿我尋開心。

「……妹妹啊，妳都看得懂這上面在寫什麼啊？」

「那是當然的吧，我都有在學院上課啊！那個不重要，我現在要去教會才行。今天是禮拜天！」

話說到這邊，妹妹透過空間魔法變出厚厚的書。

那個是神聖教的聖典。虧她敢撒那種一看就破綻百出的謊話，說什麼「都有在學院唸過！」但是比起那個，更吸引我注意的是另一點，就是她特別沉迷於神聖教。

「妳是從什麼時候開始上教會的？」

「從今天開始。」居然是從今天開始喔。

「可是妳之前不是說『宗教就跟垃圾一樣！』嗎？」

「我改變心意了啊。」

不知道為什麼，妹妹在說這些的時候臉都紅了。

「昨天……有一位神父來學院這邊跟我們說話。那真的好美妙……我當時很沮喪，他溫柔安慰我。一直默默聽我說話，最後還鼓勵我，對我說『神明一定會對妳微笑的。因為妳的本質就跟太陽一樣明亮。』他還請我喝熱咖啡喔。」

這傢伙的腦漿可能都變成肥料，拿去種花了。

前陣子才說剛跟男朋友分手，都已經找到替代品了喔？

妹妹那表情活像悲劇女主角，她還接著說「不過——」。

「……不過那個人只把我當成其中一位迷途羔羊。我有邀請他一起去喝茶，卻被委婉拒絕了。所以我才想學習神聖教的事務。要成為優秀的神職人員，讓那個人——讓赫本大人認可我。」

「妳說的赫本大人是誰呀？」

「就是七紅天大將軍海德沃斯・赫本大人啊！」

我聽了差點都要噴飯了。

「可瑪姊姊妳一樣也是七紅天，應該認識他吧？赫本大人是什麼樣的人呢？」

「沒啦……我跟他也沒多少交集……」

「但是應該比我還要清楚吧。若是不告訴我，小心我把超辣的辣椒醬加到晚餐裡，逼妳吃下去。」

「就算妳那樣威脅我，我也不知道啊！只知道他很喜歡神……還有就是在經營孤兒院吧。」

「啊——這樣不行。完全不行啊。那種事情連我都知道。對可瑪姊姊抱持期待的我根本是傻瓜。可瑪姊姊比較要好的七紅天就只有那個白頭髮跟蹤狂吧。」

這個囂張的老妹……還真是想說什麼就說什麼。

我看我乾脆反過來在妳的晚餐裡面加辣椒醬好了？——想歸想，這傢伙卻是不挑食什麼都吃的好孩子。跟我這個討厭青椒又討厭吃辣的人差太多了。

這些姑且不論，我大概明白是怎麼一回事了。

這傢伙之所以會入侵我的房間，目的不是只有要把功課塞給我而已。她還別有用心，想要問出跟海德沃斯有關的情報吧。

……話說這個海德沃斯，在七紅天中確實算是比較正常的人吧。但是照一般正常人的觀點來看，他可是非常奇怪的怪咖。是因為怪咖都會吸引怪咖嗎？不過我妹妹熱情來得快也去得快，只要放著不管，她很可能一下子就膩了。

只見妹妹臉上浮現打從心底感到失望的表情，嘴裡還「唉——————」地嘆了一口氣。

「可瑪姊姊真是辜負我的期待了，甚至來到讓人震驚的程度。」

「抱歉喔。知道妳放話要加入神聖教，更震驚的人是我。」

「妳說這是什麼話——！接下來可是屬於神的時代！姆爾納特帝國最終將會被神聖的光芒包圍！」

「拜託妳別說那種話，很像海德沃斯會說的……」

「可是最近加入神聖教的信徒好像變多了呢。聽說他們在帝都這邊熱心布道。可瑪姊姊要不要也去聽他們講道，聽個一次也好？」

「我就不用了，沒什麼興趣。」

「噢是嗎？那我要去參加祈禱和唱聖歌的日課了。」

這個時候妹妹像是突然想起什麼似的，臉上浮現笑容，嘴裡說了一句「對了！」。

「功課不要忘了做喔！可瑪姊姊那麼天才，一定能夠輕鬆完成！」

吶哈哈哈哈——妹妹帶著這陣笑聲離去。

離開的時候，她不忘偷抓我正在吃的棉花糖來吃。

目送她離去的背影，我心中突然有個疑問。

不知道神聖教是什麼樣的宗教？

之前好像有聽芙萊特說過——「崗德森布萊德這個家族從以前開始就很唾棄神明」。不管是爸爸還是媽媽都對宗教漠不關心，所以我這個女兒也沒涉獵太多。

哎呀先不管了。現在比起那檔事，還有個問題更迫在眉睫。

我看向妹妹塞給我的超厚習題本。

若是沒辦法做完這些習題，蘿蘿那傢伙一定會說「可瑪姊姊果然是笨蛋，真可悲」，拿這句話嘲笑我。我可不希望她繼續過來煽動我。那樣我身為姊姊的威嚴會蕩然無存。

所以不管用什麼樣的手段，我都必須完美解題——

「…………………怎麼辦？」

可是我卻感到絕望，苦惱地抱頭。

我一頁又一頁地翻看。一開始還懷疑是妹妹惡作劇，但這如果真的是惡作劇，未免也太精心打造了。而且剛開始那幾題還被那傢伙解完了。也就是說——這些真的是那傢伙要做的習題。

不管是誰都好，來幫幫我吧。

為什麼在這種關鍵時刻，那個變態女僕偏偏不在。

※

這裡是姆爾納特宮殿的其中一個房間。

可瑪莉的女僕薇兒海絲坐在額外加工裝飾的高級桌子前，和皇帝面對面。

她原本想跟主人一起在房間裡約會，卻在那時被人叫過來。總不能抗命不來，可是她心裡有點不開心，這也不能怪她。

眼前這位是姆爾納特帝國皇帝卡蕾・艾威西爾斯，她正在優雅地喝著紅茶。

若是有事情要談，希望可以盡快了結。

「別擺出那麼不滿的表情，很快就會結束。」

「我並沒有感到不滿……」

「妳臉上全都是不滿啊——哎呀其實呢，朕也覺得抱歉。難得的禮拜天卻被人叫出來，不管是誰都會感到厭惡吧。」

皇帝先是把茶杯放到托盤上，接著才說了這麼一句。

「既然是這樣，我們就早早談正事吧。」

「不用跟可瑪莉大小姐說沒關係嗎？」

「這就讓妳自行判斷吧。」皇帝說到這，撇嘴笑了一下。「那麼……說這些有點唐突，但最近姆爾納特帝國的中心都市裡，有些神聖教分子在頻繁活動，這妳曉得嗎？」

「是知道一些。」

神聖教。那是崇拜、信奉唯一「真神」的一神教，在六國和核領域各處都擁有教會。根據薇兒海絲直屬部下帶回的消息指出，從今年夏天開始，據說他們的活動就急速活化——也不曉得究竟是發生什麼事了。

「感覺神聖教那邊好像有什麼事情要發生。他們熱情傳教是無所謂，但聽說還瞞著政府召開奇怪的集會，甚至有消息指出他們從核領域那邊祕密走私武器。但這份情報還不確定是真的。」

「您的意思是要出動第七部隊鎮壓？」

「若是在一開始就出動第七部隊，那一切都會遭到破壞。若是要出動的話，派出海德沃斯的第二部隊會比較妥當吧——不，朕想跟妳說的不是這個。」

此時皇帝的視線忽然投向窗外。

也許是要開始下雪的關係吧。

「……這麼問很唐突，但是妳相信神嗎？」

「真的很唐突。我沒有信奉任何宗教，因此並不會特別去相信神。」

「我——朕也一樣。」

雖然只有一瞬間，但皇帝身上的霸氣好像動搖了。只不過她接著又裝作若無其事地開口。

「神聖教的聖典裡面好像有寫到一句話，『要信奉神明』，就不知道發自內心信奉的人有多少。」

「只要是神聖教的教徒，應該都會信奉神明吧？」

「不是所有人都像海德沃斯一樣，是個虔誠的信徒。有部分人士是為了實現自己的野心，會把宗教拿來當成道具利用——朕是這麼認為的。」

「是……」

「三天後教皇會到姆爾納特帝國來訪。」

這話讓薇兒不由得眨眨眼睛。她怎麼突然提起這個。

「教皇是神聖教的最高領導人。他們在核領域正中央建造一座巨大的聖堂，平常教皇都待在那邊不出來，在裡面儼然就像是個君王，但這次不知道是什麼風把她吹來，教皇說想要來巡幸姆爾納特。那我們非得隆重款待不可。」

「是不是做些佳餚就可以了？」

皇帝接著笑說：「那些事情就讓別人去做吧。」

「我有更重要的事情要交代給妳——教皇猊下之所以要訪問姆爾納特，目的正如她所說，是為了『促進宗教交流』。但這背後明顯是有其他盤算。將這些抖漏出來，防患於未然化解危機，那正是姆爾納特帝國政府的職責所在。」

「之前您有跟神聖教的本部接觸過嗎？」

「沒有，姆爾納特宮廷早在百年前就被他們切割。在那之後一直都是處在跟神聖教絕緣的狀態中——但三年前開始教皇換人當，聖都那邊可能早已在方針上做了些許變更。」

「…………」

之前那段時光完全沒有跟我方交流的人，事到如今卻要來跟我們主動接觸，這樣確實很可疑。

但我們有必要保持那麼高的警戒心嗎？即便六國大戰和天舞祭才剛結束，各國卻是真的想要避免紛爭，都以和平友好為努力的目標。那股宗教勢力可是打著「救濟世人」的名號，應該不至於暗中鬥爭，故意去跟眼下這股潮流唱反調。或者只是她薇兒海絲太容易用和平的角度看待事物？

「陛下，那我該做些什麼才好？」

「之所以把妳叫過來，是想要對妳下一道聖旨。妳仔細聽好了——」

除了露出意味深長的笑容，皇帝還開始說明作戰計畫的概要。

薇兒海絲一直默默聽著。心中並未湧現任何疑問。既然這個人都那麼說了，那她認為這對姆爾納特帝國來說就是必要的，再加上對方強調「這都是為了可瑪莉」，她就更加無法拒絕。

等到結束一連串說明後，皇帝看著薇兒海絲，像是在問她「覺得如何？」

「這對吸血鬼來說是很重要的事情。若是妳願意承接，朕會很高興。」

「是，願意任憑陛下差遣。」

「很好！」帶著滿面笑容，皇帝補上這麼一句。「真不愧是可瑪莉忠心的女僕。如果是妳，想必能夠帶來超乎預期的戰果——那麼要事就說到這邊，妳可以回去了。抱歉突然把妳叫過來。」

「沒關係，那我就先退下了。」

一鞠躬之後，薇兒海絲離開現場。

三天後將要執行作戰計畫，也就是等到教皇來訪姆爾納特帝國後。

雖然正準備要付諸實行，薇兒海絲卻不會感到不安。之前她也是那樣，一直都在做間諜的工作。只要像平常那樣放膽去做，那就沒什麼問題了吧。

——沒錯。既然都要做了，那這次也瞞著主人暗中進行吧。那樣她應該會出現更有趣的反應。

薇兒海絲在心中暗自竊笑著，從走廊上離開。

——滋嗡。

就在背後。在皇帝剛才待的地方，有某種東西切換了。

※

「糟了……糟了……這下真的糟糕了……」

我全身上下冷汗直流，正在跟那些習題奮戰。

上面寫的東西，沒有一樣是我看得懂的。最近的學生都能面不改色解開這麼難的題目啊？那這麼說來，姆爾納特帝國的未來將會是國泰民安——除了像這樣逃避現實，我手裡還用力握緊羽毛筆。

心裡實在太懊惱了，眼淚撲簌簌地奪眶而出。

蘿蘿那傢伙搞什麼鬼，在學術涵養上居然比姊姊更有料。如果是我，只要好好努力學習，這點程度的習題根本是小意思。只要我有去學院上課，做起來輕而易舉。

現在想想會覺得那傢伙身上滿是我沒有的東西。身高夠。成績好。還交到朋友。懂得跟人溝通。具備魔法方面的才華。還很有領袖特質。明明就幹了壞事，卻還是莫名其妙惹人疼愛，可以被人原諒。最重要的是——不用被工作和義務束縛，過著自由自在的人生。沒有跟我一樣，在半路上脫離正軌，而是過著一帆風順的學生生活。

我越想越覺得火大。

乾脆在答案欄上從我最喜歡的食物第一名開始依序寫下來好了。有蛋包飯、漢堡排、咖哩飯——那樣好像太可悲了。我剛才可是說大話，跟人家說「就做給妳看！」並接下這個任務。不管看妹妹有多不爽，隨隨便便做一做都會害我的誠信大打折扣。

「——啊！可瑪莉大小姐在流眼淚了！看來我必須替您舔乾淨。所以說可瑪莉大小姐，請您轉向這邊。」

「哇啊啊啊啊啊啊啊啊啊!?」

我從椅子上連滾帶爬地逃離現場。

不知道是什麼時候來的，薇兒已經出現在那了。這個變態女僕還是跟平常一樣神出鬼沒。可是我都已經習慣了，連抱怨的話都說不出來。在我用力擦拭淚水的同時，人還站了起來。

「……搞什麼啦，薇兒。跟皇帝約好要見面，不用管沒關係嗎？」

「那場會面已經順利結束了。比起那個，可瑪莉大小姐，您是怎麼了？該不會我偷偷吃掉可瑪莉大小姐布丁的事情被發現了吧。」

「原來妳偷偷吃掉了!?」

「對不起，請原諒我。」

開什麼玩笑……!!我原本是想留著晚飯後再來享用……!!

……不對，我要冷靜點。做個深呼吸吧。只是因為點心被人偷吃就發怒，壽命會變短的。這種時候還是成熟一點，先冷靜下來吧。畢竟這傢伙都在道歉了。

「……不管是誰都會犯錯，以後多加留意就好。」

「真不愧是可瑪莉大小姐。可是這樣一來，我會過意不去。說這是為了贖罪好像太誇張了，但有沒有我能夠幫忙做的事情？」

「…………!?」

在那之後我察覺一件事。

那就是這個女僕發現主人正苦於無法處理無解的難題，才想助主人一臂之力。

我不由得感動起來。原本以為這個變態女僕和「察言觀色」這種單詞完全無緣，卻會在意想不到的時候變得善解人意。果然主僕關係就應該像這樣才對。

「那、那好吧！既然妳都那麼說了，我就來給妳一些懲罰。我妹妹剛好把一些

© riichu

習題塞給我做。我想要讓妳做這些習題。」

「我拒絕。」

「為什麼!?」

我是真的想問為什麼啊!?

「以吃掉一個布丁的代價來說，這樣的抵償未免太重了。我想要在您洗完澡的時候替您掏耳朵。」

「啊啊——!?要跟人謝罪的人應該擺出這種態度嗎!?」

「那我就不替您做妹妹的習題了，到時您身為姊姊的威嚴會蕩然無存吧。」

「咕唔唔……」

期待女僕會善解人意的我是笨蛋。

這傢伙老是在想些令我傷透腦筋的策略。

不管了啦，既然她有那個心思，那我就配合她。把靈魂賣給惡魔又怎樣!

「知道了啦!不管是掏耳朵還是其他的都隨妳，妳快點來做習題!」

「哎呀，沒想到您吃硬不吃軟。那麼除了掏耳朵，我還想要幫您馬殺雞。」

「妳這個要求真不像女僕會有的!好啦，要馬殺雞就來啊!」

薇兒淡淡地說著「那契約成立」後，開始做那些習題。

為什麼我要背負這樣的苦惱。全部都是蘿蘿害的。不對，有一半是女僕的責任。我身邊全都是敵人，可惡——就這樣，我除了在心裡發牢騷，還一屁股坐到床鋪上。

接著我不停觀望默默解答那些習題的女僕背影。

不愧是萬能女僕。不只是家事、出謀劃策和戰鬥，她好像連讀書都很在行。

可是過了五分鐘左右，我再也坐不住了。該怎麼說呢……冷靜下來想想會覺得要其他人幫忙做妹妹的習題，好像太不合常理了。

「……我說薇兒，不想做也可以不用做沒關係。」

「您在說什麼啊，這都是為了要得到掏耳朵和馬殺雞的機會。」

薇兒沒把那些話當一回事，手裡的筆一直在動來動去。

現在想想會覺得自己好像一天到晚都把麻煩的雜事推給薇兒去做。為了不讓我死掉，她光是要掩護我就很辛苦了——還會做點心給我吃，幫我打掃房間，替我買書。這傢伙讓我變得越來越像廢人了啊。

「……若是少了妳，我的私生活可能會變得一團亂。」

「嗯？您說這句話是什麼意思呢？」

薇兒一臉錯愕地轉過頭。

我則是趕緊搖搖頭。

「沒什麼！——若是妳對女僕的工作有什麼意見，妳可以放膽說出來沒關係。

只要我能夠做到，我都會想辦法幫忙調整。改善勞動環境也是上司的義務。」

「謝謝您。那我願意拿薪水做交換，贏得跟可瑪莉大小姐結婚的權利。」

「少得寸進尺！」

在吐槽的同時，我還撿起掉落在地上的書。

……反正——薇兒也不可能從我身邊離開吧。

我自己說這種話有點奇怪，但是這傢伙很黏我。我看她除了姆爾納特帝國軍，也沒其他工作去路了。今後她一定會讓我這個人變得越來越廢——心中懷著這份無奈，我繼續看那本書。

但這時我根本連想都想像不到。

其實這平穩的日常已經朝著破滅之路踏出一步了。

※

還有就是妹妹被人說「筆跡不一樣」這件事，幹過的惡劣勾當接連暴露出來，最後被老師狠狠臭罵一頓，據說還在走廊上罰站了五個小時。這就是所謂的因果報應。若是她能夠因此學到教訓就好，但是那個妹妹那麼自由奔放，我看隔天一定會把被罵的事情忘得一乾二淨，在那無憂無慮地笑吧。這樣的性格真是讓人羨慕。

［1］聖樂園的吸血姬

距離妹妹把功課塞給我的那天，已經過了三天。

我今天也要來上班。

可是這次並沒有召開娛樂性戰爭。就連平常會來找我們麻煩的拉貝利克王國也進入很謎樣的「冬眠期」，都沒有來跟我們宣戰的跡象。害我覺得有點寂寞——我可是連一丁點這樣的想法都沒有，甚至希望他們能永遠冬眠下去。

於是在寒冷之中顫抖的我便來到姆爾納特宮殿了。

今天的工作是要待在辦公室裡，為那些來路不明的文件蓋章，就只要做這些。再來就是去監督部下的訓練狀況，當那些部下的諮詢對象。跟戰爭比起來，這樣的工作輕鬆幾百億倍。

可是當我走在宮殿的走廊上頭，卻覺得氣氛不像平常那樣。

有種很浮躁的感覺。那些文官都在宮殿裡慌慌張張地跑來跑去，四處都能聽見怒吼聲。我還突如其來聽到像是「呀——！」的慘叫聲，這才發現是兩個不知名的人在我眼前正面撞上，那些文件都嘩啦嘩啦地掉落在走廊上。

「……大家是怎麼了？是不是因為要年尾了，才那麼忙碌？」

除了幫那些人撿拾文件，我還這麼問薇兒。

她完全沒有要出手幫忙的意思，而是將手放在下巴上，嘴裡說了一句「我想想」。

「恐怕是為了那件事吧，是因為教皇要來。」

「教皇？——啊，這個請拿去吧。」

當我將一疊紙交到文官手裡，那位文官便開始發抖，對我說「您、您、您、您太客氣了，崗德森布萊德閣下！」接著又敬了一個禮就離去了。我從很久以前就有個想法，總覺得那些人未免也太怕我了。我的本性明明就像在海洋中漂蕩的鯨魚一樣，是那麼沉穩的一個人。

「我說的是神聖教的教皇。聽說教皇會從核領域的聖都雷赫西亞千里迢迢來到這邊，據說是想跟姆爾納特帝國深入交流。」

「是喔，話說回來，妹妹也說她有在上教會……」

「聽說最近神聖教的勢力越來越龐大。在六國大戰結束後，人們為了尋求心靈安寧，紛紛去跟神明祈禱——但是那些跟我們第七部隊毫無關聯。因為這裡的人幾乎都是會對神明比中指的那種。」

「我要先聲明一下，如果遇到來自聖都的人，可不要對他們比中指啊。」

「這我明白。尤其是那位教皇，那個人在神聖教之中算是非常虔誠的信徒。若是在教皇眼前亂講話，說『才沒有神明存在咧～！』那聖都的聖騎士團八成會把姆爾納特帝國全變成火海吧。歷史上就有好幾座都市是這樣被毀滅掉的。」

「……………」

好恐怖喔。假如遇到教皇，我還是像個木頭人那樣，都不要出聲好了。

然而這時薇兒卻笑著說「但也不會有問題吧」。

「對方目前針對姆爾納特帝國釋出善意，證據就是他們還送來『巨大神像』。」

「那是什麼啊？」

「是全長高達三十公尺的巨大銅像，聽說是做成神明模樣的頂級聖物。我還聽說昨天就已經拿去姆爾納特宮殿的角落擺好了。」

薇兒說完用手指指向窗外。

遠方有個用布蓋住的巨大物體聳立著。

可能會在今天的儀式或其他活動上拿掉那塊布，讓大家一睹風采吧。我在想姆爾納特政府收到那種龐然大物應該會很困擾，只是——就在這一刻，我有種很不好的預感，是不是我多心了呢？

夏天的時候，我們炸掉夢想樂園的旅館。秋天在天津家把價值百億日圓的壺弄到出現裂痕。

有誰能保證冬天不會發生類似事件？在教皇來的這段期間，可能要讓第七部隊在活動上自律一點會更好——話說教皇已經來了嗎？

「對了薇兒，我應該什麼都不用做吧？」

「第七部隊這邊並沒有收到指示。根據小道消息指出，接下來他們好像要在姆爾納特宮殿那邊展開會談。據說皇帝陛下跟教皇猊下要一起用餐。」

也就是說，都是些跟我無關的事情吧。

基本上「教皇」這個字眼在語感上就給人大有來頭的感覺，我的預感告訴我牽扯上只會惹來麻煩。我看我就待在七紅府裡，一直等到這場風暴過去好了。原本還這麼想，不料……

「閣下！您早上好。」

我聽見惡魔的聲音了。神不知鬼不覺間，有個看起來跟枯樹沒兩樣的吸血鬼出現在我背後——卡歐斯戴勒・康特正帶著不懷好意的笑容站在那邊。這才一大早而已，我就覺得人身安全不保。

「這還真是巧遇啊，天氣變冷了呢。」

「是啊，你也要小心別感冒了。」

「喔喔！您真是太慈悲為懷了……！比起神聖教的神明，閣下更適合坐上神明的寶座，真是適合多了！」

喂！別這樣，別大聲嚷嚷說那種話啦。

還不知道來自聖都的神職人員有沒有在哪處聽。

「卡歐斯戴勒，你可別太侮辱神明。」

「那是當然的！若是有哪個人敢侮辱閣下，我們第七部隊所有人都會將他大卸八塊。」

「你們自然而然就把我當神了啊？有聽懂我說的話嗎？」

「當然有聽懂。閣下能夠跟神明並駕齊驅，世人應該要對您更加讚頌才對。為了讓全世界的人都知道閣下有多麼棒，我們宣傳班可是日以繼夜絞盡腦汁呢。」

看來他對我的話是完全沒聽懂。

順便補充一下，第七部隊以我為頂點，好像分成六個班別。

第一班——薇兒海絲特別中尉率領的諜報班。總共有大約五十人左右。

第二班——卡歐斯戴勒．康特中尉率領的宣傳班。總人數大約一百人。

第三班——貝里烏斯．以諾．凱爾貝洛中尉率領的破壞班。總人數大約一百。

第四班——約翰．海爾達中尉率領的特攻班。總人數約有一百人。

第五班——梅拉康契大尉率領的游擊班。總人數約莫一百人。

第六班——少了班長的特殊班。總共有五十人左右。為了爭奪首腦之位，裡面的成員聽說不斷引發浴血紛爭。太莫名其妙了。

老實說我覺得這些全部都該稱作「暴走班」。可是男孩子這種生物，對於這種莫名其妙的組織構成似乎會覺得特別雀躍，就連部隊裡的那些人都意外地投入，自我介紹往往會說「我是來自第七部隊崗德森布萊德小隊第○班的○○○」。

閒談先到這邊打住。

「……好吧，你們想要為工作貢獻心力是你們的事情，但拜託不要做些多餘的事。」

「是，這次我們提案的宣傳活動具有重大意義。具體而言——我們在想接下來可以建造『黛拉可瑪莉·崗德森布萊德雕像』。」

「你說什麼來著？」

「也就是說我們在考慮建造閣下的銅像。噢對了，關於施工費用，您用不著擔心。第七部隊成員都對這次的計畫非常贊同，可以讓他們自掏腰包贊助。」

「問題不是這個，而是沒必要立銅像吧。」

「不，有那個必要。為了讓閣下的威光遠播，立銅像是最棒的選擇。」

「有道理。事實上，那個曾經奪取阿爾卡的馬特哈德前總統，就有在總統府前的庭院建造自己的銅像，聽說有這回事。」

「就是說啊！如果要誇耀實力，立銅像會是最棒的首選！」

「就是說啊！——就是什麼啦！為什麼你們硬要做跟馬特哈德一樣的事情啊!?」

「蓋拉・阿爾卡的銅像將無法相提並論，到時那座銅像可是會更宏偉。而且絕大部分都已經完成了。」

卡歐斯戴勒拿一張照片給我看。

照片裡面拍到我的銅像（疑似物體），而且還是滿臉笑容外加用雙手比「V」。有夠丟臉的，我的臉都快噴出火了。

「第一彈先不強調帥氣度，在製作的時候會更加強調可愛度。全長共有三十二公尺。」

別去跟神明較勁啦。

「若是您還有其他追加需求，我們都願意列為檢討事項。」

「我的需求可是多到不行！多到都沒辦法用言語來表達！」

「那我有一個需求，可以裝上按了按鈕會從眼睛發出死光波的裝置。」

「別做這種多餘的建議啦!!」

「聽起來不錯呢！那就把死光波的鎖定目標設定成拉貝利克王都吧。」

「這樣會引發戰爭吧——!!」

若是建造那麼亂七八糟的銅像，從各個層面來說，我都有可能會死吧。而且這傢伙剛才還說那是「第一彈」對不對？我看他們接下來根本還想繼續建造其他銅像啊。若是不在這個節骨眼上阻止他們，到時候閣下T恤事件將會再度重演。不知道為什麼，那種東西現在還在販售，每個月還會推出新版本。

「我說卡歐斯戴勒……這個銅像還是……」

「請您放心。關於要設置的地點，我們也已經選好了。」

「不對，問題不是那個……」

「——康特中尉！大事不好了！」

這個時候從走廊深處突然跑來幾個第七部隊的人。

他們應該是卡歐斯戴勒那個班的吸血鬼吧。

「發生什麼事了？不能在走廊上奔跑喔。」

「請看那個！我們原本要拿來設置銅像的地點……不知道為什麼已經建了類似銅像的東西了！」

「你說什麼……!?」

卡歐斯戴勒看向窗外。

他的表情變得陰險起來，很像中了警察埋伏的竊盜犯。

「……這下事情嚴重了。那裡可是我一個星期前相中的寶地。還想說那塊空地就像是特別準備用來建造銅像的，為此感到開心……」

這是因為那塊空地就是要準備用來建造銅像的吧。

當然不是放我的銅像，而是預計要建造神明的銅像就是了。

「不可原諒。竟然把可瑪莉銅像擠掉，非法傾倒那種巨型垃圾……！」

「喂先等等啦卡歐斯戴勒，那個其實是……」

「這樣下去不行！我們要立刻展開調查！」

「先把我的話……」

「「遵命!!」」

卡歐斯戴勒他們把我的話當耳邊風，在走廊上「乒！」地暴走起來。

絕望如海浪般打來，讓我走向滅亡的拼圖正逐漸成形。我看那幫人恐怕又會胡亂瞎鬧，害我陷入九死一生的境地——

「——怎麼辦啊薇兒!?若是不阻止那幫人，事情可就麻煩了!!」

「那要怎麼阻止他們？」

「…………………………………………」

我想不到方法。

我看卡歐斯戴勒那傢伙如果知道這次對上的對手是神明，應該也不敢隨意破壞——雖然是這樣想的，我卻只覺得不安。在我心目中的「第七部隊危險人物排行榜（只看幹部）」裡頭，那傢伙排行第二名呢。順便講一下，第一名是梅拉康契，第二名是卡歐斯戴勒，第三名是約翰，第四名是薇兒，第五名是貝里烏斯，以上是排行順序。

但我覺得那些順序怎樣都無所謂，反正所有人都很危險就是了。為什麼我身邊就沒個像樣的人。

我已經想辭掉這個工作了。話說做為參加天舞祭的報酬，《黃昏三角戀》將會正式出書。今天迦流羅就要去跟出版社聯絡了。我看我在行動的時候搞不好可以以辭職為前提。

「薇兒，我決定要逃避現實了。」

「那您要不要在我的懷裡休息？」

「不要。」

總之今天只能期待那幫人保持理性。我要忘記討厭的事情，趕快去辦公室。坐在暖爐旁邊，假裝工作的同時睡個大頭覺——事情就是這樣，我正準備按照我的宣言行事，去逃避現實⋯⋯

「——請問一下，『血染之廳』是在什麼地方呢？」

我聽見有人跟我說話的聲音。

© riichu

那彷彿來自另一個世界，是聽起來很不可思議的聲音。

我嚇了一跳還轉頭看，發現有個少女站在那。

那個吸血鬼綁著兩條馬尾，金色頭髮看上去帶著寒冷月色會有的色彩。年齡好像跟我差不多——身上那種沉靜的氣質讓人覺得她酷似古董洋娃娃，帶來一股靜謐的氛圍。她頭上戴著沒有帽簷的奇妙帽子，上面還有箭矢刺中傾斜十字架的標誌。

但是最讓我在意的是這個，那就是她嘴巴在舔棒棒糖。

拿著那樣的東西邊吃邊走，若是跌倒了會很危險。

「嗯，那個……請問妳是哪位？」

「不好意思。我叫做絲畢卡·雷·傑米尼，也有人稱我為尤里烏斯六世。」

對方將棒棒糖從口中取出，同時說了這麼一句話。那個棒棒糖的顏色就像蘋果一樣。

我被那對堪比星斗的眼眸凝視，就算她跟我報上名號，我也完全不曉得她是誰。

是在宮廷裡任職的貴族子女嗎？是不是父親忘了帶便當，要送便當過來？但是去探討這些好像也沒用吧——腦子裡一面想著，我也跟著回望她的眼眸。

「要找血染之廳的話，在那邊喔。要不要我帶妳過去？」

「謝謝妳，但我不能這麼麻煩妳。」

「可是……話說——妳是不是有事來找宮廷這邊的人？」

「是的，我來這邊是有事情要辦。可是姆爾納特宮廷好像是比我想像中更加熱鬧的地方。這邊好像出什麼麻煩事了。黛拉可瑪莉・崗德森布萊德七紅天大將軍知道發生什麼事了嗎？」

對方突然叫我的名字，害我嚇一跳。但這沒什麼好奇怪的。透過卡歐斯戴勒打造出的宣傳手段，再加上梅露可炒作那些假新聞，以及其他的事項推波助瀾，在這個世界上，已經有很多人都知道我是誰了。

「……大家看起來好像真的很忙碌的樣子。我聽說是因為教皇要來，可能大家都忙著為各種事情做準備吧？」

「聽起來好像很辛苦呢，不曉得教皇是什麼樣的人。」

「聽人家講，她好像是個性很急躁的狂戰士。妳若是不小心遇到，最好也要多多小心。若是褻瀆神明，搞不好會被教皇一招斃命。」

少女——絲畢卡的眼神好像有點變了。

但接著她又若無其事地回了一聲「哦——」。

「那這個人還真是可怕呢。如果是崗德森布萊德將軍，妳會如何應對？」

「嗯——……我看就只能一直說客套話了吧。只要隨便連講幾句『神明真是厲害呀！』，應該就能蒙混過關吧。」

「但這樣不就等同在掐自己的脖子嗎？」

「說起來是有那種感覺啦……但是為了避免無謂的紛爭，給人行方便也是很重要的……」

對方輕輕地笑了出來。

拿在手裡的棒棒糖轉啊轉的，同時這麼說。

「──妳果然不簡單呢。終於知道我的同胞為什麼會特別關注妳了。」

「咦？妳說什麼？」

「不，沒什麼。謝謝妳告訴我地點。」

話說到這邊，絲畢卡打算轉身離去。可是走到一半的時候，她好像又想到什麼了。她無預警地轉向我這邊，用漫不經心的語氣說了這番話。

「──對於神……」

「咦？」

「妳相信有神嗎？」

這女孩突然沒頭沒腦說些什麼啊。

「不、不一定耶……這個世界上是不是有神明存在，看法因人而異吧？」

「那妳本身是怎麼想的呢？」

「我啊，我是覺得有神佛存在也不錯。可是我並沒有見過，沒辦法全面採信。

就跟土龍很像。」

「意思是說妳只相信自己親眼所見的啊，我認為那樣視野有點狹隘。」

「就算妳那麼說……」

假如真的像神聖教說的那樣，世界上存在全知全能的神明，那這個世界應該會變成更宜居的地方。具體而言將會成為所有人都不用工作，可以一直當家裡蹲的世外桃源，沒那樣才奇怪。但在現實中卻得於星期六和星期日跟人戰爭，根本是勞動地獄。排起來就變成星期一星期一星期二星期三星期四星期五星期五。簡單講對我而言，神明就跟不存在一樣。假如神明真的存在，那傢伙也一定是很懶惰的神。

我簡單告知這類想法，接著絲畢卡就小聲說了句「是這樣啊？」

「其實有很多人的想法都跟妳一樣呢。」

「這是什麼意思啊？」

「我在想淨化作業的事情，那麼我就先失陪了。」

將糖果大口含入口中，這位絲畢卡邁步朝著「血染之廳」走去。

她剛才是不是說「淨化作業」？是不是想去哪個地方打掃啊……？

話說這個女孩身上散發不可思議的氣息。我看她八成不是個簡單的吸血鬼吧。

從那種氛圍上看來，應該還混了別的種族的血液。總之希望她能平安抵達目的地——正當我為此感到有點擔憂，旁邊的薇兒卻說了一句「可瑪莉大小姐果然高招」，用很莫名其妙的方式稱讚我。

「用那種方式面對，真的是稱您為殺戮霸主也不為過。面對神聖教的教皇，居然敢否認神的存在，說出那種偏激的話戲弄對方。而且當著她本人的面，甚至直呼她是『性格急躁的狂戰士』——這我實在是學不來。」

「咦？妳剛才說什麼了？」

「嗯？我在說好想摸摸可瑪莉大小姐的大腿。」

「妳剛才講的完全不是這個吧!!明明就說教皇怎樣怎樣啊!?」

「我是說了。尤里烏斯六世，那位絲畢卡・雷・傑米尼，她正是來自聖都雷赫西亞的教皇猊下。沒想到可瑪莉大小姐完全沒察覺。」

「……啊??」

「她的帽子上有著『傾斜十字架和光之箭矢』紋樣對吧。那個徽章就代表神聖教——噢對了，聽說她就是要去『血染之廳』和皇帝陛下會談。」

這下我傻眼了——咦？原來那個女孩是教皇？我還以為是跟海德沃斯很像的壯年大叔——原來年紀跟我差不多的吸血鬼是神聖教領袖？是說她為什麼會跟一般人一樣出現在宮殿的走廊上，還自己晃來晃去？

是不是迷路了？還是我看到幻覺？

這下我害怕地問薇兒：「是真的嗎？」

薇兒淡淡地回應：「是真的。」

這下我才恍然大悟，知道自己踩到地雷了。

「——那就提早告訴我啦啦啦啦啦啦啦啦!?現在該怎麼辦!?我說出來的話實在太失禮了啊!?這肯定會在不知不覺間播下戰爭的火種!!」

「聽說尤里烏斯六世有著惹人憐愛的可愛外表，卻是與生俱來的強人，這件事非常有名。只要看了她著作的書《神之國的手信》就能明白。裡面有明言不相信神的野蠻人將會遭到『淨化』。」

「……這不是真的吧？」

「那可假不了，可瑪莉大小姐您太小看宗教這種東西了。」

「那好吧我明白了！從今天開始我要成為神聖教教徒！只要我展現出改過自新的樣子，教皇就會說『妳都如此深切反省了——』並原諒我吧！要怎麼樣才能入教!?」

「神聖教的根本理念是『愛』。要先把手放在自己的胸口上，閉上眼睛。接著就能自行找到沉眠於心底深處的真實之愛。」

「原來是那樣啊……愛……愛……愛……我好像有點明白了耶！」

「是不是已經萌生愛了？這份愛最好給予和您最親近的人。於是要請您為平日裡的事心懷感恩，摸摸女僕的頭。」

「了解了！我摸我摸……」

「謝謝您。愛是會逐漸成長茁壯的。接下來是擁抱。來吧，請您撲進我的懷裡——」

「我知道了!!——這些肯定都是在騙人的吧!!」

我把薇兒推開，跟她保持距離。

還真是大意不得。為了實現自己的願望，連宗教都拿來當成道具利用！這種人才會惹毛教皇吧！

「這下完蛋了……戰爭又要開打……」

「不會有問題的。關於這件事情，皇帝陛下應該會幫忙周旋。」

「咦，是那樣嗎？」

「陛下老謀深算，應該早就想到可瑪莉大小姐會失禮於人。當然第七部隊的失控行為也不至於構成太大問題吧。陛下她一定會讓這一切完美落幕，將這些全都收拾完畢的。」

「這樣啊……說得也是喔……」

那個金髮巨乳美少女雖然很變態，手段卻很犀利。像是在六國大戰或天舞祭發生的當下，為了讓事態能夠順利進展，她好像有幫忙打點一些事情。再加上爸爸曾經自嘲地說過：「事情交給那個人辦，大部分都能辦妥，我看也不需要宰相了吧。」

這樣想來，我覺得好像沒那麼慌張了。我看絲畢卡也會被皇帝說動，覺得「拿你們沒辦法」，不再跟我們針鋒相對吧。但我也打算之後找時間跟她正式謝罪就是了。

「很好，就把那些負面的事情全都忘了吧。」

「有這樣的氣魄就對了，那我們趕快前往辦公室吧。」

「嗯。」

就像這樣，我轉換心情邁開步伐，卻在那時發生一件事。

我看見走廊深處有人急匆匆地走向這邊。

今天一整天還真是不平靜呢——覺得很無言的我繼續往前進，但我一跟那傢伙對上眼就向右轉。發揮我超凡的危機管理能力，打算躲到柱子後面。

可是這計畫卻泡湯了。

因為我的手突然被人用力抓住並拉了起來。

「——我說崗德森布萊德小姐！妳為什麼要躲起來!?」

「才不是！我是看到柱子後面好像有一隻倉鼠，才想去確認一下！」

「怎麼可能有那種東西！妳最近都在躲避我吧!?」

才不是最近，從一開始就在躲避。

對方有狹長的眼眸，再加上跟木耳一樣光滑的頭髮，這是那位貴族的特徵——

她就是七紅天芙萊特．瑪斯卡雷爾。還是像平常那樣，她用很高壓的態度居高臨下瞪著我看。在姆爾納特宮殿裡面，她是我最不想碰到的人物之一。才剛從一場苦難中脫離，又遇到另一場苦難，但豈止是這樣。

「放——開——我——！若是想要跟我決鬥，妳要先打倒薇兒、佐久奈、納莉亞跟迦流羅，再來還要擲骰子，若是能夠連續六次丟出六點，要我考慮跟妳決鬥也不是不行！」

「妳的防線是要預先安排到多長啊！我又沒有要跟妳決鬥！」

「但妳就是會馬上打過來的狂戰士第一人啊！七紅天會被人家稱作野蠻人集團，我看大半的理由肯定都是出在妳身上！」

「妳說什麼——————!?」

「可瑪莉大小姐，您火上加油的技巧又變得更好了，真棒。」

芙萊特當場拔出她的刀劍砍過來——並沒有。

讓人意外的是，她嘴裡「唉——」地嘆了一口氣，還把我的手放開。

總覺得她的樣子好像跟平常不太一樣。原先那種從容高貴的氣質都沒了，看起來變得有點疲勞。是不是熬夜了？這時薇兒用詫異的語氣提問。

「瑪斯卡雷爾大人，究竟發生什麼事了？您的皺紋變多了喔。」

「妳是想被我殺掉就對了？」

「別這樣啦薇兒，不要煽動她。」

「是我失禮了，算完才發現皺紋數目並沒有變化。」

我感覺到對方就快要憤怒抓狂，整個人當場縮成一團。

啊——啊，這下七紅天爭霸戰又要再來一次了。到頭來還是會被幹掉。

芙萊特那傢伙都已經臉紅了，還渾身顫抖不是嗎——我有種預感，覺得等一下將會迎來一陣風暴，可是她卻「嘶——哈——」地深呼吸，試圖壓下怒火。對方用這麼成熟的方式應對，顯得我們兩個一直煽動她好像很邪惡一樣，害我覺得好丟臉。

最後她盯著我看，並且用沉穩的語氣開口。

「——妳有看見卡蕾大人嗎？」

「咦？沒有……都沒看到。」

這下芙萊特臉上表情變得苦澀起來。

而且她還讓我得知一項事實，那將會左右我的死活。

「其實我到處都找不到她，這樣下去要我們怎麼款待教皇猊下。」

原來那些文官慌亂不已的理由，就是因為皇帝突然間失蹤。

按照芙萊特說的話聽來，皇帝這一個星期以來好像都關在房間裡。

她對外宣稱自己感冒了——但我不覺得這是真的。就好比是笨蛋不會得感冒一樣，變態也一定不會感冒。

「卡蕾大人——!?卡蕾大人——!?請問您在哪啊——!?」

姆爾納特宮殿的雪靜靜地下著。

我跟芙萊特一起搜尋皇帝。應該是說整個宮殿裡的人都出動了，在尋找她的下落。到處都能聽見人們在叫「陛下～陛下～」可是我們要找的人卻遲遲沒有現身。

「……不行，連個影子都沒看見。」

薇兒在這時邊說邊打開焚化爐的門。

若是在那種地方能夠看見她的身影，這才恐怖吧。

「照這個樣子看來，陛下她應該不在姆爾納特宮殿裡吧。似乎也有人用空間魔法搜索，但到現在都還沒找到，那表示人應該不在帝都了。」

還要補充一點，那就是第七部隊的成員也一起加入搜索行動了。

他們嘴裡發出怒吼——「皇帝陛下妳是跑去哪了！」「竟然敢勞煩閣下出手！」「現在立刻出來，不然就宰了妳！」「不出來也宰了妳！」，那模樣活像是黑道，還在四處徘徊。應該說他們就是黑道沒錯。

「——還是沒找到欸。是不是被恐怖分子暗殺了啊？」

這時金髮男子——約翰・海爾達突然語出驚人。

不是吧，說什麼暗殺。恐怖分子越來越活躍是事實沒錯……可是那個天下無雙的變態皇帝應該不至於這麼簡單就死了吧。

「我說薇兒，皇帝是不是沒對爸爸說些什麼就走了？」

「若是有跟老爺交代過事情，現在應該早就找到了——話說回來，瑪斯卡雷爾大人，陛下是不是常常自己鬧失蹤？」

「怎麼可能常常發生這種事。」芙萊特回話的語氣不是很友善。

「卡蕾大人即便性格上特立獨行，也不是會扔下皇帝職務的那種人。這背後一定有深層的原因。」

「可是她現在已經在讓教皇猊下等了吧，我覺得這樣有可能會造成外交問題。」

「說得也是……聖都那邊都派來最高領導人了，我們這邊也應該要由皇帝出面迎接才是！啊啊卡蕾大人！您現在到底在哪……!?」

「會不會睡過頭了？我也常常睡過頭。」

「別把卡蕾大人拿來跟妳這種懶散的吸血鬼相提並論！」

這麼說也對啦。我對皇帝的私生活並不了解，但很難想像那個人會嘴上說著「再睡五分鐘～！」不願意從被窩裡出來。

話說真的好冷啊。

我在那摩擦雙手，嘴裡還「哈——」地吐出一口氣。輕飄飄的雪花從天空中飄落，看起來就像棉絮一樣，我邊看邊想——好想快點回到室內，待在暖爐旁邊。姆爾納特帝國的軍服好像沒什麼禦寒功能，害我現在都冷到骨子裡了。我可是怕冷又怕熱的廢柴吸血鬼。若是就這樣直接跑到外面去找皇帝，八成會凍死吧。

再說那個人到底跑去哪了？會不會只是到附近買東西？——正當我像這樣在心中抱怨，我不經意察覺約翰一直在看我這邊。

「……怎麼了？是不是肚子餓了？」

「不、不是啦！只是在想不嫌棄的話，可以用我的火焰魔法溫暖妳——咕呃!?」

奇怪的是約翰整個人飛出去了，把他打飛的人還是他的幾個部下。自己的上司在地上滾了好幾圈，他們還對著上司說「你這個裝模作樣的混帳去死吧！」「不是說不准偷跑嗎！」「給我在地上爬，死個三遍啦！」「也來替我溫暖溫暖身體好了？用你溫熱的血液！」——不知道為什麼，他們還開始圍毆約翰。

那實在太恐怖了，我還是裝作沒看到好了。

這時薇兒突然說了一句「哎呀真是的」，過來握住我的手。

「可不能放任手凍到麻掉。在冬天正式到來之前，讓我為您製作手套吧。」

「咦？印象中衣櫃裡面好像就有。」

「有是有，但我想做。另外還需要圍巾。但是很可惜，我目前並沒有準備，就請您將就點，先使用專屬女僕做成的人肉圍巾吧。」

「說什麼人肉圍巾啊——喂，別貼過來！離我遠一點！不要抱我啦！我知道這樣會比較溫暖，但實在很難為情……哎呀可是好溫暖……又好害羞……」

「妳們兩個光天化日之下在做什麼!!」

芙萊特的怒吼聲讓我恢復理智。

我趕緊掙脫女僕的箝制。說真的我到底在幹麼。

「聽好了。現在可是緊要關頭，姆爾納特的招牌會不會砸掉就看這次了。我們一定要聯絡到陛下——」

「芙萊特大人！出大事了啊！」

此時遠方有個似曾相識又不太相識的吸血鬼跑了過來。

他好像是芙萊特的副官。現在他正面色鐵青地來到芙萊特面前，接著彎曲一邊的膝蓋跪下。

「是教皇。教皇猊下她……」

「你冷靜一點，波斯萊爾。到底發生什麼事了？」

「不好意思……崗德森布萊德宰相正在爭取時間，但教皇猊下似乎再也忍無可忍了……還說皇帝不能過來的話，現在立刻把地位相當的人帶過來。若是我們拒絕，她還說要跟我們斷交。」

「你說什麼……？」

我有不好的預感。

在姆爾納特帝國這邊，比起文官，武官擁有更大的權力。

原本是七紅天的皇帝就是權力最大的人。至於率領內閣的宰相（他算是文官裡面位階最高的），放在帝國裡頭不過是排行老三。

地位僅次於皇帝的人——除了七紅天就沒有其他人選了。換句話說不是我就是芙萊特。這樣的權力構造明顯很奇怪，但從古至今好像都有這樣的傳統，在那邊抱怨也沒用。

好吧應該沒關係。反正除了我，另外還有好幾個七紅天——

「也就是說，教皇猊下是要我們帶七紅天過去？」

「是……好像是那樣。她似乎覺得誰都好，把地位崇高的人叫過去就對了。」

「哎呀，我想起還有工作要做。芙萊特，妳就代替我去做些什麼吧。」

我準備裝傻逃離現場。

可是薇兒緊緊抓住我的手阻止我。

「您在說什麼啊，可瑪莉大小姐！我們趕快去教皇那邊吧！能夠替皇帝陛下擦屁股的人，將會是下一任皇帝最有力人選可瑪莉大小姐，非您莫屬！芙萊特・瑪斯卡雷爾那種貨色哪能勝任這份工作！」

「放開我————！不要隨便吹吹氣就想煽動芙萊特啦啦啦啦啦！」

「替卡蕾大人擦屁股!?下一任皇帝最有力候選人!?——要扮蠢也該有個限度！會公然像這樣胡言亂語的人，怎麼能夠把重大任務交給她！」

「公然胡言亂語的又不是我，是女僕才對吧!!」

「哎呀，您這是想對可瑪莉大小姐的行動發難嗎？那好吧，我們就來比比看哪一方更能取悅教皇猊下。您應該不會怕到逃跑吧？」

「喂別這樣，不要去挑釁人家。」

「我都明白了！若是把這件事情交給崗德森布萊德小姐辦，姆爾納特帝國一定會暴露在危機中！那這次我也一起去見教皇猊下吧！」

「喂別這樣，不要中人家的挑釁。」

「看來她是那麼說的，可瑪莉大小姐。我們趕快來去找那個自我感覺良好的教皇，給她一點顏色瞧瞧吧。」

「先等一下薇兒——欸別拉著我啦啦啦啦啦啦!!」

「那我用抱的。」

「也不准用抱的————!!」

就這樣，我被人當成貨品搬走。

為什麼人生就是不能如願？那還用說。都是因為女僕硬是要拉著我一下子往東一下子往西。哪怕只有一天也好，我想要過過沒有這傢伙在的日常生活——是說妳可不要趁亂把手伸進衣服裡喔!?我可是會大哭大叫喔!!

☆

話說教皇的目的到底是什麼？

按照薇兒的預想，她是來跟我們友好交流的。可是按照剛才那些話聽來，尤里烏斯六世——絲畢卡・雷・傑米尼似乎是不容許異端分子存在的超激進人士。就像剛才我說了一些比較激進的話，她也有回了些言詞，就好比是「淨化」。原來那不單純只是在打掃的意思。

「……我說薇兒，有沒有哪些字眼是絕對不能說的。」

「總之最好不要否定神明就對了。」

「咦？可是我都已經否定了……」

「因此您已經給她留下最壞的第一印象，這下就算跟人下跪謝罪也沒辦法收拾殘局了。」

「那怎麼辦!?我是不是應該先從冰箱拿個布丁過去……!?」

「妳們兩個保持安靜！我們可是要謁見教皇猊下！」

遭到芙萊特小聲斥責，我把嘴巴閉上。

這裡是姆爾納特宮殿的「血染之廳」。

隔著一張巨大的長方形桌子，兩大勢力互相面對面。

其中一方是姆爾納特帝國政府。人員有我、芙萊特和爸爸。然後不知道為什麼，背後還站了百人左右的第七部隊成員。當我準備要去謁見教皇，他們就像螞蟻一樣排成一列隊伍跟在我後頭。就在當下，我只能看見毀滅性的未來。

另外一方就是來自聖都雷赫西亞的神聖教人馬。

那位坐著的金髮少女絲畢卡，左右各有像是在護衛她的兩位樞機主教跟著。宛如浮在夜空中的藍色星星，那對雙眸目不轉睛地望著我。我整個人僵硬到跟雪人差不多。完全不曉得該從哪邊開始談起。我看就先透過跟天氣有關的話題試探好了——這念頭才剛浮現，坐在我旁邊的爸爸就過來跟我說悄悄話。

「那麼可瑪莉，接下來的事情就拜託妳了。」

「咦？」

感覺對方好像跟我說了不得了的話。

接著爸爸還是繼續說不得了的話。

「看來教皇猊下這次非常惱怒……爸爸我不管說什麼，她都聽不進去。從剛才開始就連配茶的點心都完全沒碰。我想她真正想要談天的對象，應該都是能夠引領未來的年輕人吧。事情就是這樣，爸爸我就先失陪了。」

「等一下啦！突然把這個任務交給我，我會很困擾啊！」

「不要緊不要緊，瑪斯卡雷爾閣下也在。啊啊對了！既然妳們年齡相近，乾脆就順便當個朋友吧。可瑪莉能夠辦到的，行的行的！」

「等等——」

那接下來的事就拜託妳囉——爸爸笑著說完就跑到別的地方去了。

這事情發生得太過突然，害我傻愣在那。他一定是覺得接待教皇很麻煩。

話說爸爸居然還要我「跟人當個朋友」？說得那麼簡單。若是想當朋友就能當朋友，那我現在早就過著耀眼的青春生活，連妹妹都比不上我！每個禮拜都會跟朋友一起窩在房間裡開讀書會！

不對，那些事情都不是重點。

現在要先想想該如何克服這次的難關——

「——看樣子皇帝陛下果然不在呢。」

那說話的音色聽起來很不可思議，彷彿像是來自另一個世界一樣。

教皇尤里烏斯六世——絲畢卡正用冷淡的目光望著我。

鮮紅色的棒棒糖被她左搖右晃，同時她還說了些話。

「照理說我們都已經有寄信過來了，也有提到今天想要從中午開始召開會談。

皇帝陛下似乎也已經允諾我們了——但這又是怎麼一回事？光是遭受這樣的待遇，我們就能夠清楚知道神聖教的地位在姆爾納特有多麼低。」

「完、完全沒那回事啊！」

在我旁邊的芙萊特開口了，臉上還浮現跟她很不搭調的諂媚笑容。

「像在帝都這邊就有好幾個教會。最重要的是，足以代表國家的武官之首七紅天裡頭，還有神聖教的神父在呢！」

「妳是說海德沃斯・赫本嗎？那是去年就被我趕出去的異端分子喔。」

「「趕出去了!?」」

我跟芙萊特的聲音重疊了。

這事實太具有衝擊性。那個人到底是闖了什麼禍啊。

「赫本卿是不遵從聖都方針的無法之徒。我們再三對他發出召集令，他卻不理會，聽說一直都把將軍的工作看得更重。不願意為了神明賣命，而是把精力都用在屠殺人命上，這樣萬萬不可。足以代表姆爾納特帝國的神職人員都是這副德行了，可想而知這個國家在宗教方面的意識只到什麼水平。」

不是啦，我在想海德沃斯應該是真的太忙了。像是佐久奈的事情啦、逆月的事情啦，他遇上不少事。可是絲畢卡卻鼓著臉頰，看起來怒火中燒的樣子。

在我背後的部下們開始交頭接耳，「那傢伙未免太傲慢了吧？」「要不要給她一點顏色瞧瞧？」」。這樣下去可能會引發暴動——察覺危險將至的我趕緊表態。

「先、先不說這個了！歡迎來到姆爾納特帝國！皇帝不在這件事，真的是很對不起您，但是我跟芙萊特會來陪您，希望您可以原諒我們。」

「說到七紅天的首席，那不該是貝特蘿絲·凱拉馬利亞閣下嗎？為什麼是妳們兩個資歷尚淺的人過來？就足以證明神聖教受到輕蔑。」

「喂薇兒，人家在發牢騷了。那表示我不夠格。去把其他的七紅天叫過來啦。」

「這沒辦法。第一部隊隊長行蹤不明。第二部隊隊長正在跟孤兒院那邊的人開家庭派對。第四部隊隊長在核領域進行訓練。第五部隊隊長從缺。第六部隊隊長請了年休。」

「為什麼佐久奈有那麼多休假可以請？我這邊難道就沒有年休這種概念嗎？」

「沒有。」

「給我加上去啦!!若是我過勞死了，那都是妳的錯！我會在遺書上面寫『都是女僕的錯』！」

「妳們在密談什麼？接待客人用這種態度對嗎？」

「很抱歉，教皇猊下！好了，崗德森布萊德小姐，快點跟人賠罪！」

「對不起。」

我乖乖照辦，跟人低頭謝罪。

糟了。比以前初次見面的迦流羅還要難搞。

我背後那幫人開始鼓譟起來，嘴裡說著「居然敢讓閣下低頭道歉？」「這什麼鬼。」「不可原諒……居然這麼厚臉皮。」「吶吶可以殺了那傢伙嗎？」「不行啦。被你殺掉會瞬間變成肉塊吧？」「咦──那就沒辦法了。」，諸如此類的。最後那兩個人是在鬼扯什麼。

這時絲畢卡邊舔著棒棒糖邊開口道：「好吧就算了。」

「──就算責備妳們，時間也不會逆流。那我就簡單講一下今日我們造訪此處的理由吧。」

那對如星星般的眼眸突然間閃了一下。

接著她說出不得了的爆炸性發言。

「你們要把姆爾納特帝國的國教更改成神聖教。」

現場所有人都為之震驚。芙萊特皺起眉頭，薇兒將手指放到下巴上，第七部隊變得亂哄哄的──而我則是不明所以地歪著頭。

「如今六國越來越容易爆發非娛樂性戰爭，原因明明白白──都是因為人心被黑暗籠罩。於是我們便做出判斷，既然事情演變成這樣，那這個世界就必須被神聖教的光照亮。」

「請先等一下，猊下！這樣的提議實在是太──」

「給我住口，芙萊特・瑪斯卡雷爾。」絲畢卡用帶刺的語氣制止芙萊特。「我承認姆爾納特帝國在六國大戰和天舞祭上有活躍表現——可是那種活躍表現都是以名為武力的野蠻能量為基礎。這樣並不是根本的解決之道。為了替這片土地帶來真正的和平，我們有必要改變人心。而那唯有仰賴我們這股超越世俗的勢力才能夠辦到。」

「有那樣的雄心壯志是很美好的。可是硬把自己的思想加諸在別人身上，這就有待商榷了。突然要求我們『更改國教』，我們是不可能乖乖照辦的。」

「乖乖照辦這樣會是步往和平的第一步。這個地表上應該要充滿慈愛才對。就算遭到政府拒絕，未來總有一天姆爾納特帝國還是會被神聖的光芒包圍——因為我們已經將神職人員都派往帝都，為大家進行思想矯正。只要有強烈的民意支持，就算皇帝多麼想否認神，也是沒用的吧。」

最近在帝都這邊的確越來越容易看到神職人員。

事實上就連我妹妹都成為信徒了——雖然原因出在海德沃斯身上——總之絲畢卡已經開始展開對姆爾納特帝國的侵略行動了。

不對，這樣算是侵略嗎？

我也不是很懂。可是突然跑來別人的國家，還強迫別人「改信我的宗教！」那好像有點怪怪的。會做這種事就表示對他人不夠體諒吧？

「其實讓我們發出這類勸告的對象，姆爾納特帝國並不是第一個。我們早就已經去謁見過夭仙鄉的天子了。」

「原來是這樣啊。那天子不曉得都說什麼了？」

「他們給的回應是這個，願意用正向的態度檢討。這可不是口頭約定而已。事實上，接下來在夭仙鄉的京師將會興建全新的教會，還會有十處左右。」

「聽說夭仙鄉這個國家在外交政策上本來就比較軟弱。你們該不會用了某種卑鄙手段吧？」

「呵，看來妳還不夠明白──我們只是在行動時依循神的教理。」

絲畢卡在這時發出嘆息，似乎覺得我們不可理喻。

「敢拒絕我們的邀約，那就形同在跟神明作對，也就是將成為異端，異端將會遭到天譴。具體而言神的軍隊將會出動，將那些人居住的地方變成火海。想來夭仙鄉的諸位也是想避免這種事情發生吧。」

「…………」

「來吧，你們都來信神。姆爾納特帝國的野蠻吸血鬼們。」

絲畢卡將棒棒糖的頂端指向我們，充滿自信地說了這番話。

換句話說──這傢伙威脅過夭仙鄉，對他們說「不接受要求就殺了你們」。

我好像遇到一大危險人物了，她似乎不覺得自己的行為有哪裡不對。我身旁的薇兒則是用認真的語氣對我耳語。

「恐怕夭仙鄉的判斷才是正確的。聖都可是一大勢力，甚至被人們稱作『第七個國度』。而且擁有的軍事力量甚至凌駕了全盛時期的阿爾卡共和國，若是有人做出違背宗教信念的行為，他們可不存在手下留情這種概念。只要被他們當成敵人看待，那直到對手從這個世界上消失之前，他們都會徹底打擊對方，聖都那邊的人馬多半都是這樣的。」

這是什麼啊。連第七部隊都比不上，那幫人根本就超危險的啊。

我在這時偷看芙萊特的臉龐。

她看我的視線很像在說「這下妳明白了吧？」就只有在這一刻，我覺得自己好像跟她心靈相通了。也就是說意思是那樣吧。我們沒有辦法接受教皇的要求——可是這並不是光靠我或芙萊特就能擅自決定的問題。總之我們就先說「好好好，我們明白了，會列入考量的。」隨便蒙混過去再說，等到皇帝之後回來了，再來跟她詢問意見就好。在這種時候隨隨便便反抗是很愚蠢的吧。

於是我「咳哼」地咳了一聲，一臉嚴肅地開口。

「嗯，總之神也是很重要的。我們可以積極考慮一下，但皇帝目前人不在這，我們沒辦法在這自行做出決定。不然我們先一起喝個茶——」

「——竟敢對姆爾納特如此無禮，這實在不可原諒。」

就在那瞬間，我察覺災厄即將到來。

不知不覺間，卡歐斯戴勒已經站到我的斜後方了。

不只是卡歐斯戴勒而已。那些第七部隊的狂戰士都散發憤怒氣息，在我後方一字排開。喂快住手。拜託你們別這樣，這可不是在開玩笑啊。

「怎麼了？莫非你們對神的決定有怨言？」

「不不，沒有怨言！請不用在意他們，來喝點茶吧!!」

「沒有怨言!?閣下，您究竟是被灌了什麼迷湯！姆爾納特都被人小看了還悶不吭聲，這樣一點都不像殺戮的霸主！」

「我當然會有怨言啊！喂絲畢卡！沒頭沒腦逼人改信其他宗教，這樣很沒禮貌欸，若是真的要做，應該要等雙方關係好到一定程度再做。」

「我說崗德森布萊德小姐!?妳是撞到腦袋了嗎!?」

我其實更想撞到腦袋直接暈死。

那些部下開始瞎起鬨，嘴裡說著「沒錯沒錯！」「閣下說得有理！」「你們這些出爾反爾的騙子！」糟糕，他們完全進入平常那種模式了。芙萊特則是驚慌地靠近我。

「請妳自重，崗德森布萊德小姐！就算我們跟聖都開戰，姆爾納特帝國也沒道理輸給他們。可是一旦發生戰爭，國家將會遭受重大損害！最重要的是，我們不能擅自跟對方談定，卻沒有事先和卡蕾大人商量！」

「我也知道啊！可是我的嘴已經自己先動了！」

「那我就先把那張嘴削下來！」

「嘴被人削下來就沒辦法吃飯了啦——!!」

「——這倒是……」

此時絲畢卡發出隱含怒火的聲音。我和芙萊特同時轉頭看教皇。她像是要讓自己的心平靜下來，先做個深呼吸才繼續開口。

「——確實如你們所說。要求對神聖教一無所知的人改信其他宗教，或許太操之過急了。我們就先贈送百萬冊聖典吧。再請你們擬定法規，讓國民都能確實閱讀。尤其是孩子們，要叫他們去背誦聖典的詞句。」

「謝謝你們，那我們就拿去當醬菜鎮石的替代品好了。」

「喂薇兒！妳到底是幫哪一邊的!?」

「派不上用場的書山是多餘的！眼下這季節將會越來越冷，就拿來當暖爐的柴火好了！」

不要去踩地雷啦啦啦啦啦啦啦啦啦!!

已經不行了。絲畢卡眼中開始出現殺意。

她一定是在謀劃些什麼，準備把姆爾納特帝國滅了。我要想辦法辯解才行——

想著想著，旁邊的芙萊特帶著僵硬的表情站了起來。

「喔……喔呵呵呵！真是不好意思，教皇猊下，人人都說第七部隊在姆爾納特帝國中算得上特別沒紀律的一群。不能聽信那幫野蠻人的戲言——對了，您要不要再來一杯紅茶？」

「人家都這麼說了，梅拉康契。去替教皇的杯子倒些紅茶。」

「耶——！」

有個戴墨鏡的怪人從桌子底下鑽出來。他就是第七部隊的炸彈魔梅拉康契。只見他動作輕巧地跳上桌子，跳著踢踏舞接近教皇。這光景宛如惡夢一般。我慌慌張張地大叫。

「——喂，卡歐斯戴勒！快阻止他！」

「阻止？那樣無法平息第七部隊的怒火……………」

「那就……不用阻止好了……但是不要做得太過分……控制在不會惹怒對方的範圍……」

「閣下已經給出許可了！去吧梅拉康契！替客人倒茶。」

「了解！」

也不知道是什麼時候出現的，他手中多了一個茶壺。

直到這時，絲畢卡首次出現慌亂的反應。

「這……這個無禮之徒是怎麼一回事!?崗德森布萊德閣下!現在馬上叫他住手!」

「喂梅拉康契!可不要弄到爆炸喔!你有聽清楚吧!?」

「耶——!尤里烏斯六世消消氣，我們的方針是安撫您，希望您能展露笑容，那將是我至高無上的指標。大家一起開開心心辦場茶會?」

等到他說完那些，梅拉康契就拿起茶壺一倒。

還是從超高的地方倒——對準放在教皇眼前的杯子。

有著紅寶石般美麗色彩的液體在重力作用下下墜——

咚噗噗噗噗噗噗噗噗噗噗噗噗噗噗噗噗噗噗噗噗噗噗噗噗噗噗!!

有好多的茶汁飛濺開來。

飛散出來的茶汁還沾染到教皇那看似昂貴的衣服上，從杯子溢出的紅茶都流到桌上了。在她身旁的樞機主教們紛紛發出悲鳴，嘴裡說著「居然做出這種事……」。接著梅拉康契就對僵硬到動彈不得的教皇小小地說了一聲。

「女士，請用茶。」

誰快來阻止這傢伙。

可是一切都為時已晚了。我聽見世界末日降臨的聲音。

「砰!!」的一聲——絲畢卡敲著桌子站了起來。

那絕對零度的視線灌注在我身上。實在有夠恐怖的，我還以為自己會當場凍死。教皇將她手裡拿的棒棒糖啪嘰啪嘰地捏碎，同時開口說了些話。

「我明白了。全都明白了。對不願接納神之威光的蠻族，不管說什麼都沒用，這我已經很清楚了。看來雙方已經沒什麼好談的了。」

「請等一下，教皇猊下！」芙萊特在這時慌慌張張地站了起來。「那個無禮之徒會由我們這邊判處火烙之刑！能不能請您先靜下心……？」

「不，都被人愚弄到這種地步了，我不可能繼續保持沉默。」

「耶——！要不要再來一杯？」

「不需要！姆爾納特帝國還真是未開化國家。果然必須透過神的力量加以淨化——」

就在那瞬間。

我不經意聽見巨大的爆炸聲。

好像是外面出什麼事了。而且還不是只有一次——斷斷續續響了好幾次。衝擊力大到連宮殿都在搖晃。

樞機主教他們慌張出聲說「出什麼事了!?」

我有不好的預感。只要聽見爆炸聲就沒好事，我的經驗是這麼告訴我的。

「怎、怎麼了？這聲音是……」

「看來撤除作業終於開始了呢。」

這時卡歐斯戴勒得意洋洋地接話。

「喂，那是什麼意思？難道說──」

「我有先對部下下指令，要他們破壞大型垃圾。為了設置黛拉可瑪莉・崗德森布萊德像，那個東西很礙事。還有就是殘骸準備拿去賣掉，會換成部隊的營運經費。閣下您要不要也去解體現場參觀一下？」

「………………」

完蛋了。這下全完了。

第七部隊那幫人對準神像猛放魔法。

每次魔力奔流撞擊到神明的身上，都會發出壯烈的爆炸聲。銅像逐漸遭到破壞，變成一堆瓦礫。一看到銅像的手「喀嘰」折斷的那瞬間，我在心裡想著「這下真的完蛋了」。

所謂連神都不怕的惡形惡狀，指的就是這個。

至於芙萊特，她更是過度絕望，表情完全僵化，變得好像能劇的面具一樣。

而當事人絲畢卡──她簡直像是在賽馬賭博中輸掉所有錢的賭徒，帶著那樣的表情佇立在原地。

「那個……是我……為了推廣神聖教……贈送給姆爾納特帝國的神像……居然把那個東西……當成跟破銅爛鐵一樣……」

「不是啦。那個……絲畢卡對不起喔。他們沒有惡意。」

「說對不起……就能一筆勾銷嗎嗎嗎嗎嗎嗎嗎嗎嗎嗎!!」

絲畢卡突然過來抓住我胸前的衣服，將我拎著搖來晃去。

她邊流淚邊表現出盛怒的樣子。照這個樣子看來，我可能會被殺掉——雖然那麼覺得，卻被她那來勢洶洶的樣子鎮懾，連逃跑都沒辦法辦到。

「自從成為教皇，還是第一次受到那麼慘烈的招待！你們怎麼有辦法做出這麼蠻橫的事情!?都沒有常識了嗎!?說啊說啊說啊！你們那邊的人都是怎麼教的啊!?就連拉貝利克王國的野蠻人也不會做那麼野蠻的事情啊！我看現在馬上就讓你們受到神光普照，蒸發成地表上的渣滓好了，這樣更適合你們！」

「抱歉抱歉抱歉！真的很對不起！還有妳的語氣好像變了耶!?」

「不管是誰遇到這種事情都會改變語調吧!!」

對方將我用力推開，薇兒馬上過來接住我。

絲畢卡大大地「嘖」了一聲，從口袋中拿出棒棒糖。

然後將棒棒糖含到口裡，跟我們賠罪說，「……失禮了。是我自己亂了陣腳。」

破壞神像的行為依然如火如荼進行。任誰看了都明白，就算現在去阻止他們，一切也都回不去了。此起彼落的「乒乒乓乓」爆炸聲成了背景音，絲畢卡嘴裡吐出嘆息。

「……甜味能夠讓腦袋冷靜。妳要不要也來一根？」

她說完就拿了別根棒棒糖給我。

那個顏色看起來跟血液一樣鮮紅。我慌慌張張地退了一步。

「不、不用了。那個是妳的吧。」

「聰明的選擇。」

這話的意思讓我聽不明白。

絲畢卡再度發出好大的嘆息，然後望著那堆瓦礫山。

「話說回來，千里迢迢來到這，根本一點價值都沒有。宰相就只會在那詭異的乾笑。七紅天都是無禮至極的野蠻人。我看就只能等皇帝陛下親自前來了吧。」

「對啊……嗯，應該再過一下子就回來……」

可是薇兒卻在這時貼到我耳邊偷偷說了一些話。

「可瑪莉大小姐，陛下好像不在姆爾納特帝國這邊。」

「咦？真的嗎？」

「對，她今天可能不會回來了……」

「我都聽見了，但這也在預料之中。雖然她是姆爾納特的雷帝，但這位吸血鬼特立獨行也是出了名的。若是要深入對談，之後再找時間──」

絲畢卡說到這邊轉眼盯著我看。

「但我也不能就這樣空手而回，不是外交成果上的問題──而是因為你們幾個害我心靈受傷。若是你們不願意負起責任，那我們也會採取相應的手段奉還。」

「咕唔唔……那我該做些什麼才好……？」

部下若是闖禍了，那都算是上司要擔的責任。

可是我根本不曉得絲畢卡在想些什麼。如果是納莉亞的話，她可能只會說「妳來當女僕侍奉我好了？」然後事情就這麼算了──但這次對象可是絕對容不下異端分子的狂戰士。就算叫我交出一隻手也沒什麼好訝異的。

接著絲畢卡面無表情說了一句「這個嘛」。

「妳應該不知道愛為何物吧。因此才能傷害其他人看重的事物──這次是我很看重的『神聖教本身』──還做得那麼肆無忌憚。讓這樣的人領受天罰，引導他前往正確的方向，那也是神職人員的職責之一。就讓妳來針對『愛』做一番學習吧。」

「……換句話說，那是什麼意思啊？」

「換句話說，妳要把最看重的東西交給我。」

原來是那樣喔。

這樣的要求也太無理了──想是這樣想，若是在這個時候拒絕，可以想見未來將會爆發戰爭，還是不要表現出反抗的態度好了。

可是即便如此，我看重的東西又是什麼呢？

我這個人不太有物質慾望，當然對金錢就沒有太過濃厚的興趣。

我是很注重假日和睡午覺的時間，但是那些又沒辦法交給絲畢卡。

還有就是……我很珍惜《安德羅諾斯戰記》跟其他書籍。可是就算失去那些，我也不會打從心底感到困擾。那些跟愛都扯不上邊。

這樣算起來——刪來刪去就剩下一樣。

「我知道了，就把冰箱裡的布丁送給絲畢卡妳吧。」

「不，我才不需要布丁。妳最看重的東西——就是那個女僕。薇兒海絲。」

「「咦？」」

我跟薇兒的聲音重疊了。

對方脫口而出的主張太過於出乎意料，我一時間找不到話來反駁。

「等到失去了，人們才會察覺愛為何物。等到失去薇兒海絲，妳才會看清自己的罪孽吧。事情就是這樣，那個女僕將要讓我帶走。」

「…………」

她都在對我說些什麼啊。

要把薇兒帶走？以為這種事能獲得允許嗎？

這傢伙可是第七部隊實質上的副隊長喔，還是我的專屬女僕呢。

只不過這個變態女僕對我而言的確也是讓人傷透腦筋，反而是她不在了，日子可能會變得更和平一些，但是她本人哪有可能答應。

我偷瞄薇兒的側臉。她閉上眼睛，看起來像是在思考些什麼。但就算她不做出回應，答案也明明白白。如果是這傢伙，她一定會耍任性拒絕——

「——我明白了。我會跟教皇猊下走。」

當下我還以為是自己聽錯了。

只見薇兒踩著若無其事的步伐，逐漸靠近絲畢卡。

「先等等啦！妳究竟是怎麼了啊!?」

「那是教皇的要求。若是拒絕了，戰爭可是會爆發的。」

這讓我閉上嘴巴。從客觀的角度來看，這番論調很正確。

可是，就算是那樣好了，我還是覺得有點難以接受。

「這樣才對！」芙萊特接著滿意地點點頭，並補上那麼一句。「只要一個女僕就能避免戰爭，這算是很輕的代價了。妳就去吧。這都是為了姆爾納特帝國好。」

「薇、薇兒！妳……真的可以接受這樣的安排？」

「是，我這麼做也是為了可瑪莉大小姐著想。」

「啊——」

我下意識把手伸出去——但卻沒辦法觸碰到她。

女僕的背影散發強硬的氣息，像是要拒絕所有的呼喚。

我根本沒想到她會有離開我的一天。因此要對她說的話都盤桓在腦海中，沒辦法說出口。這時絲畢卡笑著補了一句。

「那麼從今天開始，薇兒海絲就要成為我的女僕了。」

我有種被人推下階梯的感覺。

接著我凝視薇兒的臉龐。這事情來得太過突然了，腦子都來不及反應。

最後她臉上依然像平常那樣面無表情，既伶俐又冷酷，然後她還這麼說。

「——受您關照了。從明天開始我就會在聖都工作。」

吸

[1.5]

對帝都虎視眈眈的人們

在姆爾納特帝國帝都，有雪花降下。

跟白極聯邦不一樣，還不至於在過年前積雪。可是從建築物跟建築物之間吹過的冷風已經足以讓出生於南方的人冷到發抖。

「為什麼我得來這種地方……」

逆月幹部「朔月」的其中一人——蘿妮・科尼沃斯情不自禁口吐惡言。

這裡是帝都下級地區的酒吧「曉之扉」。在幾乎沒什麼客人的店內，科尼沃斯小口小口喝著酒。她今天原本是想要針對菇類的品種改良做研究，但這些預定安排卻被毀了。

那所有的一切全都是身旁兩側的恐怖分子害的。

「——這是怎麼了？科尼沃斯小姐，妳的表情不是很開心呢！難得有機會遠行，不開心一下是損失！來吧，我的炸油豆皮分妳吃。」

「不用不用，我不需要。妳自己吃就可以了嘛。」

「沒這回事，妳不用客氣。這裡面沒有下毒。來，張嘴——」

「唔咕!?」

對方突然把炸油豆皮塞到科尼沃斯的嘴巴裡。

至於把炸油豆皮塞給她吃的少女，人還在呵呵大笑，看起來很瞧不起人的樣子。

一面咀嚼的同時，科尼沃斯心想——感覺好像真的有下毒一樣，好討厭喔。

那個少女擁有狐狸耳朵和狐狸尾巴，是個獸人。名字叫做芙亞歐・梅特歐萊德。很討公主大人歡心，最近才剛升格為朔月，是超級危險的殺人狂。前陣子在天舞祭上，她好像被黛拉可瑪莉和天津・迦流羅殺到渾身是傷，但看樣子絲毫沒有學到半點教訓。

「——話說回來，這裡的氛圍跟天照樂土很不一樣呢。怎麼說呢，姆爾納特帝國比較有肅殺氣息。就連走在路上的一般人，心底深處都藏了殺人意圖。這就是和魂種和吸血鬼的差別嗎？這樣要攻略起來似乎會很費心思，特利瓦先生。」

「就算很費心思也無所謂。只要能夠獲得姆爾納特的魔核，不管要經歷什麼樣的過程，那些全都不成問題。」

這次換科尼沃斯左邊的男人——特利瓦淡淡地開口。

他是身高很高的蒼玉種。跟芙亞歐不一樣，沒有叫酒也沒有叫餐點。特利瓦是個超級吝嗇鬼，除了自己認可的店鋪，據說不會在其他的店家消費。

這個男人也是朔月的成員之一，科尼沃斯不太會應付他。

為了達成目的，他可以不擇手段，只講究合理性。這次科尼沃斯其實也是被這傢伙抓過來，才會被迫出門，最後落得下鄉來到姆爾納特的下場。

芙亞歐邊吃稻荷壽司邊說「說得沒錯！」對此做出回應。

「可是一直讓我在檯面下行動，實在很無趣。照這個樣子看來，這次是不是沒機會申請跟黛拉可瑪莉・崗德森布萊德再戰？」

「目前的芙亞歐還沒辦法突破【孤紅之恤】。這次妳應該要做的是全面掩護自己人——事實上因為妳的緣故，計畫進展順利。」

滋嗡。好像有某種東西切換了。

「——嗯，教皇猊下似乎順利跟姆爾納特帝國反目成仇了。這下子就可以讓姆爾納特和聖都對立了吧。」

她身上的氣息一時間轉變太大，害別人手裡的酒杯差點都弄掉了。

這隻狐狸的烈核解放是【水鏡稻荷權現】，是一種變身能力。據說在扮演各式各樣的人物時，就連人格都會出現分裂。現在似乎正在集中使用「出自她本性的武將人格」和「企圖顛覆國家的奸臣人格」這兩種，聽說以前甚至還具備十種以上的人格。

「原來我們是要坐收漁翁之利呀。」

「沒錯，而且我們這次也成功將黛拉可瑪莉・崗德森布萊德的心腹帶離她身邊。烈核解放是心靈的力量。一旦她意志消沉，就沒辦法發揮【孤紅之恤】原本該有的實力吧。然後我們可以趁機煽動那些神聖教的信徒。」

「姆爾納特的皇帝也被封住行動力了。失去主事者的七紅天什麼都做不到吧。是說把他們一個一個暗殺掉不就得了？」

「如此輕敵可是會招來死亡。再怎麼不濟，他們也還是帝國最強的將軍——」

就好比是這樣，特利瓦和芙亞歐活躍地交換意見。

換句話說，這次逆月其實也在背後動了不少手腳。科尼沃斯是很想快點回到自己的房間裡窩著，繼續做研究——不對，說到底，為什麼要把她叫過來呀。

「我說特利瓦——」科尼沃斯戰戰兢兢地呼喚那個名字。「那我應該要做些什麼才好？天津現在都在幹麼？」

「天津覺明這次不會參與行動。」

居然排擠他喔，這傢伙。

「就只有那個男人，看不出私底下到底在想什麼。前陣子在天舞祭上也是一樣，聽說還跑來妨礙芙亞歐。所有的不確定要素都要盡可能預先排除才對。」

「那我呢？」

「我想要讓妳試射兵器。」

「咦？」

「等到計畫進展至尾聲，帝都將會淪為戰場吧。眼看國家即將滅亡，那些吸血鬼必定會拚死命抵抗——到時妳再用魔力兵器將他們一網打盡。」

「……………………………………………………」

這個嘛，聽起來是滿有趣的。

可是她對殺人沒有興趣，對國家存亡就更沒有興趣了。然而自己的研究成果在現實中能夠發揮多少效用，科尼沃斯會想確認一下。

「……說得也是。既然都已經加入恐怖組織了。有的時候就不要再弄香菇和小說，也要做做別的事情。」

滋嗡。

芙亞歐的人格又切換了。

「——我也想吃吃看科尼沃斯小姐栽培的香菇！」

「是、是嗎？那下次來我的研究室吧？」

「真的可以嗎!?哎呀好期待喔！聽說天津先生老是在逆月內部跟人說『難吃難吃』。」

「咦……那傢伙說過這種話喔……？」

「我並沒有實際聽他親口說過，只是有聽到這樣的風聲。」

「…………」

不可原諒，再也不做給他吃了。

科尼沃斯眼中浮現淚水，她拚命把眼淚逼回去。搞不好自己已經喝醉了。

特利瓦在這時一臉無言地開口。

「——芙亞歐，別說謊。不分場合挑撥離間，這是妳的壞習慣。」

「哎呀！傾國之狐的毛病又跑出來了——哎呀呀真是的，真是抱歉呢。我會不由得試探人與人之間的關係，這是我的老毛病。天津先生並沒有說過那種話，請妳放心。」

「……哼，看樣子妳這隻狐狸也不是什麼好東西。」

科尼沃斯嘴裡發出嘆息。玲霓・花梨大概也是這樣被騙的吧。不對，自己是沒有被騙到啦。反正天津對香菇是怎麼想的，跟她一點關係都沒有。

總而言之——

暫時就先按照特利瓦的計畫行動看看好了。想來這次姆爾納特帝國會陷入非常困苦的境地。人心也會因此受到激盪，變得滾燙起來。等到那個時候，烈核解放才會發揮真正的力量。

「——哎呀？」

此時特利瓦好像察覺到什麼了。

「有血液的氣息，看樣子公主大人已經到了。」

「公主大人？那個女孩也來了嗎？」

「對，這次的終極目標是要奪取姆爾納特的魔核，同時還要讓公主大人成為姆爾納特帝國的皇帝。為了奪取這個國家，她是不可或缺的人物。」

科尼沃斯覺得自己聽見不得了的計畫了。不過她並沒有感到訝異。不管天津或特利瓦在盤算的計畫有多麼陰險惡毒，跟科尼沃斯的研究都毫無關聯。

「我們在這邊！公主大人！」

芙亞歐在這時出聲。

酒吧的門打開了，外頭的冷風順勢竄入。公主大人——「弒神之惡」注意到這邊了。她踩著如天真孩童般的腳步靠近，像是在跟朋友打招呼那樣，臉上浮現笑容，將沾滿鮮血的屍體扔到地上。

「——大家都到齊了呢！我們趕快來享用午餐吧！」

科尼沃斯的視線在地面上遊走。

那裡有兩具屍體。不對，還不是屍體。那些人還有一絲絲呼吸。

這兩個人好像是一天到晚跟著黛拉可瑪莉・崗德森布萊德的新聞記者。

掉。

大概是尾隨露出真面目的芙亞歐過來的吧。然後被公主大人撞見，這才被收拾

嘴裡發出嘆息的同時，科尼沃斯靠近那兩個人。

蒼玉種和獸人一旦死在姆爾納特帝國境內，將沒辦法復活。所以才會將她們弄到半生不死吧。

公主大人真是深具慈悲心的吸血鬼呢——在感到目瞪口呆的當下，科尼沃斯開始著手處理那些傷口。

第一天還覺得平心靜氣。

反而會覺得「這樣就不用被變態女僕的變態攻擊搞到很頭大」，覺得心曠神怡。可是當天夜裡，我就開始覺得哪邊怪怪的。自己的房間安靜到讓人懼怕的程度。原來我的房間有這麼安靜？——難以言喻的不安驅使著我。可是在家裡蹲時代，這樣的情況很普遍。我只是在重溫當將軍之前的寧靜時光罷了。那我不如利用這個機會，展現稀世賢者的本色，投入孤高的創作活動好了——想到這邊，我開始拿起筆寫字。在這個時間點上，或許我已經在逞強了。

從第二天開始，事情逐漸亂了套。

首先我睡過頭。每天薇兒都會來叫我起床，我就沒有養成自己起床的習慣。再加上沒有人替我準備早餐。平常薇兒都會為我準備我喜歡吃的吐司。逼不得已之下，我來到一樓的用餐處和蘿蘿一起吃沙拉。妹妹一臉玩味地糾纏我，還開心問話

「怎麼啦？是不是失戀了？說啊說啊。」可是我現在沒空理她。

等到我去上班了，又遇上一大堆問題。工作該從哪邊開始做起，我完全沒有概念。後來我注意到一件事。那就是之前所有的工作，全都是薇兒幫我拿過來的。她會下明確的指示，例如「那麼做就可以了」、「這麼做不會有問題」，我只要聽從那些指示咬牙完成就行了。因此我根本沒辦法自動自發去做些什麼。

我也是有去監督部下做訓練。可是跟部下之間的溝通卻難以順利進行。不管部下問我什麼，我都只會給些牛頭不對馬嘴的反應。不對，之前我或許就常常做事牛頭不對馬嘴，但至少部下他們不會真的擺出困惑的表情，一臉問號樣。而且他們還突然起糾紛，我沒辦法阻止那幫人，導致七紅天的屋頂發生爆炸事件。假如薇兒在這邊，她就能臨機應變，將損害降到最低吧。貝里烏斯似乎為此起了疑心，表現出擔心我的樣子，還問我說「您是不是太累了？」都怪我太大意。我想若是繼續待在大家面前，可能會出現破綻，於是我就找藉口掩飾，對他們說「我突然有急事」，早早從工作崗位上離開。原來我還能早退——那讓我有種不可思議的感覺。

第三天還很驚奇，那就是我用了年假。

但我現在可不能放膽沉浸在愉悅之中。明明得到心心念念的家裡蹲時光，心裡卻一直悶悶的。為了排解鬱悶選擇寫小說，文章卻亂糟糟。即便是想要看書，那些內容也完全沒有讀進去。

我到底是怎麼了？之前明明對那些個人時光期盼得不得了，現在卻覺得這樣的時光灰暗不已。只是少了一個女僕而已——明明就是恢復原本該有的單身狀態——為什麼我卻覺得如此心痛。

在我渾渾噩噩度過這段時光的當下，晚飯時間也到了。在崗德森布萊德家這邊，我以前當家裡蹲的生活習慣還保留著，就只有我不會跟大家一起用餐。我去看看冰箱，發現裡面還有蛋。是不是薇兒之前幫忙買的啊。放著不管會壞掉，於是我決定拿來製作蛋包飯。

按照薇兒留下的食譜，我著手烹調。可是完成品跟她經常做給我吃的美味版本都不一樣，形狀很醜，根本就是失敗品。在安靜無聲的房間中，我用湯匙挖著蛋包飯吃，卻不知道為什麼，我覺得這情況讓人再也無法忍受，眼裡開始浮現淚水。

可惡。妳要冷靜點，黛拉可瑪莉・崗德森布萊德。

我不是熱愛孤獨的稀世賢者嗎？只不過少了一兩個變態女僕罷了，有什麼好哭哭啼啼的啊。這樣一來我用來搞藝術活動的時間反而變多了，我應該要欣喜若狂、無條件歡迎才對——除了拿這些說辭說服自己，這天我就這樣跑去睡了。在夢裡，有薇兒替我做蛋包飯。

第四天，星期六。我已經到達無我的境界。

感覺開始能夠體會加入宗教的人是什麼樣的心情。是因為大家都很寂寞。寂寞到要跟神明祈禱。希望能夠突破讓人莫可奈何的現狀，追求神帶來的光明——不對不對，我在想什麼。這樣下去不就會讓絲畢卡稱心如意嗎？

但是我的心靈好像快死了。從剛才開始就一直仰躺在床上，望著天花板的紋路。我之前就在想了，覺得天花板上的紋路很像大象或長頸鹿。啊啊好想去動物園，邀邀看薇兒好了。對喔薇兒不在。啊哈哈哈哈。

就這樣，我越來越難以區分幻覺和現實，直到那一刻——

我忽然聽見一道聲音。

「——可瑪莉小姐？妳已經起床了嗎？」

「!?」

我就好像被手槍的子彈打到一樣，整個人跳了起來。

就在房間的入口那邊，有個銀白色的少女站著。

是佐久奈・梅墨瓦。那個女孩正在用擔憂的表情望著我。

「請問……妳還好嗎？我覺得妳的樣子怪怪的，就去跟凱爾貝洛中尉詢問……妳的身體狀況如何？我在想如果有人能幫妳做飯，應該會比較好。」

「——佐……」

「是？啊，我有買點心過來喔。不嫌棄的話，要不要一起吃——」

「佐久奈啊啊啊啊啊啊啊啊啊啊啊啊啊啊啊啊啊啊啊啊啊啊啊!!」

「呀啊啊啊啊啊啊啊啊啊啊啊啊啊啊啊啊啊啊啊啊啊啊啊啊啊啊!?」

我再也按捺不住了，不由得過去抱住佐久奈。

也不知是為了什麼，眼淚不停流出，止也止不住。我好像很久都沒有觸碰到他人的肌膚了。

我還將臉龐埋在她的胸口上，完全不怕人家見笑，拋棄羞恥心大聲尖叫。

「佐久奈啊啊啊——!!薇兒她……薇兒她不見了啦——!!」

「咦啊!?這個……說得也是喔！她已經不在了……」

「就是說啊！那傢伙根本是前所未聞的薄情女吧!?只不過被絲畢卡威脅一下，她就從我身邊離開！我明明都有給她薪水！待遇照理說也不算太差！就連她吃掉布丁，我都不跟她計較！——嗚哇啊啊啊啊啊啊啊啊啊啊啊啊啊!!」

「那個……這個……我能夠抱抱妳嗎……?」

「啊啊啊啊啊啊啊啊啊啊啊啊啊啊啊啊啊啊啊啊啊啊啊啊啊啊!!」

「對，對不起！那我就冒犯一下……呼嘿嘿嘿嘿……」

佐久奈說完這句話後，將手繞向我的背後。

薇兒這傢伙，不如跟佐久奈稍微學學。這孩子可是發現我的樣子不太對勁，特地過來這邊喔。而且還抱著我，安慰我呢。雖然覺得她呼吸好像變急促了，但她跟妳不一樣，佐久奈直到最後一刻都不會拋棄我的！——就像這個樣子，我在心中對女僕抱怨連連，還嚎啕大哭好一陣子。堆積在心中的情緒一口氣潰堤才會那樣。

「……抱歉，我一不小心就失去理智了。」

「不會！請不要放在心上……」

大約五分鐘後，我跟佐久奈在房間裡頭面對面。

根據她所說，似乎是從貝里烏斯那邊聽說我的樣子不太對勁，才會趕過來這邊。她還帶點心和書本過來。不只是佐久奈，我還要跟貝里烏斯說聲謝謝。那傢伙跟其他的人不一樣，是一隻善解人意的狗。

「可是……真沒想到教皇會把薇兒海絲小姐帶走，我真的好訝異。」

「就是說啊。不知道絲畢卡那傢伙有什麼企圖。搶走這種女僕根本一點好處都沒有。在評價上，那女僕明明光是待著都會擾亂風紀。」

「好處啊……」

嘴裡吃著巧克力，佐久奈念念有詞。

「我想應該不是有沒有好處的問題。教皇或許只是想要做可瑪莉小姐討厭的事情……對、對不起，那些都只是我的猜測。」

透過推敲是足以得出這番結論沒錯。

我看是教皇對於第七部隊的無理取鬧想要加以報復，才會帶走薇兒。

女僕消失了，我的私生活將會變得一團亂，就這點而言，雖然不想承認，但是絲畢卡的作戰計畫可以說非常有效。

然而我的怨念並不是針對絲畢卡。

那傢伙明明每天都把「我會一直在您身邊」掛在嘴上。一開口就胡言亂語，對我說「將來的夢想是跟可瑪莉大小姐結婚」地說。

那傢伙根本是騙子。

不對，至今為止被她騙過不少次，我早就知道她是那樣的人。

「薇兒那傢伙……竟然若無其事跟著教皇走……難道就沒有一絲絲留戀嗎？好吧我看是沒有……仔細想想，我都沒有為她做些什麼……早知道事情會這樣，除了薪水，我應該還要給其他紅利才對……那傢伙很喜歡毒藥……若是我平常都有送她感覺起來很危險的菇類或草藥………」

「請、請妳別哭！妳看，這邊還有小餅乾喔～！」

「嗚嗚嗚嗚……」

我從佐久奈手中咬下那個餅乾。

好丟臉喔，我算什麼稀世賢者。若是這個模樣被妹妹看見，她八成就會罵我「可瑪姊姊好像小孩子～！所以才會一直長不高！」光是想像都讓我飆淚。

這時佐久奈突然用冷靜的語調說了一句「不會有事的」。

「我想薇兒海絲小姐並不是真的想從可瑪莉小姐身邊離開。因為那個人……這樣說好像有點冒犯，但她就很像會跟蹤可瑪莉小姐的跟蹤狂喔？」

「是那樣嗎？」

「是的，所以我想她應該是有什麼盤算。那個人頭腦很好，我沒辦法推算她的想法就是了……」

確實無法否認有這種可能。可是人跟人的羈絆往往簡簡單單就能斷絕。就連百年之戀都有可能瞬間冷卻，而原因常常意外地單純。

薇兒可能是看我一天到晚都不爭氣，動不動就哭哭啼啼，才會對我忍無可忍。

佐久奈此時忽然過來握住我的手，還對我展露笑容。

奇怪的是我心跳加速。

「可瑪莉小姐，妳不如試著相信薇兒海絲小姐吧？」

「可是……那傢伙心中在想什麼，沒有任何人知道。」

「只要讓我殺了她，我就會知道了。」

「別說那麼危險的話啦。」

「對、對不起。可是……就算薇兒海絲小姐不在了，可瑪莉小姐也不是一個人喔。」

「這是什麼意思啊……？」

「就是……妳身邊還有我。隨時都可以來找我幫忙。」

佐久奈在說這番話的時候，看起來有點難為情。

這下我才恍然大悟。

對喔——的確是那樣，那個女僕又不代表全世界。在這一年內，我有幸和很多人相逢相識。以前還在當家裡蹲的時代，這樣的事情連想都想像不到。有好多人都願意給予我支持，而其中的第一位就是眼前這名少女——佐久奈・梅墨瓦。一直在這煩惱也不是辦法不是嗎？

「……說、說得對喔！佐久奈妳就已經跑來這邊找我了啊。」

「是的，若是妳遇到困擾的事情，可以跟我說。我什麼都願意做。」

「那……妳願意代替薇兒嗎？」

「咦？」

佐久奈頭上浮現問號。

之後回想或許會覺得這時我已經喪失理智了。

我指著房間裡的衣櫃那麼說。

「那裡有薇兒留下的女僕裝。」

「……咦??」

「妳剛才說什麼都願意做吧？」

「…………」

我並沒有像納莉亞那樣，開始對女僕這玩意兒產生興趣。只是房間裡面少了女僕就覺得坐立難安。不是啦，我是對女僕真的沒興趣。如果佐久奈她本人稍微表現出不願意的樣子，我就要撤銷這個請求——一面想著，我盯著佐久奈的身影看。

她一時間悶不吭聲，在思考些什麼。但似乎很快就做好覺悟了。佐久奈一雙眼睛直視著我這邊，嘴裡跟著宣告「我明白了！」。

「我、我很樂意……那麼做……！欸嘿嘿嘿。」

她臉上笑容滿面——應該是說帶著一臉猥褻的笑意——佐久奈就這麼朝著衣櫃所在的方向走去。

☆

七紅天芙萊特・瑪斯卡雷爾這下不知該怎麼辦才好了。

聖都雷赫西亞跟他們起了摩擦。神聖教在帝都之中的勢力越來越龐大——雖然目前還不至於帶來毀滅性的發展，但顯然事件正朝著不樂觀的方向展開。原本遇到這種事態，應該要先跟皇帝商量再做應對，但那位皇帝卻如煙霧般消失了，導致她想應對也不知從何下手。

「雲的樣子很奇怪，天空有著破滅的色彩。」

這裡是姆爾納特宮殿裡的餐廳「沃野之果」。坐在她對面的假面吸血鬼——德普涅正在動手捲著義大利麵，嘴裡發出不吉利的呢喃。

「聽說還會下雪。」

「不，我這是在隱喻姆爾納特這裡像是風雨欲來。黛拉可瑪莉・崗德森布萊德不是也失去女僕，整個人變得悵然若失嗎？祕密兵器是那副德行，若真的有事將回天乏術。」

「小德妳太看好崗德森布萊德小姐了。」

「這是正確的評語。我並沒有認可她，但是那股力量確實很強大。」

話說到這邊，德普涅將義大利麵拿到嘴邊——接著才想起自己戴了面具，暫時先將叉子放下。

的確，黛拉可瑪莉・崗德森布萊德這號人物充滿不確定性。

對於那個小丫頭，事到如今芙萊特依然看她不是很順眼。

可是她在六國大戰和天舞祭中展現出莫大的能力。那恐怕就是皇帝口中提到的「烈核解放」吧。那種小丫頭怎麼會有那樣的力量？她本人好像沒有自覺，這更讓芙萊特火大。

「在這個國家裡，某些區塊依然像是受到皇帝獨裁統治——」將面具拿下的時候，德普涅如此說道。「而那個獨裁者消失了，這個國家自然會一下子變得很脆弱。」

「可是姆爾納特帝國這裡有榮耀國家的七紅天在。」

「我跟芙萊特就算了，其他的七紅天不值得信賴吧。」

「這話什麼意思？」

「妳都忘了嗎？那個老幹部七紅天奧迪隆・莫德里其實是逆月派來的刺客。這些狡猾的傢伙甚至有辦法滲透進七紅天堪稱銅牆鐵壁的組織內部。」

一遇到芙萊特，德普涅的話就變得多了起來。

明明還聽說她這陣子跟皇帝兩人獨處的時候，連一句話都沒有講。

「佐久奈・梅墨瓦來自逆月。海德沃斯・赫本原本跟神聖教有所牽扯。我並不認為他們會就此背叛我國，不過——」

德普涅用叉子將番茄弄爛，紅色的番茄汁在盤子上擴散開來。

「——也許敵人就在我們身邊，我們最好不要放鬆警惕。」

「這麼說也對。」

芙萊特點了點頭，心中還浮現一些思緒。

等到皇帝陛下歸來，這諸多的問題應該就能找到解決之道。他們的使命是保護國家。即便恐怖分子或宗教勢力打過來，他們也要傾注一切心力投入戰鬥——芙萊特再度鄭重地下了這樣的決心。

這時餐廳的門突然被人用力推開。

「芙萊特大人！大事不好了！」

是第三部隊的副隊長波斯萊爾，他慌慌張張地靠近。身為帝國貴族家的三少爺，他算是挺優秀的，但「一出大事」就難以保持冷靜，算是美中不足之處。

「這是怎麼了？午餐時間，言行舉止要優雅。」

「失禮了。可是有事跟您稟報——帝都郊外的教會勢力好像開始暴動了。」

這讓芙萊特不由自主地起身。

「……你說什麼？」

「他們發表聲明，說要『淨化帝國』。我想那幫人遲早都會抵達帝都……不知我們該如何處置？」

☆

銀白色的女僕光顧著站在牆壁旁邊，看起來一臉難為情的樣子。

這個美少女實在是太美了，害我感到一陣眩暈。薇兒的衣服很適合佐久奈。原本對我而言，說到女僕就只有那個變態女僕，像佐久奈這樣楚楚可憐（應該算是楚楚可憐吧）的少女成為女僕待在我身邊，感覺很新鮮。

她變得扭扭捏捏的，嘴裡好不容易才說出「那個——」。

「薇兒海絲小姐總是穿這樣的服裝，都不會覺得害羞嗎……？」

「我不清楚，那傢伙的感性不是常人能夠理解的。」

「好像也是……啊，既然都穿了，要不要來做些女僕會做的工作？」

「咦？啊啊對喔……其實妳不用太勉強自己沒關係……」

「我不會覺得勉強啊！因為我想要幫上可瑪莉小姐的忙。我會證明我也能做薇兒海絲小姐的工作。」

「唔——嗯……」

佐久奈要做薇兒的工作啊？感覺好像有點違背良心——可是我又覺得心裡有點暖洋洋的。這個少女無限大的善意療癒著我的傷口。如此一來，我心中開的大洞是不是就能夠被填滿？

「那、那好吧……如果妳能夠代替薇兒好好工作，我會很開心的。」

「欸嘿嘿……我明白了，主人。」

「薇兒不會說那種話。」

「對不起!!可瑪莉大小姐!!」

佐久奈趕緊著手工作。

© riichi

首先她先從打掃房間開始。這幾日來我的房間已經凌亂到慘不忍睹了。佐久奈就好像薇兒一樣，用俐落的動作整理房間。我才在為她的手法驚嘆，周圍就已經變得一塵不染了。

接著她這次更說「那我來做午餐」。原來佐久奈還會烹調餐點？——在我感到疑惑的當下，佐久奈也來到我房間裡的廚房。她開始料理預先買好的食材，一下子就做出看起來很好吃的蛋包飯。

「請用，這個您願意吃嗎？」

「啊，嗯。我要開動了。」

我用湯匙撈起蛋包飯，放到嘴裡吃吃看。

好吃到臉頰都快掉下來了。好甜好柔軟，還很濃稠滑順。

這幾天以來枯竭的味覺又在瞬間變得元氣十足。

不對，這是什麼啊。原來佐久奈這麼會做菜？不，不只是做菜而已。就連打掃都無可挑剔——原來這傢伙是什麼都會做的完美人士!?

「如何？做得夠到位嗎？」

「好……好好吃喔!?沒想到佐久奈會做出這麼美味的蛋包飯……！」

「其實我有在偷偷練習，因為我希望可瑪莉小姐能夠吃得開心。」

「太厲害了，就算拿去店裡面賣也不奇怪。」

「欸嘿嘿，有比薇兒海絲小姐做的好吃嗎？」

「…………唔。」

佐久奈在這時小聲說了一句「好可惜」。那讓我感到一絲寒意，是我想太多了嗎？

後來我陶醉地吃著那些蛋包飯。佐久奈自始至終都笑咪咪地看著我吃飯，等到我把所有的飯都吃完了，她又說「請可瑪莉小姐先去休息一下吧」，開始積極善後。

「——好了，餐具也都清洗完畢。還有其他事情要做的嗎？」

「沒有……好像沒別的了……」

「是這樣啊。那若是有什麼事情要做，不管是什麼事，都請妳吩咐我喔。」

佐久奈說完那些話就坐到我身旁。

她這個女僕當得太完美了，害我連頭都抬不起來。

顯然還比薇兒更能幹。只要有一個佐久奈在，我的私生活就風調雨順了。最大的重點在於這女孩不會像那個女僕一樣，硬是把我拐去工作。

「請問……可瑪莉小姐，我能不能成為薇兒海絲小姐的替代人選呢……？」

此時佐久奈突然這麼問我。

我交叉雙手放在胸前，不由得陷入沉思。客觀來看，她已經足以代替薇兒了。

不管是打掃還是做飯都很完美，當我的專屬女僕無可挑剔。

只不過——只是，我會覺得她好像還缺少了什麼。

變態女僕之所以會是變態女僕，有一個最重要的因素。

佐久奈正好缺少這一點。

「還不夠……」

我不由得說了這麼一句話。

佐久奈臉上的表情就好像遇到世界末日一樣。

「請問……是不是調味太淡了？」

「不是那樣。是變態成分……不夠……」

佐久奈的眼神整個呆掉。

就連我都不知道自己在說什麼，可是從心中湧現的不滿卻無法排解。我用力握緊雙手，對著佐久奈傾訴。

「佐久奈沒辦法成為薇兒……因為佐久奈不是變態，妳太清純可人了……」

「！？！？！？」

我並不是希望被薇兒騷擾。可是薇兒之所以是薇兒，理由就在於她會對我使盡全力做出毫無節制的變態行為，除此之外再也沒有別的原因了。佐久奈絕對不會做到那種地步。因此襲擊我的壯絕失落感也無法化解。

不知不覺間，我流出了淚水。

為什麼我非得為這種事情煩惱不可。平常覺得很煩的存在突然間沒了，原來是那麼讓人眷戀嗎？不對，我又沒有眷戀，只是覺得空虛而已。我當上七紅天大將軍之後的人生，若是少了那傢伙的變態行為就沒什麼好談的了。

「那……那個……可瑪莉小姐。」

佐久奈再度開口時，聲音都在顫抖。不知道是什麼原因，她看起來非常緊張的樣子。

「就是……其實我不是可瑪莉小姐所想的那種吸血鬼喔？所以我可以代替薇兒海絲小姐……我覺得可以。」

「不用了，妳不用勉強自己。妳根本就不適合當變態……」

「可瑪莉小姐……！」

她當下驚愕地睜大雙眼。

不論是誰聽人說了這種話，應該都會覺得「咦？這個人好像有點怪怪的？」

但我可是很認真的喔。很認真在想些莫名其妙的事情。對著特地做蛋包飯給我吃的人說「妳不夠變態，是假冒品」，對方會幻滅是理所當然的吧——才剛想到這邊……

「我知道了，我會為了可瑪莉小姐成為變態。」

佐久奈開始用醞釀熱度的眼神看著我。

「咦……妳的意思，我有點不明白……」

「我可以成為薇兒海絲小姐的替代品，所以請妳不要哭泣。看到可瑪莉小姐悲傷的表情，我會覺得心痛。」

「佐久奈……」

她紅著一張臉，一直在凝視著我。

要求佐久奈去追逐薇兒的幻影，原本這樣的行為應該要遭到唾棄才對。佐久奈就是佐久奈，不是薇兒。不管是誰看了，這點都已經明明白白擺在眼前。可是——她那些真摯的話語卻打動我的心。面對如此率真的覺悟，我會想要接受它。

「……我知道了啦，妳就為了我成為變態吧。」

「是！」

彷彿花兒盛開一般，佐久奈展露笑顏。

「不、不過，具體來說應該要做些什麼呢？」

「那傢伙會過來觸碰我的身體，毫無顧忌地碰。所以說……若是妳想要模仿薇兒，我想應該就得這麼做吧……」

對話變得越來越奇怪了，害我沒辦法直視在我旁邊的佐久奈。

然而她卻嚴肅地點點頭，接著說道「我明白了」。

「……那麼，我是不是可以觸碰妳？」

我的身體在那瞬間僵了一下，之後點了點頭。

那白皙的手慢慢伸過來。

我偷偷窺視她臉上的表情。佐久奈就好像番茄一樣，臉變得好紅。

唔哇——在那麼近的距離下看佐久奈，會覺得她真的是美少女耶——除了為此感嘆，我還眺望她那雙跟星群一樣燦爛的眼睛，然後我不經意浮現一個疑念，開始懷疑自己是不是一腳踏進超不正常的領域裡了。

不對，先等等。

薇兒給人的感覺是這樣嗎？

佐久奈的變態感好像比那個變態女僕更變態……？

「來吧可瑪莉小姐，請妳不要亂動喔……」

「那個……妳打算摸哪邊？」

「我打算去碰最變態的部分。」

「暫——暫停暫停！我好像沒資格說這種話，但妳還是先冷靜一下吧！」

在事發前一刻恢復冷靜的我微微向後退。

可是佐久奈沒有把我的話聽進去。簡直活生生就像個變態一樣，紅著臉頰一步步靠近我。這樣下去她真的會變成變態吧。佐久奈最適合的外在形象還是應該要楚楚可憐到花兒也會為之羞愧才對，所以她還是不要做些會毀損形象的事情好了。別再靠近我了。喂，妳有聽見嗎？我憑著本能感覺到危險，在那瞬間正打算逃跑——

「？」

當下佐久奈的動作卻暫停了，她好像注意到什麼。

那雙眼接著望向窗外。

就在那個時候，我突然間聽見某種東西爆炸的聲響，還連續好幾次。魔法跟魔法碰撞所引發的衝擊，連這邊都感受得到。彷彿被人澆了一盆冷水的佐久奈站了起來。

「出什麼事了？這是——」

「不清楚……」

外頭變得吵鬧起來。崗德森布萊德家的傭人們開始四處奔跑，嘴裡嚷嚷著「怎麼了怎麼了？」很顯然出事了，而且情況非比尋常。

接著佐久奈的通訊用礦石無預警發出光芒。

她從我身邊離開，注入魔力回應通訊請求。之後她默默無語一陣子，一直在聽對方說話，然而她的表情變得越來越凝重，這不是好兆頭。

「可瑪莉小姐……」

結束通話的佐久奈說了些話，聲音在顫抖。

「等一下要召開七紅天會議，我們一起過去吧。」

「咦？為、為什麼……？」

「因為帝都受到攻擊。接下來好像要共享情報，還要開作戰會議。」

我以為是自己聽錯了，怎麼可能發生那麼扯的事情。可是佐久奈又拋出更誇張的情報。

「敵人……恐怕是神聖教。」

☆

被佐久奈拉著手的我來到姆爾納特宮殿。

即便少了薇兒，我是七紅天這點依然不會改變。既然受到緊急召集，無論精神面有多麼不平穩，立刻趕過去參加依然是我的義務。說真的從各方面來說，我都不想過去，可是不去會讓芙萊特大發雷霆，我只好心不甘情不願移駕到那邊。

這裡是前些日子我方曾跟教皇出了點衝突的「血染之廳」。

等我抵達那邊的時候，其他七紅天早就已經到齊了。

一進到房間裡，芙萊特就用尖銳的聲音斥責一聲「太慢了！」

「若是受到徵召，身為七紅天就應該立刻趕過來參加！時間有限。如今就在這一刻，姆爾納特帝國正受到歹人的魔爪威脅——」

「抱歉……」

「…………看妳這樣老實道歉反而讓人噁心。妳還在糾結那檔事啊？」

「又沒有……」

我連切換成將軍模式反駁芙萊特的力氣都沒有。

那些喜歡以下犯上的部下也不在這邊，我就隨心所欲好了。

總之我先挑一張空的椅子坐下。這一坐便讓隔壁的德普涅帶著一身困惑氣息望著我。

「喂，那裡是第五部隊隊長的座位……」

「啊啊是喔，原來在那邊。」

我慢吞吞地站了起來，換到別的座位上。感覺其他那幾個人好像都在看我，可是我沒心情去管。眼下我最大的目標是混完這場會議，再回去當家裡蹲。

此時芙萊特「咳哼」地清清喉嚨，接著又說了些話。

「崗德森布萊德小姐好像沒什麼幹勁，但我們還是來召開會議吧——那首先，剛才有衛兵來跟我們報告，聽說姆爾納特帝國的帝都發生暴動。」

在我旁邊的佐久奈對我說「要不要喝水……？」把杯子拿給我。

我邊道謝邊接過水杯。在這段時間裡，我就來當只會喝水的觀葉植物好了。薇兒又不在身邊，我厚顏無恥跑來參加也沒什麼意義。光環不再的黛拉可瑪莉．崗德森布萊德完全沒有當將軍該有的力量，只是一個一無是處的吸血鬼。

「那幫人會使用魔法破壞建築物，人數大約百人。大部分的人都是信眾，來自帝都下級地區的教會。他們的要求簡單扼要——就是『去信神』。也就是說動機似乎是出在宗教方面，才會引發暴動。赫本大人，關於這部分，不知您有什麼看法。」

「我有什麼看法啊？當然是立刻鎮壓比較好！」

「第五部隊目前已經前去鎮壓了——我要問的不是這個，而是赫本大人身為神聖教的神父，希望你能從這個角度提出一些意見。」

海德沃斯點點頭回了一聲「嗯」，視線飄向上空。

「原先姆爾納特帝國就是會否認其他宗教的國家。舉例來說，存在於帝國的教會數量只有阿爾卡的十分之一。就連身在聖都的吸血種神職人員，也只占了整體的百分之五。因此這次會為了宗教引發暴動，說真的令人訝異。就連神明看了都會驚訝吧。」

「那些人到底是什麼人？是跟赫本大人有關的人嗎？」

「我跟他們毫無關聯。但帝都這邊的教會跟他們是有點間接關聯，因為我自從離開神聖教後，其他的神職人員都會來迫害我。」

「原來離開神聖教這件事情是真的。」

「是啊，是我主動離開的！把教皇開除！」

海德沃斯開始用高亢的聲音發牢騷。

「當今的教皇——尤里烏斯六世也就是絲畢卡‧雷‧傑米尼，她是沒辦法理解神之真諦的野蠻人。只要能夠傳教，不管使用多麼骯髒的手段都在所不惜。連神聖教的根本精神是『愛』都忘了，這位大人著實令人遺憾。」

「聖都那邊的情況，我不是很清楚……但這樣的人為何會成為教皇？」

「這我也不曉得，因為我對權力鬥爭沒興趣。」

芙萊特接著嘆口氣說「你還是老樣子呢」。

「赫本大人，關於這次的事件，聖都有可能插手介入嗎？」

「我覺得那種可能性極高——畢竟在姆爾納特帝國強行傳教能夠實施，聽說也是出自教皇的命令。再透過類似洗腦的手段，打造出不懂得變通的信徒！」

「第四部隊這邊也有人跟我報備。主謀曾經明言他們都是『受教皇感召』。」

德普涅在說這些話的時候，雙手交叉放在胸前。海德沃斯則是不悅地大喊「實在是太愚蠢了！」

「那個邪惡教皇想要由內而外將姆爾納特帝國轉變成『神之國度』！」

「神之國度具體而言是怎樣，我並不清楚。但這會不會就是一種報復行為？前些日子姆爾納特帝國——尤其是第七部隊做出失禮的舉動，這是在報復嗎？」

「不清楚呢！那種野蠻人在想什麼，我是不會明白的。但話說回來，絕不容許她那麼做——沒錯，不可原諒！崗德森布萊德小姐是不是也這麼想!?」

話題突然繞過來我這邊，害我嚇了一跳。

海德沃斯正用熱情的目光盯著我看。

「聽說尤里烏斯六世從妳那邊奪走很重要的東西。難得妳會那麼缺少霸氣，是不是那個借神之名義招搖撞騙的不法分子害妳痛失所愛，才會這個樣子？」

「唔……」

若對方是特別敏銳的人，這些事情或許早就被他們看穿了。

我都還來不及說些什麼，芙萊特就站了起來，並大聲宣示。

「崗德森布萊德小姐的事情不重要吧。先別管那個了，我要來將剛才說的那些整理一下。看來教皇尤里烏斯六世打算使用奸詐的手段，從姆爾納特帝國內部進行破壞。這次的暴動也是冰山一角——而且今後暴動還有可能繼續進展下去。那麼我們應該採取的行動就只有一樣。」

芙萊特看了看七紅天各位成員的臉，接著做出宣告。

「我們要取締存在於帝都的教會勢力。只要能夠徹底解決他們，所有問題也都會迎刃而解。」

「——如果是卡蕾的話，她應該不會做得這麼迂迴吧。」

原本一直坐在我身旁的人出聲了。

所有人的視線都集中在一點上。

那個嬌小的少女就坐在椅子上，抱著膝蓋吃羊羹。這個吸血鬼讓人特別有印象之處莫過於睡到亂翹的金髮，還有懶洋洋的眼眸。

我跟她還是第一次相見，我還在想「這是誰呀？」但是從她坐的位置來看，那女孩應該就是人稱帝國最強的七紅天——通稱「無軌道炸彈客」。

「凱拉馬利亞大人，不曉得您說這話是什麼意思？」

「也沒什麼意思。在說都知道敵人是誰了，只要把他們炸死就好。」

嘴裡一面說著這些，第一部隊隊長貝特蘿絲・凱拉馬利亞「嘿咻」一聲，從椅子上下來。

她直接拍噠啪噠地走了幾步（不知道為什麼赤裸著雙腳），走到窗戶那邊，看著外頭伸了一個大懶腰。

「若是真的去取締教會，做完太陽都下山了。七紅天是為了什麼而存在的？不就是為了殺戮嗎？那就去暗殺教皇不就得了。」

「什……什麼!?」這讓芙萊特睜大雙眼，人又跟著站了起來。「若、若是真的做出這種事，我們跟聖都之間一定會出現決定性的代溝！到時候雙方會真的廝殺起來啊！」

「要說殺起來，早就已經開始了吧。卡蕾會消失不見，都是因為這樣啊。」

「什麼……」

我為此感到驚訝，還看看貝特蘿絲。

那就是說——皇帝已經被殺掉了？

「這不可能!!卡蕾大人那樣的人物怎麼會……」

「妳不要會錯意，還不知道她是不是真的死了。可是那傢伙什麼都沒跟我說就走了，可以肯定一定是出什麼狀況了。」

「出狀況這件事，大家都曉得！——真是的。我們該採取的方針不是暗殺教皇，而是取締教會。我們現在要立刻將軍隊派遣到帝都各處……」

「妳還太嫩了。」

貝特蘿絲說這句話時，聲音聽起來好像很想睡。這個吸血鬼實在太有氣無力了，很難想像她就是炸掉阿爾卡總統府的當事人。

「姆爾納特帝國正遭到侵略。若是不快點採取行動，就連明天的晚餐都吃不到了，我覺得連小孩子都明白這個道理。」

「那不然該怎麼做？我想聽聽妳的高見。」

「既然對方來找麻煩，我們就全力以赴。可可是不是也這麼想？」

話題又突然間跑到我這邊，害我的心臟跳了一下。

而且她還叫我「可可」，我身邊都沒人這麼叫我。

貝特蘿絲啪噠啪噠地走向我。

「妳身為率領第七部隊的殺戮霸主，一直都很賣力。就像平常那樣以牙還牙，大鬧一場不是挺好的嗎？」

「……這——」

這個人是不是對我的底細有點概念啊。

可是我現在連虛張聲勢的力氣都沒有了。話說我虛張聲勢還能平安無事，基本上都是因為有薇兒在我身邊才能那樣。若是我現在隨隨便便進入將軍大人模式發揮一番，三兩下就會被人攻擊到露出馬腳，一定會落得那樣的下場。一旁的佐久奈在這時慌慌張張插嘴，說了一聲「那個！」

「可瑪莉小姐她……是因為薇兒海絲小姐不在才會……」

「這我不是很懂啦，但我覺得可可還挺厲害的喔。」

能夠聽見一些爆炸聲響從遠方斷斷續續傳來。

暴動好像還沒有消停。不知道過去鎮壓的部隊有沒有事。

除了拿出新的羊羹，貝特蘿絲還在同一時間開口。仔細看會發現包裝紙上寫著「風前亭」的字樣。

「妳擁有很厲害的烈核解放，代表妳的心靈比任何人都要來得強韌。雖然姆爾

© riichu

納特的武官全都跟蒟蒻一樣，每個都很軟弱，但妳是我唯一認可的人。像妳剛就任的時候，我們遭到恐怖分子襲擊，可可妳孤身一人前往帝都下級地區的教會對吧。那個時候我跟卡蕾曾經一同笑說『她好像尤琳呢』。」

這話讓我不由得抬起臉龐，仰望貝特蘿絲。

她用那對看似毫無幹勁的雙眼望著我。

「可是現在的妳就像枯萎的花。若是對現實狀況感到不滿，妳大可採取行動。如果是妳的母親，我想她會那麼做吧。」

「…………」

這下我完全說不出話來了。

若是對現實狀況感到不滿，大可採取行動——這毫無掩飾的漂亮話形同在受了傷的心靈上灑鹽。那道理我原本就曉得了。害我的日常生活大亂的人，就是絲畢卡他們那些神聖教黨徒。如今教會勢力可以在帝都境內作威作福，也是那些傢伙搞出來的。還有薇兒不見，那也是他們的傑作。至於皇帝失蹤，我看十之八九大概也是拜他們之賜。

雖然是那樣，我卻無能為力。

我這個半吊子之所以能夠一直擔任將軍，都是那個女僕的功勞。

要我採取行動？就我這個廢柴吸血鬼，光憑一己之力又能夠做些什麼。我可能找到的解決方法大概就剩跟神明祈禱了。不對，就算祈禱也沒辦法解決。

接下來我能走的路就只剩一條。那就是辭職不當將軍，跑回去當家裡蹲，就只能這樣了。

就在這個時候——我再度聽見巨大的爆炸聲。

緊接著這個房間的門就被人用力打開，還發出一聲「砰!!」，是芙萊特的部下跑進來了。

「芙萊特大人！暴動擴大了！聽說連其他的教會也跟著起義……」

「嘖——看來光靠第五部隊似乎不夠看。」

「我去一趟吧。」

這時德普涅用不亞於風的速度奔離。

周遭變得越來越吵雜。感覺是真的要打起來了。

突然間，貝特蘿絲發出一聲嘆息，還說了些話。

「這些都無所謂啦。若是看到妳變成這樣，那孩子應該會大發雷霆吧。想要打倒的對手變得像個空蟬殼一樣，這樣根本不夠看。」

「咦——？」

「唷，說人人到。」

雖然不至於像皇帝或大神那樣，但貝特蘿絲的說話內容也有點欠缺具體性。

但不管她對我說些什麼，都沒關係。在這次的騷動裡，我的存在意義甚至比不上西瓜種子，已經有夠渺小的了——就在我感到萬念俱灰的當下。

「妳……妳怎麼突然——」

就在我背後，德普涅出聲說了那麼一句話。也不知道為什麼，她好像呆呆站在路口那邊。

我感覺有人靠近。

海德沃斯在這時「哎呀」一地皺起眉頭。佐久奈則是睜大眼睛站了起來。我也沒特別留意，將杯子放到嘴巴旁邊，但是一看到別人扔到圓桌上的東西，我就嚇到發出慘叫聲。

那是屍體。身上穿著神職人員服裝的屍體被人用力丟到桌子上。

到底發生什麼事了——想到這邊，我正準備轉頭看，就在那瞬間……

「放心吧，主謀已經被我殺掉抓起來了。」

這次我是真的受到很大的驚嚇。

那冷酷的聲音牢牢刻印在我的記憶深處，想忘也忘不了。每次想起來，對方身上那帶刺的氣息都會讓我感到一陣刺痛——我硬是要自己別再顫抖了，並確認背後的情況。

站在那裡的是一個青色少女。

那是從前把我逼到變成家裡蹲的吸血鬼。

米莉桑德．布魯奈特。

「——等一下暴動就會平息。第五部隊的成員正在殘殺那些人。」

「布魯奈特將軍……帝都這邊出現多少傷亡？」

「沒有傷亡。在這個地方死了也會復活，說這是什麼話。」

米莉桑德冷冷地笑了。

過於震驚的我，驚訝到嘴巴都合不上。

剛才芙萊特叫她布魯奈特「將軍」。可以由此推敲出的事實就只有一樣。那就是少了奧迪隆．莫德里，第五部隊的將軍從缺，而就任成為隊長的不是別人，正是青藍色的恐怖分子——米莉桑德．布魯奈特。

我被迫想起今年春天發生的事件。我跟薇兒被這傢伙害到身負重傷——我也因此踏出嶄新的一步。

「布魯奈特小姐！」海德沃斯在這時大喊。「我更想問問，這具屍體是怎麼一回事？看起來應該是神聖教的神職人員。至於他身上的徽章，看上去位階跟我一樣，應該都是牧師。」

「都說這傢伙是主謀了，他帶著信徒去襲擊政府單位的相關設施。但那並不是重點——你看這傢伙的右手。」

人們的目光集中在屍體的右手上。

他的衣服已經破了，底下的皮膚裸露出來。那裡有著清晰的月亮形狀紋樣。這個東西我見過，跟從前刻在佐久奈肚子上的東西是一樣的。

米莉桑德用憎恨不已的語氣補上這麼一句。

「——他跟逆月掛鉤。在這場騷動背後，是那個組織暗中作梗。」

在場眾人群起譁然。海德沃斯跟芙萊特開始你一言我一語地談論起來——但是我沒那個心情。光只是這個青藍色少女在場，我的胃就不停翻攪。

這時米莉桑德突然轉過來看這邊。

我就像被蛇盯上的青蛙，整個人動彈不得。

「黛拉可瑪莉，好久不見。」

「好、好久不見……」我好不容易才擠出聲音說話。「……妳過得好嗎？」

「怎麼可能過得好。都是因為妳的緣故，害我嘗到身處地獄般的痛苦滋味。」

這下我說不出話來了。若是我在這說「請節哀順變」，八成也只會被她殺掉吧。

當然為了因應跟米莉桑德碰面的那天，我也做過練習了。不過——用不著特別挑這種時間出現吧。我原本是希望在心情跟身體狀況都更完善的時間點上與她重逢，希望可以用更平穩的方式對話，在這之中加深對彼此的理解。

「——喂，妳是要婆婆媽媽到什麼時候？」

「在、在說什麼……？」

「逆月的計謀正在運作。那個殺戮的霸主跑哪去了？妳不是要讓全世界都變蛋包飯嗎？還是說妳已經厭惡當將軍了？」

米莉桑德用尖銳的話語將我的心傷得千瘡百孔。

佐久奈趕緊過來擋在我和她之間。

「米莉桑德小姐！可瑪莉小姐已經累了。如果要聊比較複雜的事情，能不能晚點再說？」

「給我讓開，佐久奈・梅墨瓦。」

「啊……」

米莉桑德把佐久奈推開，整個人站到我眼前。

佐久奈來到我身旁，慌慌張張六神無主的。其他七紅天也好奇地看這邊，納悶發生什麼事了。那個青色少女用打從心底對我感到失望的表情俯瞰我。

「聽說薇兒海絲被人抓走了？妳怎麼有辦法悶不吭聲，在這當喪家犬啊。」

「因為……因為，我又沒有力量……」

「沒有力量？妳是不是搞錯什麼了？」

「因為薇兒不在這邊了啊！若是少了她，我就變成無可救藥的劣等吸血鬼！就只能悶不吭聲，在這當喪家犬嘛！我可是——」

「——少在這找人取暖!!」

我眼前有火花四射。

佐久奈跟著發出悲鳴。

那陣衝擊實在是太大了，我連上半身都跟著往後仰。

額頭那邊有一股痛楚迸發開來。

遲了一下子，我才會意過來——是米莉桑德在那瞬間用力彈了我的額頭。我當下啞口無言，整個人定格了。緊接著連岩石都能粉碎的怒吼聲從我上頭澆下。

「妳明明就擁有力量！為什麼不用！事到如今可別說妳還對自己的能力毫無自覺！不管六國大戰還是天舞祭，妳都是靠自己的力量戰勝的！」

「…………嗚。」

「這個國家正要加速滅亡，這樣妳也無所謂？」

「………………嗚嗚嗚嗚。」

「妳給我說句話，黛拉可瑪莉・崗德森布萊德！看妳在那哭喪著臉，這連我的心情都跟著變差了!!」

「——嗚啊啊啊啊啊啊啊啊啊啊啊啊啊啊啊啊啊啊啊啊啊啊啊啊啊啊!!」

「有什麼好哭的!!」

「如果被人家彈額頭，不管是誰都會哭吧————!!」

「吵死了!!」

我胸前的衣服突然被人抓住，眼淚也縮回去了。

海德沃斯當場從座位上站了起來。貝特蘿絲嘴角浮現笑意。德普涅被那股氣魄吞噬，變得渾身僵硬。就連那個芙萊特都有點嚇到，嘴裡說著「布魯奈特小姐，這樣實在是……」至於佐久奈，她已經臉色發青了，還不停發抖。然而米莉桑德一點都不介意，嘴裡還這麼說。

「之前我把薇兒海絲抓走的時候！妳明明知道自己軟弱無能，還是單槍匹馬跑過來應戰！」

「唔……」

「就因為妳是這樣的人，才能夠使用烈核解放！妳擁有那樣的心志，人們才會追隨妳！當時的妳跑哪去了!?難道不想靠自己的力量把薇兒海絲搶回來嗎!?回答我，黛拉可瑪莉・崗德森布萊德!!」

對方實在太咄咄逼人了，害我變得茫然無措。

然而纏繞在心中的鬱悶感似乎逐漸潰散開來。

的確就如米莉桑德所說。既然被人奪走，那搶回來就行了。之前我也都是這麼做的。當然我不是一個人——而是跟提供協助的夥伴們同心協力。不管是之前面對米莉桑德的那一戰，還是遇上七紅天爭霸戰，又或者是六國大戰，還是天舞祭。面對那些不當的欺壓行為，我不是一直都挺身反抗嗎？

「黛拉可瑪莉，妳是不是清醒了？」

「…………」

說老實話，我只覺得自己正在作惡夢。

但這次又跟六國大戰和天舞祭的時候一樣。絲畢卡從我這邊奪走了薇兒。或許我們真的有褻瀆神明，用紅茶弄髒她的衣服，毀損銅像，姆爾納特這邊是真的對不起人家，但就這樣把我重要的部下搶走，天底下哪有這樣的道理。

「那個……妳還好嗎……？可瑪莉小姐……」

怎麼可能沒事？但我擦掉淚水，回看米莉桑德的臉龐。

這幾日來，變得奇怪的人是我。面對來襲的絕望感，我從頭到尾只知道隱忍，卻什麼都沒做。這樣是不對的——應該要正視那股絕望感，正面迎擊並將之擊潰才對。倘若我希望過上安穩的家裡蹲生活，首先薇兒就不可或缺。既然被搶走了，那我就搶回來吧。

再說那傢伙應該也不想跟我分離才對。

按照她先前那樣犧牲奉獻的態度來看，簡簡單單就能看出，這背後一定是有什麼隱情。例如她必須前往聖都從事間諜活動之類的。總之我要過去見見她，先確認一下才行，否則後續就沒什麼好說的了——想到這裡的我正打算起身，碰巧就在這時。

『——姆爾納特帝國的各位，大家好。』

不經意地，有個似曾相識的聲音響起。

是圓桌上的屍體在說話——那怎麼可能？其實是放在屍體口袋中的通訊用礦石擅自作動導致。

『我是聖都雷赫西亞的尤里烏斯六世。不知道各位這段時間過得如何？若是你們已經知曉神的偉大，我會很欣慰的。』

「尤里烏斯六世!?這是怎麼一回事!?」

大感錯愕的芙萊特在這時起身。

感覺絲畢卡似乎在竊笑。

『我讓他預先帶上通訊用礦石，想說現在暴動也差不多該被鎮壓了吧』——看來各位都已經平安無事度過難關了，先說一聲恭喜。』

我聽了為之愕然。

從她說的話聽來，可以聽出是絲畢卡下的指示，讓那些信眾四處作亂。

她還說『這些話應該都有確實傳送過去吧？沒問題嗎？喔喔好，那我知道了。』等跟背後的某個人做完確認後，絲畢卡又繼續說下去。

『——前些日子姆爾納特帝國對神明做出無禮的行為，如此行徑必然受到懲罰，那也是不被容許的行為。於是我們決定要對野蠻的吸血鬼降下來自神明的制裁。』

「什麼——」我下意識起反應，不僅站了起來還大叫。「妳在說什麼啊！不是妳把薇兒抓走的嗎！這樣還不足以賠罪!?」

『賠罪？是有誰在什麼時候跟我們賠罪過？』

絲畢卡裝作一副聽不懂的樣子，嘴裡接著如此應聲。

我陷入呆愣狀態，芙萊特則是頂替我發出怒吼。

「教皇尤里烏斯六世！這次的暴動是受妳指使對吧!?」

『暴動可不是受我指使導致的。我們聖都對姆爾納特帝國降下的制裁很單純。只是對神明祈禱，請神明「降下天譴」。若結果導致民眾起義，那並不是我們的傑作，而是神的神蹟。你們將憤怒的矛頭指向我們可就指錯了。』

「唔——妳以為用這一套歪理就能說服我們嗎！」

『在這世界上就是有那種道理存在。若是姆爾納特帝國繼續這樣蠻橫行事，最終四散在帝國各處的神之信徒將會發動革命吧。』

「請妳別開這種玩笑！妳的目的到底是什麼!?」
『我早在一開始就說過了啊。』
除了冷笑，絲畢卡還大言不慚地發表高見。
『要讓姆爾納特帝國追隨神，就只是這樣罷了。』
「妳這個——」
「別這樣，太難看了。」
芙萊特正準備拔劍，卻被貝特蘿絲制止。
她還在吃羊羹，說話語氣一副嫌這檔事麻煩至極的樣子。
「我說尤里烏斯六世。背後應該有什麼隱情吧？一般正常人都知道，要一個國家改信其他宗教沒那麼簡單。」
『說這是什麼話呢？我可是非常認真的喔。』
「說到重點了！絲畢卡・雷・傑米尼是思考模式異於常人的野蠻人。教義這種東西不應該強塞給別人，而是要發自內心去信奉。就是因為不明白這點，才會做出如此蠻橫的事情。」
『是海德沃斯・赫本啊？明明就已經被我們趕出去了，你好像還在那邊假裝自己是神職人員是吧。』
「被人開除的是妳才對吧？妳還要繼續假裝自己是教皇嗎？」

「總而言之！我們不可能接受這樣的要求！等到卡蕾大人回來了，我們將再度召開會談！雙方來徹底議論一番！」

『沒必要議論，畢竟——』

『絲畢卡大人，已經把替代用的糖果拿過來了。』

『哎呀，真是多謝了。』

我覺得自己的臉頰好像被人用力打了一下，剛才聽到的聲音明顯是來自薇兒的。這讓我不由得對著屍體大叫。

「——薇兒！妳還在那種地方做什麼啊！」

『崗德森布萊德將軍？不曉得您有何貴幹？』

「我不是要找妳！讓薇兒出來接聽！」

接下來沉默了一小段時間。也許他們把收音功能切斷了，正在商談。但很快的，那邊就有聲音傳過來了，一個熟悉的聲音傳入耳中。

『……是，我是薇兒海絲。』

「薇兒……」我的眼淚都快從眼眶中飆出來了。但我將手緊握成拳頭狀，拚命忍住。

「……薇兒！妳平安無事啊!?絲畢卡有沒有對妳做奇怪的事情!?」

『我沒事。絲畢卡大人對我很好。』

『她說得沒錯。我這個人心胸寬大，怎麼可能去折磨那個女僕。我會珍惜使用薇兒海絲的，妳就放心吧。』

「什麼……」

『照這樣聽來，崗德森布萊德閣下似乎沒有善待過那個女僕呢。她曾經憤恨地抱怨喔。對吧薇兒海絲。』

「妳在說什麼……這不是真的吧，薇兒……」

『沒錯，可瑪莉大小姐都不回應我的請求。不管我說自己有多麼仰慕可瑪莉大小姐，她都會冷漠以對，不當一回事。前陣子我在澡堂悠悠哉哉在泡澡，她還不分青紅皂白將我趕出澡堂。有人會對別人做那麼殘酷的事情嗎？』

「不不，不對吧！那是因為妳擅自闖進來，做出變態的事情啊！」

『不只是這樣而已。像我原本還在熟睡，可瑪莉大小姐會強行將我從床鋪上推落，沒了棉被的我只能在冰冷的地面上發抖。我的身心明明都已經全獻給可瑪莉大小姐了……卻連身心都為之凍結。』

「這也不對！那是因為妳突然跑到床上抱住我吧！」

『這樣可不行，不過現在情況變怎樣了呢？』

『是，我的身心都已經恢復了。因為絲畢卡大人對我很溫柔。』

『昨天我們還一起洗澡對吧。』

『我還想再替您洗背。』

『可以。話說昨天晚上的晚餐也很好吃喔。妳烹調的蛋包飯，對上一流主廚也絲毫不遜色呢。』

『被您這樣誇獎是我的榮幸。我有事先調查過絲畢卡大人的喜好，那是專門為絲畢卡大人量身訂作的。』

『是那樣啊。身為一個女僕，妳真是完美到無懈可擊呢。幸好妳能夠從崗德森布萊德將軍身邊離開。妳的才華就應該發揮在合適的地方。』

…………………………

…………

……喂，這兩個人。

趁我不在的時候，她們都幹些什麼了？

為什麼薇兒會為我以外的人做蛋包飯？

『──話說回來，話題走偏了。其實我們的要求就是剛才提到的那些。』

「開……開、開、開──」

『若是不願意接受那些條件，想必來自神明的制裁依然會持續下去。首先我們會對姆爾納特帝國全境的教會發動號召──』

「開什麼玩笑啊啊啊啊啊啊啊啊啊啊啊啊啊啊啊啊啊啊啊啊啊啊啊啊啊

啊啊!!」

「砰!!」的一聲，我用力敲擊桌子。

在我隔壁的佐久奈發出悲鳴，嘴裡「咿!?」完了還後退。

我現在根本沒心思去管周遭那些人是怎麼看我的，而是在桌子上向前探出身體，對著那具屍體大吼大叫。

「喂薇兒！妳之前明明一天到晚黏著我，現在是怎樣!?就這樣對別人投懷送抱也太唐突了吧！我還是第一次看見這麼快的背叛速度！之前就覺得妳這個女僕很愛說謊，但我沒想到妳這麼薄情寡義，只不過是妳不見了，我的生活作息卻亂成這樣，就連我自己都嚇了一大跳，現在我甚至都不知道自己在說什麼了啦！這些全都是妳的錯，妳要怎麼彌補啊，這個變態女僕!!」

『可瑪莉大小姐。我——』

「我才不要聽妳找藉口!!把我捧成天下無敵七紅天大將軍的人，根本就是妳吧!!連這個責任都不負就從我面前消失，這種事情我絕對不允許——即便神允許，我黛拉可瑪莉‧崗德森布萊德也絕對不會允許的!!」

『妳先冷靜一點，崗德森布萊德將軍。神明可是很歡迎薇兒海絲入教——』

「像那種神明，看我去彈祂的額頭!!」

這下絲畢卡不再出聲，似乎被我的氣勢蓋過了。

我才不管那些，這張嘴還是繼續說下去。還有那也成了名副其實的宣戰行為。

「給我等著薇兒，我一定會把妳帶回來！還有那些寄生在姆爾納特的宗教勢力，全都莫名其妙，我會把他們徹底收拾掉！還有那個什麼聖都的軍隊，也會被我趕出去！」

「崗德森布萊德小姐，妳先閉嘴一下，拜託不要擅自跟人開戰。」

「又沒關係，芙萊特。這種時候就讓可可放手去做吧。」

連在我背後言語來往的芙萊特和貝特蘿絲，我都沒看在眼裡。

我只顧著將心中的想法毫不客氣地說出。

「所以——妳就在那邊安安靜靜等著!!在我過去之前，都不可以做蛋包飯給絲畢卡吃喔!!絕對不行!!聽懂了吧!!」

『…………………………………』

在通訊用礦石的另一頭，暫時有那麼一陣子都沒有半點聲響。

等到我發現的時候，「血染之廳」也籠罩在沉默之中了。

佐久奈驚訝地仰天，德普涅就像平常一樣，都沒有說話，芙萊特則是面色蒼白，渾身顫抖。至於海德沃斯，他就只是一臉滿足地點頭，什麼話都沒說，貝特蘿絲悠悠哉哉在吃著她的羊羹，再來是米莉桑德，不知道為什麼她背對著我，讓我看不出她的表情變化。

再後來，我的腦袋逐漸冷靜下來。

咦……？我該不會自主跟人發動戰爭了……？

在這樣的感覺中，我就快要被那份不安壓垮。

這時我突然聽見像是硬憋住的笑聲。

那是來自絲畢卡的。她正愉快地笑著。是有哪裡好笑啊——我正感到疑惑，她卻疑似恢復平靜了。

如果是一隻蟲子，可能會被她後續說話聲調所散發的壓力壓死。

『沒想到你們自行選擇走上滅亡之路，還真是可悲。那我知道了——天譴還會持續下去。在神的旨意下，聖都的聖騎士團也會出動吧。』

「唔……！」

我們怎樣都會死。

我看就連保持腦袋冷靜還什麼的都免了。

對方都這樣恣意妄為了，那我也沒必要保持沉默。於是我轉身踩著大步飛奔出「血染之廳」，決定無視佐久奈和芙萊特的制止聲。

這裡是姆爾納特宮殿的中庭。

我朝著下雪的寒冷天空大聲喊叫。

「卡歐斯戴勒！貝里烏斯！還有梅拉康契！你們在嗎!?」

「我在這。」

那個像枯樹的男人從柱子後方無預警現身，那模樣根本就像變態在埋伏。若是換個時間和地點，就算被逮捕也不奇怪吧。

可是我沒空感到訝異。

我快步走向他——稍微猶豫了一下，接著就做出指示。

「把第七部隊的成員全都找來，我有點話想跟大家說。」

☆

還不到五分鐘，那些人就聚集完畢了。

神像爛成的瓦礫堆到現在都還沒有撤收完畢，我站在上頭俯瞰那幫人。

他們都來自姆爾納特帝國軍第七部隊，總共有五百人。

這些人會對我的性命造成威脅，讓我超級頭大，可是遇到危機時，他們又會有奮猛的活躍表現，都是很值得仰賴的狂戰士。

不是只有佐久奈，我身邊還有這些人在。

「閣下，今天要對我們下怎樣的命令？」

卡歐斯戴勒在這時開口了，一副興奮難耐的樣子。

其他人的情況也跟他很像。是不是因為我之前都不太用這種方式召集他們——還有我可能想太多了，但我覺得大家看起來好像特別躁動。

「嗯，大家都到齊了呢。」

我盡量讓聲音聽起來充滿威嚴，邊注意這點邊跟他們說話。

絕不容許失敗，因為現在已經沒有在我旁邊幫襯的女僕了。

「我想各位應該也知道了，帝都那邊發生暴動。我想那都是神聖教的教皇尤里烏斯六世絲畢卡・雷・傑米尼下的指示。話說剛才絲畢卡那傢伙也已經如此坦言了。可是根據第五部隊隊長帶來的情報指出，那幫人似乎跟恐怖組織『逆月』聯手，將對姆爾納特帝國構成威脅。」

嘈雜聲逐漸擴大。

「您說什麼!?」「居然有這麼扯的事情……」「第五部隊隊長是誰？」「所以我才受不了宗教這玩意兒。」「又是那些恐怖分子喔！」「不可原諒。」——這時我繼續大聲表明。

「皇帝如今不在國內，一定也是那幫人搞的鬼。這樣下去姆爾納特帝國肯定會面臨前所未有的危機，我們自然不能撒手不管。大家都明白吧？」

「那是當然的！我們必須用強硬的態度面對他們！」

像是在呼應卡歐斯戴勒，人們此起彼落地喊著「沒錯沒錯！」

這群人都擁有一般人難以理解的思考回路，是一群愛戰鬥的笨蛋。若是我下令，他們恐怕會開開心心握起刀劍吧。可是——就算是那樣好了，若是順水推舟把事情直接塞給他們做，我心裡會有疙瘩。

因為這也算是我在任性妄為。

於是等到現場平靜下來後，我有些躊躇地開口。

「事實上……有些事我要先跟你們說一下……」

那些吸血鬼都一臉不可思議地仰望我。

「這幾天以來，我都有點委靡。」

「閣下，您這話是什麼意思呢？」

「當、當然那沒什麼大不了的！可是我覺得自己一直心不在焉，還會對你們下奇怪的指令——關於這點，我覺得很抱歉。」

話說到這邊，我跟他們低頭鞠躬。緊接著部下們就一臉惶恐地回應「不會不會，完全沒問題，請您抬起頭，閣下！」「您可是比平常更有霸氣的閣下欸！」，他們居然還懂得體諒我，一點都不像他們平常會做的事情。奇怪的是我覺得自己的胸口變熱了。

「謝謝你們……我之所以會變成那樣是因為——好吧，我在想有些人或許已經發現了，都是因為第七部隊特別中尉薇兒海絲不在的緣故。那傢伙是我很重要的夥伴，可是她被教皇帶走了。聽說現在還在聖都那邊當女僕工作……」

我的頭稍微低了下去。帝國正面臨危機，我卻在為自己的私事煩惱，感覺這樣很不好。可是這件事情還是應該跟大家說一下才對。

「所以……我想要把薇兒搶回來。可是光靠我一個人，或許沒辦法辦到。就、就算我是天下無敵的最強七紅天大將軍，一次能夠殺掉的人還是有限。就因為是這樣……跟你們提出這樣的請求好像很那個，感覺也很不識相，可是……」

我接著抬起臉龐，放眼環視那些部下。

再過來，我便鼓起勇氣這麼說。

「我希望能夠處理聖都帶來的問題，還想把薇兒帶回來。所以……各位能不能跟我一起走一趟呢……？」

「「「…………………………………………」」」

令人心痛的沉默降臨。

我吐出的氣息都變白了，掉落下來的雪花碎片落在軍服上融化。

如今回想起來，這好像是我第一次對部下吐露真實情感。而且還是以「請求」的形式吐露。更進一步說，要我一個人站在大家面前堂堂正正地宣言——按照我之前做過的行動來看，真的是很稀奇的事情，就算明天有隕石掉下來也不奇怪。

不知道他們是怎麼想的。不過是為了一個女僕卻這麼拚命，看到這樣的殺戮霸主，他們是不是很失望？

「——閣下，您不用跟我們請求，直接下令就好了。」

突然間，卡歐斯戴勒開口說了這麼一句話。

一旁的我感到困惑，他則自顧自用開心的語氣接話。

「但我不會放過聖都那幫人。他們拿宗教當擋箭牌，在那胡作非為。」

「沒錯，怎麼看都覺得他們瞧不起姆爾納特帝國。」

「而且還把我們重要的夥伴薇兒海絲中尉搶走，做出那麼蠻橫的事情！就算不是閣下，其他人想必也會氣到不行！各位是不是也這麼覺得!?」

「就是那樣！」「居然敢讓閣下傷心！」「我不會放過神聖教……！」「要把他們殺了。」「從今天開始我都要對神明比中指。」「特別中尉是無可取代的。」「耶——！閣下的隨從不會是卡歐斯戴勒，要是薇兒海絲。」「若是少了那個人，我們這個部隊根本就沒腦袋呀！」「其實我還滿喜歡薇兒海絲小姐。」「不管怎麼說都不會原諒那個神。」「要對神做出制裁……!!」「把他們全宰了……!!」

不對，先等等。我又沒有要把整個宗教滅掉，只要把薇兒搶回來就可以了。還有若是能跟絲畢卡重修舊好，那樣我也就心滿意足了——可是別人說的話，他們好像聽不進去。

「閣下！沒什麼好擔心的！只要我們齊心合力，不管遇到怎樣的敵人，都能夠讓他們瞬間灰飛煙滅。就讓我們對那些胡作非為的神職人員給予鐵拳制裁！」

「喔、喔喔——」

那些部下都用期待的目光看著他們的將軍。

我感覺丹田深處好像有一股勇氣湧現。就連冰冷的冰雪都沒那麼在意了，我是真的覺得身體逐漸熱了起來。

原本還以為他們會說「想要藉助我們的力量？既然是殺戮的霸主，當然要一個人把事情解決啊，白痴！」然後把我宰了。

可是事情並沒有變成這樣，雖然他們是無可救藥的殺人魔集團——但再怎麼說都還是會支援我，這讓我感到開心。

既然如此，我也要拚了命努力才行。

做了一個深呼吸之後，我回望他們的臉龐。接著舉起右手，高聲宣示。

「——來吧我們走，親愛的士兵啊！戰爭要開始了!!」

隔了一拍——

唔哦哦哦哦哦哦哦哦哦哦哦哦哦哦哦哦哦哦哦哦哦哦哦哦哦——!!

每每都少不了的嘶吼聲在冬季的天空中炸裂開來，我還以為耳膜會破掉。已經成為一種儀式的「可瑪莉口號」被他們接連不斷呼喊出來，嘴裡連聲喊著「可瑪莉！可瑪莉！可瑪莉！」

就這樣，姆爾納特跟聖都已經確定會形成對立關係了。

戰爭的氣息就近在不遠處。

[2.5] 常世的迷茫者

在雷聲大作的森林中，那成了人生的起點。

這陣雷聲彷彿要將這個世界摧毀，那是最初遺留在記憶中的東西。

直到現在雷還是很可怕，或許已經留下心靈陰影了。唯獨這點，似乎不管用什麼手段都無法克服。那一天——在那個下著大雷雨的日子裡，當自己沾了一身泥巴蹲坐在森林裡，有人伸出援手，那是戴著大禮帽、身材高𨈜的老者。

「真讓人驚訝。原來大神真的是來自未來的人啊？」

老人當時說這話的時候，似乎打心底感到驚訝。

「傷口都沒有治好，看來並沒有登錄在魔核中。」

「請……問……」

「嗯？」

自己拚命挪動乾澀的脣瓣，想要發出聲音。

「我……是誰……」

「我還想問妳呢……可是未來人說了，妳之後會成為解決重大事件的關鍵碎片。抱歉，說妳是碎片，妳可能會覺得不舒服……」

「…………？」

老人說的話，她一句都聽不懂。可是眼前這個吸血鬼——他跟自己一樣，都是吸血種——並不是敵人，這點能夠憑著本能得知。

假如在這一刻沒有遇到他，自己可能會被森林裡的野獸吃掉，早就死掉了吧。記憶都被大雨沖刷殆盡，變得一片空白。

連自己是來自何方都不曉得，也不知道自己是什麼人。找不到地方去的她，暫時以老人孫子的身分生活。假如這個男人是可怕的人，會抓小孩子來吃掉該怎麼辦？印象中自己好像曾經有過這樣的心情。

可是她不想死在荒郊野外，在這種森林裡喪命。就算被騙也沒關係。總之就先試著相信人性本善吧。打定主意後，她決定追隨老人——跟著克羅威斯走。

聽說克羅威斯以前是姆爾納特帝國的七紅天大將軍。

外表看起來很弱卻意外強大呢——若是用這句話率真地誇獎他，他總是會笑著說「雖然是七紅天，但那比較像找我去湊數。我總是提心吊膽，不知道什麼時候會被底下的人幹掉。」

之後他們過了一段安穩的日子。

原本她個性上就比較內向，兩人在對話的時候都不太能夠聊起來，但是克羅威斯很懂得體貼人，常常當一個傾聽者。雖然話是這麼說，他們的話題大多還是跟「毒藥」有關。他似乎是天生的毒藥愛好者，在荒山野嶺跑來跑去就是為了四處採摘貴重植物，不然就是蕈類，據說他都會用這些東西來製作藥品，一直都有用在戰爭中。

「聽好囉。藍苔蘚蟲寄生竹弄碎磨成粉，再混合黑天狗蝶的濃縮液靜置一整晚熟成。接著混合毒液A和藥液C，那就會變成任何人喝下都將在瞬間炸得四分五裂的祕製毒藥——」

「對不起……我聽不太懂……」

「嗯，對妳來說還太難了吧。」

可是她不希望自己聽不懂卻這麼算了。

隨著她偷偷跑進克羅威斯研究室研讀資料的次數越多，關於毒藥的知識也逐漸越學越深。都還不到一個月，她就調出殺人用的毒藥，拿給克羅威斯看的時候，他驚訝地表示「也許妳是天才呢」，這點讓她印象深刻。

可是那些日子也算不上太刺激——只不過比起滿身是傷，在下著大雷雨的森林裡徘徊，現在這段時光就好比身處在天國中。某天克羅威斯像是突然想起什麼，嘴裡說了句「話說回來」。

「總是用『妳』或是『女孩』來稱呼好像不怎麼好聽。幫妳取個名字吧。」

「名字……這個、我還記得。」

「嗯？原來妳記得啊？」

「對，衣服的名牌上有寫……」

她跟克羅威斯說出名字。

接著他就浮現感動的笑容。

「原來妳叫做『薇兒海絲』啊。這個在姆爾納特的古代語言中象徵『天上的寶石』，或者是『帝王的寶石』。表示妳來頭不小呢。」

「是……」

「可是這上面沒有記載妳的家族名稱……怎麼樣啊，接下來妳要去帝都的學院上課，要不要跟祖父我用一樣的姓氏。我的名字叫做『克羅威斯・德托雷茲』，那妳就叫做『薇兒海絲・德托雷茲』吧。」

「不要。」

「為什麼。」

「因為叫起來不可愛……」

「…………」

克羅威斯——祖父當下那悲傷的表情，直到現在回想起來依然是那麼清晰。

總而言之，基於這樣的理由，她長這麼大也都沒有用過家族姓氏。

這些對薇兒海絲來說是最初的記憶。

在她遇見黛拉可瑪莉・崗德森布萊德，找到新的生存之道前，當時她是什麼色彩都還沒染上的白紙，是只知道害怕雷電的少女，而這些記憶都來自那段時光。

※

皇帝陛下對她下了命令，要她「去當間諜」。

教皇尤里烏斯六世有沾染巨大惡行的嫌疑。更進一步說，她身上似乎透著邪惡氣息，想要跟逆月聯手，企圖主宰六國——所以她才需要潛入聖都做調查。當時接獲這道聖旨時，皇帝還說了下面這段話。

「不需要拘泥手法。下次會談將會跟尤里烏斯六世會面，妳無論如何都要想辦法跟她走。舉例來說就好比是——『改信其他宗教』，這應該是最快的手段。」

有鑑於此，薇兒海絲早就在做更換主人的準備。

為了進入神聖教，她有去帝都教會購買加入神聖教所需的聖水和神職人員服飾。

可是實際上遇到教皇之後，這一切的準備都變成多餘的。第七部隊三兩下就跟尤里烏斯六世反目成仇，最後當作是給人添麻煩的賠罪，她整個人直接被人帶走。

薇兒海絲不免覺得這一切太過巧合，可是她沒有放過這個好機會。

於是她也沒做什麼抵抗，一下子就答應要前往聖都。

而且尤里烏斯六世似乎還想要將薇兒海絲安插在身邊，讓她成為貼身女僕。這下更能方便她進行諜報活動——原本是這麼想的。

但怎麼說呢？接下來的事態發展只能說出人意料。

「——崗德森布萊德將軍是個有趣的人呢。」

坐在附近的教皇尤里烏斯六世邊搖晃棒棒糖邊開口。就近看才能看出——那個是加了人血用砂糖熬煮再做成的固態糖果。

「看來她格外看重妳。照這個樣子發展下去，她應該會跑來聖都這邊吧。明明就不可能打倒最強的聖騎士團。」

「真沒想到……可瑪莉大小姐會那樣跟人叫囂。」

「這樣很勇猛，不是挺好的嗎？不過這也可以說是匹夫之勇吧。」

薇兒海絲難得那麼焦躁。

她臨時起意才稍微動了點歪腦筋。在教皇眼前，就算是撕裂嘴也不會說，但她實際上心還是向著可瑪莉的。反倒該說她現在就想去見可瑪莉，想見得不得了。戒斷症狀就快要發作了，很想在走廊上狂奔尖叫。

這說穿了，其實就是「主動出擊沒用就改成欲擒故縱之作戰計畫」。

最近主人對她實在是太冷淡了，於是她就想要醞釀出「我再也不管可瑪莉大小姐」的氛圍，想要吸引主人的注意力。但沒想到事情會演變成這樣。

——薇兒妳給我等著，我一定會把妳帶回來的！

說老實話，她聽了非常開心。

也因為這樣，心中才會產生罪惡感。她很想立刻大叫「那是騙人的，我最喜歡妳了」。假如可瑪莉真的跑來這邊，自己究竟該拿什麼臉面對她才好。是說第七部隊若是真的打過來，那她遵照皇帝旨意進行的間諜活動不就沒辦法完成了？

既然事情演變成這樣，那她就趕快來探查絲畢卡．雷．傑米尼的祕密好了。然後跟可瑪莉一起回到姆爾納特帝國吧——下定決心後，她開始緊盯那個綁著金髮雙馬尾的吸血鬼。只見她嘴裡舔著棒棒糖，同時還發出一聲嘆息，並開口道「哇艘肥來——」。

「——話說回來，妳來自姆爾納特的哪個地方？」

「嗯？這——我來自帝都。」

「是這樣啊，那跟我一樣呢。」

尤里烏斯六世臉上浮現親暱的笑容。

「那個城鎮真的是很棒的地方。像之前我出生的時候，那裡還沒有現在這麼繁榮，只是在平原上浮沉的一小撮城塞都市。」

「不好意思……絲畢卡大人今年幾歲了呢？」

「我身上還混雜了神仙種的血統，已經忘記確切的年齡了，但我想大概有六百多歲吧。」

這怎麼看都像是在說謊。

不管神仙種有多麼長壽，照理說他們的壽命也不會長到能達其他種族的三倍之多。再加上尤里烏斯六世體內還流有吸血種的血液，能夠活那麼久活到六百歲，這點按常理來想是不可能的。又或者是她擁有可以活很久的特殊能力？

正當薇兒為此感到猜忌，那個尤里烏斯六世就像平常那樣，轉起手裡的棒棒糖，開始變成長舌婦。

「也許妳不曉得，從前……差不多在六百年前，當時並沒有魔核這種東西。人們的心臟若是被貫穿，那就只能直接前往冥界了。當時的世界就是這樣弱肉強食。也不知道能不能靠自己的力量生存下去，所以人們才會對神明祈禱。在那樣的情況下，這是理所當然的結果，當時的神聖教比起現在，那可是繁榮至極，遠遠超越當今許多。說起那些信眾的數量，八成有現代的十倍左右。教會數量也不是現在可以比擬的。」

「是……那自從魔核出現，信眾的數量就減少了是嗎？」

「就如妳那聰明的腦袋所想。因為那種特級神具被製作出來的關係，人們就忘了要對死亡懷抱恐懼。不再記得神明有多麼神通廣大，開始過著恣意放浪的日子。身為軍人的妳應該很清楚吧，各國會展開稱為娛樂性戰爭的野蠻活動，彼此互相廝殺。換句話說，人們已經忘記生命有多麼尊貴。不覺得這個問題很嚴重嗎？」

「或許是吧，畢竟生命是很寶貴的。」

薇兒海絲隨便找些話來回應，同時她心想——事情好像變得越來越可疑了。

感覺尤里烏斯六世主張的思想好像在哪聽過。

這時教皇突然笑著說「不好意思」，跟她賠罪。

「發表長篇大論是我的壞習慣。以前還在當修道者的時候，我會一頭熱傳教，當時的習慣還沒有改過來吧。」

「是……」

「那我另外還想問妳一個問題——妳相信神嗎？」

答案早就決定了。薇兒海絲可是主人口中的「騙子女僕」。

「我當然相信神了，我最喜歡神明大人。」

「知道了，那妳先回去工作吧。」

薇兒海絲先是行了一個禮，接著就從那邊離去。

接下來要為晚飯做準備，可是她完全不打算直接前往廚房。在太陽下山前，教皇會跟樞機主教一起祈禱。她可以藉這個機會去大聖堂搜尋一番。還差一點點，她有種感覺，應該就快找到決定性的證據了——

「——喔喔對了對了。」此時教皇突然間出聲。就像在問明天的天氣一樣，若無其事地說著。「自從來到大聖堂後，妳好像就在好幾個房間裡四處打轉，像是在探尋什麼呢。」

「唔——————」

「我是不會放在心上啦，但某些人可能不能接受妳這麼做喔。」

薇兒海絲的心跳加速了。被那對宛如星星的眼眸盯著看，害她變得無法動彈。

調整完呼吸後，薇兒海絲接著開口。

「——不知您指的是哪件事。我身為絲畢卡大人的女僕，可是誠心誠意侍奉您。」

絲畢卡臉上接著浮現笑容。

「看樣子我沒辦法殺掉妳。妳的烈核解放【潘朵拉之毒】好像能夠在許多場合發揮所長。他們之所以會採取這麼迂迴的手法，應該都是需要妳的身體才會那麼做吧——但我也不是不能理解啦。」

「您在說什麼——」

話說到一半就停了。

肚子那邊湧現劇烈的痛楚。薇兒海絲嘴裡流出唾液，當場彎著膝蓋跪倒。她的視線落向下方。一些血液滴滴答答地流到地面上。一把不知道打哪飛過來的短劍刺中她的側腹。這不可能，連一點魔力反應都沒有。

究竟發生什麼事了——好痛。好痛、好痛——

「——真是讓人頭疼呢。若是放任妳東看看西看看，我們的計畫會被打亂。」

薇兒海絲聽見一個男人的聲音。她使盡力氣轉頭。

不知道是什麼時候來的，有個身高頗高的蒼玉種就站在那邊。眼睛還發出紅色的光芒——那個一定是烈核解放，不會錯的。這時尤里烏斯六世口吐嘆息，嘴裡還說了些話。

「……之前那都是想確認她當女僕有多大能耐，只是在玩一點小遊戲而已。」

「這遊戲玩過頭了，照理說那個女僕原本應該要丟進監獄裡才對。」

薇兒海絲的牙齒咬得喀喀作響。那股疼痛變成灼熱的火炎，在薇兒海絲體內焚燒。

尤里烏斯六世心不在焉地道歉，嘴裡說著「對不起囉，薇兒海絲。」

「他是特利瓦・克羅斯。自從我就任成為教皇，他就一直擔任聖騎士團的團長。同時他也是恐怖組織逆月的幹部『朔月』之一。」

這下薇兒海絲錯愕了。她沒想到對方會這樣明明白白暴露自己的身分。

神聖教果然跟恐怖分子掛鉤了，想要毀滅姆爾納特帝國。

薇兒海絲的腦袋高速運轉，那動機輕易就能想像得到。剛才尤里烏斯六世不就說過了嗎——自從有了魔核，人們對神明的信仰逐漸變得淡薄。

自己怎麼能在這種地方屈服。薇兒海絲用顫抖的手從懷中拿出止痛用高危強效藥品，緊接著她毫不猶豫將藥品吞嚥下去，痛感這才逐漸消失。

只要在這將那兩個人收拾掉就沒有任何問題了——想到這邊，薇兒海絲正準備站起來……

就在那瞬間，她發現腳踝那邊被其他的銳利物品刺中。

「咦——」

「動作太慢了。妳的那股力量，就讓我們來濫用吧。」

對方以肉眼都看不見的速度揮舞刀劍。

薇兒海絲完全無法閃避。

在沒有發出半點聲音的情況下，薇兒海絲就這樣死去。

※

在那之後，恐怖分子持續暗中作亂。

可是與他們對抗的人們也用相同的速度展開行動。

※

同一時刻——在天照樂土的東都．櫻翠宮。

天津．迦流羅還是老樣子，待在垂下的簾子後方打瞌睡。

她這可不是在蹺班，只是稍微休息一下。

雖然她就任成為大神了，但迦流羅的私人時間也幾乎消失殆盡。再加上她還要同時兼顧風前亭，根本沒時間睡覺，也沒空吃點心。

這樣下去身體會壞掉。

對此深信不疑的迦流羅在大神工作項目中加上「打瞌睡」這一樣。休息也是一項偉大工作，所以她絕對不能蹺班不休息。就先休息到晚飯時間吧——她懶洋洋地想著，還將枕頭拉到胸前，就在那時……

「──妳在做什麼，迦流羅！」

「哇啊啊啊啊啊!?」

突然有人在她的耳朵旁邊怒吼，害她嚇到整個人彈起來。

頭腦暈乎乎的，耳膜還發出嗡嗡的悲鳴。

居然對睡覺的人怒吼？是誰呀，做出這種好比惡鬼的行徑──迦流羅淚眼汪汪地轉頭，接著她好像看見真正的惡鬼。

表情跟惡鬼沒兩樣的玲霓・花梨就站在那。

「待在神聖的垂簾後，這是在做什麼啊！趕快工作啦，去工作。」

「請先等一下，請不要拉我，我的衣服會被脫掉啦!!」

被人又拉又扯拖走的迦流羅開始大喊。

可是花梨完全不留情面。這次換成抓住迦流羅的腳踝，想要直接將她運到辦公室那邊。

「請放開我！我接下來要在火缽旁邊午睡一下！」

「現在沒空午睡！為了重建毀損的東都，相關的事業計畫書已經堆到跟山一樣高了！那些妳全部都要仔細看過。」

「就算是那樣，也請妳不要把我當貨物拖！可以對神聖的大神做出這種事情嗎!?」

「神聖的大神才不會在簾子後面睡午覺！」

「難道妳以為所有的大神都不會在簾子後面睡午覺嗎⁉不，肯定有那種人！依我看歷代大神之中，八成有一半都會睡午覺！畢竟又沒有臣子會毫無顧忌亂看簾子後方！花梨小姐除外！」

「真煩人!!想要睡覺等工作弄完再睡!!」

「那什麼時候會弄完⁉」

「做一做就完了。依妳這種像蝸牛的速度，大概要以年為單位來計算吧。」

「根本是地獄!!我睡眠不足，眼睛下面都出現黑眼圈了!!」

那兩人持續在地板上進行攻防戰。

天舞祭過後，玲霓・花梨就成為迦流羅的隨從，在她身邊工作。以地位來看算是五劍帝身兼右大臣。還有家世傍身，在天照樂土中成為名副其實的第二大有力人士。

明明擁有全國第二大的權勢，卻不知為何還想使喚地位最高的人。迦流羅原本想把麻煩的工作全部推給花梨，但奇怪的是她卻要讓迦流羅死命工作。就算送點心給她，想要收買她，她也完全沒有屈服的跡象。這個人果然很可怕。

「我想到一個好點子了！我們就讓宮殿裡工作的人一天睡午覺五小時好了，是強制性的。如此一來大家就不會那麼疲憊，工作效率也會提升吧。這是御令。」

「若是跟妳用講的都講不聽，我就把妳砍成兩半。」

「來吧，今天也要精神抖擻地工作喔。」

對方都已經亮出刀劍了，迦流羅也只能乖乖聽話。

就算面對的對手是大神，這個少女八成也會毫不留情砍死對方，不能太大意。

等到迦流羅進到辦公室裡，那裡還真的有成堆像山一樣的文件堆著。這樣下去根本不曉得什麼時候能夠結束。或許星期六也不能放假了，那樣就沒辦法讓風前亭開店營業。

「……這些全部都要確認嗎？」

「那是大神的工作。是妳代替我承接下來的不是嗎？」

「話是這麼說沒錯……」

在天舞祭中獲勝後，迦流羅獲得人民壓倒性的支持，在東都這邊登基成為大神。

那是許多人的心願——最重要的是，這也是她自身的期望。因此總不能在那鬧脾氣說「不要不要」。這樣對國民、對奶奶還有上一代大神——甚至是那個勇敢的吸血鬼少女都無法交代。

「……還真是辛苦呢，我在說當大神的事情。」

「我也會盡全力協助妳，因為光靠妳一個人實在太不可靠了。」

「說得也是，我是自己和他人都認可的沒用和魂種嘛。」

總而言之就先來工作吧——想到這邊，迦流羅伸手去拿那些書簡。

可是才看第一份，她就傻掉了。

「——這個不行，會損害景觀。」

「是嗎？」

「不如在那個地方興建澡堂如何？按照東區的人口分布來看，原先建案明顯沒那個必要。既然東都都損毀了，就不要只是重新建造一遍，應該要另外打造成妥善規劃的都市。再說做出這份計畫書就是為了貪汙。看來要先成立一個特別單位，用來取締這些人。還有下面的人一直在抱怨，說戶部省太吝嗇了一毛不拔，之後我再去說說他們。」

「也、也對。」

「下面的人跟我稟報，說工部省人手不足。關於人員僱用事宜需要找人確認一下。另外好像有發生罷工事件，我們將要開放國庫，在一年內調漲工資，有人反對可以來申訴。至於這個就讓人訝異了，是來申請非法補助金。也不曉得是哪一間民間企業，真是的。虧我還消耗睡眠時間在這裡工作……」

「……喂。妳看過就丟在旁邊，這樣好嗎？」

「沒問題的。我全部都記住了，隨時都有在做指示。」

迦流羅透過魔法石【式神】將相關文句傳輸給有關單位，同時一邊確認那些書簡。

可是這樣的工作很煩人。她想要快點回去，開發新的日式點心——正當她品嘗到煩悶的滋味時，突然感應到一股魔力流動。

從房間的角落，有一道人影竄出。

「——迦流羅大人，有人寄送信件過來。」

那是全身都穿著黑色裝束的少女。她是迦流羅底下的忍者集團「鬼道眾」率領人——峰永小春。她總是像這樣無聲無息現身。迦流羅在對應的時候，目光都沒有從書簡上移開。

「謝謝妳。請幫我放在那邊，我晚點再看。」

「可是我覺得這個應該很重要。」

「重要？是不是有人便宜販售砂糖？」

「不是。」小春搖搖頭。聽到她接下來說的話，迦流羅覺得身上的血液彷彿在那瞬間抽乾。「——寄這封信過來的人是天津覺明。迦流羅大人的兄長。」

※

統一時刻——在阿爾卡共和國首都的總統府內。

總統納莉亞・克寧格姆向後靠在椅子上，一雙眼盯著眼前這個男人看。

他的眼神還是一樣桀驁不馴。可是跟今年夏天比起來，感覺好像沒那麼狠毒了。這也難怪——納莉亞心想。自從六國大戰結束後，根據阿爾卡的律法，他已經受過嚴酷的刑罰了，應該有稍微改過自新了吧。

「請問……納莉亞大人，現在這個時間點會不會還太早……」

在她身旁待命的女僕少女凱特蘿於此刻不安地開口。

然而納莉亞臉上浮現笑容，說了一句「我倒覺得太晚了」，直接打臉對方。

「阿爾卡毀壞，若是要重建，到頭來還是需要武力支持。最近有不法之徒趁亂囂張跋扈，我正想要派看門狗上場。」

「但我覺得市民會反感。」

「妳還記得這傢伙受的懲罰嗎？那刑罰可是讓他全裸在市區裡面遊行。審判長也真是一點情面都不留呢——正因為這樣，比起憎恨，人們好像更加同情他，甚至容許他回來擔任公職。若是人們不能接受，再把他關回牢裡就可以了——想來你也能接受吧？雷因史瓦斯。」

眼前這個男人——從前在馬特哈德當權的時候，他曾經以走狗的身分壞事做盡，這個翦劉種帕斯卡爾‧雷因史瓦斯一臉肅穆的樣子，嘴裡「哼」了一聲，雙手在胸前交疊。

「納莉亞妳太天真了。不曉得馬特哈德前總統有多麼招人憤恨。若是任用我，那就等同對妳自己的支持度落井下石。」

「若是為國家著想，這將是必要的處置。」

「妳不是有在那片黃金平原上說過嗎？說阿爾卡不需要我——」

「住口，面對總統不要隨便回嘴。」

納莉亞從椅子上起身，接著走向雷因史瓦斯。

然後對著瞪大雙眼的他撇嘴一笑。

「你要以八英將的身分官復原職，沒有權利拒絕，因為這是總統的命令。不過——如果你無論如何都不願意接受，我應該可以僱用你來當女僕。就跟凱特蘿和其他的女孩子們一起說『歡迎回來，納莉亞大人。』。當然你也要穿女僕裝。」

「什麼……我怎麼可能去做那種事情！」

「都已經全裸被人拉去市區遊行了，你還在糾結於自尊心啊？如果不願意當八英將，你剩下的選擇就只剩當女僕，不然就是在牢獄中死去。」

「別太過分！這樣根本是在威脅我——咕呃！」

這時雷因史瓦斯的身體轉了一圈倒到地面上，是納莉亞透過魔力掃了他的腳才會那樣。他嘴裡大叫「妳搞什麼鬼！」正打算起身，不過——身體卻文風不動，就好像被黏在地板上一樣。

「什麼……這是什麼鬼東西!?地板變得黏黏的……」

「這是上級沾黏魔法【永久性黏著】！你被黏住了呢，雷因史瓦斯！」

「妳——妳這個混帳——————！」

「對不起，哥哥。納莉亞大人下令了，我才會事先放上那種東西。」

「來吧，快哭著求我！跟我說『我已經好好反省過了。所以請讓我當八英將』！若是不說，我就僱用你來當女僕。對了凱特蘿，有沒有尺寸適合這傢伙穿的女僕裝？」

「也不是沒有啦……」

「喂，談話重點根本偏掉了啊！我是絕對不會任妳差遣——」

「你真的很煩耶！」

納莉亞面對這個頂嘴的男人，原本打算去踩他的臉——卻打消念頭了。直接用腳踩實在很可憐。於是她決定脫掉鞋子，隔著絲襪踩。

緊接著納莉亞的腳就用力踩在雷因史瓦斯的側頭部上。

「來吧快懇求我。若是你哭著懇求原諒，我就不會繼續踩你。」
「開、開、開什麼玩笑！這樣的屈辱……我是絕對……絕對……」
「絕對——絕對什麼？你的性命已經形同掌握在我手中了。光只是願意任用你，你都要感謝我。還是說你屈辱到很想去死？被原先的同袍用腳踩的感覺怎樣啊？在沒辦法抵抗的情況下遭到蹂躪，不曉得是什麼樣的心情呢？」
「我不會放過妳！不會放過妳的，納莉亞————!!」
「啊……啊哇哇哇！請納莉亞大人下手力道再放寬一點！好羨慕——不對！若是您這麼做，哥哥會變得很開心！」
「啊哈哈哈哈哈！快點服從我的命令吧，帕斯卡爾・雷因史瓦斯！女僕或八英將，你想要選哪個!?」
「咕哇啊啊啊啊啊啊啊啊啊啊啊!!」
來自靈魂深處的慘叫聲在總統府內迴盪。
邊玩弄雷因史瓦斯，納莉亞不忘冷靜思考——就算是曾經跟自己敵對過的人，只要有那個能力，還是應該積極任用才對。
由於先前那場騷動使然，阿爾卡的國力顯著下降了。
就好比是阿爾卡將軍都會參加的娛樂性戰爭，他們也有一陣子沒辦了。
八英將的缺一直空著沒有遞補。除了從先前的政權體系中直接挖角過來的凱特蘿，還有今天開始要重新上任（預計）的帕斯卡爾・雷因史瓦斯，此外他們的將軍人選都很不足，於是納莉亞自己只好來當總統又兼差當八英將。

她覺得前途實在太多災多難了，同一時間依然繼續用腳玩弄雷因史瓦斯，突然間凱特蘿大喊「納莉亞大人，大事不好了！」

「怎麼啦。還差一點，這傢伙就會屈服了耶。」

「就算哥哥屈服又如何？我們收到更重要的聯絡事項。」

凱特蘿指著辦公桌的桌面。

那裡排放了五個通訊用的礦石，是能夠直接跟各國君王聯繫的東西。其中有一顆礦石是紅色的，那也是能夠直接和姆爾納特帝國皇帝聯繫的東西，此時正在發著光。

這還真是稀奇呀——心裡一面想著這些，納莉亞穿上鞋子。

把流著鼻血趴倒在地上的雷因史瓦斯扔在一旁，她靠近那顆礦石。

「來了，我是納莉亞・克寧格姆。」

當她注入魔力接聽之後，通訊回路就連接上了。

可是對方並沒有發出聲音。取而代之的是非常大的吵雜聲，不停的湧現。

『——、——知——、——唔。』

「喂喂喂？皇帝陛下……？」

『────納莉────國……』

是不是魔力接觸不良？可是能夠用於讓幾個國家互相通訊的通訊用礦石是最頂級的一流貨色，跟一般市面上在賣的不一樣。大部分的情況下，應該都不會出現雜音才對──那個人到底在哪？

「皇帝陛下，聽得見嗎？您那邊究竟怎麼了？」

雷因史瓦斯在她背後一直忿忿不平地說「不可原諒……不可原諒……」但是被凱特蘿用平底鍋敲完就閉嘴了。搞不好死掉了也說不定。

等了一下子之後，對方那邊的聲音總算安定下來。

『────聽得見嗎？納莉亞。』

這聲音肯定是來自姆爾納特帝國的皇帝沒錯。

納莉亞這下不由得鬆了一口氣。

「是，我聽得見。不知您有何要事？」

『我就講重點吧。妳可不可以出手幫助姆爾納特帝國？』

「請問……究竟發生什麼事了呢？」

『這邊的事情稍微辦砸了，逆月那幫人已經出動了。這樣下去事情可能會變得很棘手。一旦時機成熟，妳就去協助可瑪莉。』

「這倒是無所謂，但您若是能夠把事情講清楚，那將會更有幫助。」

『如果妳能夠自己探查來龍去脈，那樣會更好。』

這樣會不會太隨便了？——正當這個念頭浮現，皇帝卻說出讓她訝異的話。

『抱歉，朕沒有太多時間。因為尤琳就在旁邊。』

[3] 神之領域

這裡是聖都雷赫西亞。

也是坐落於核領域正中央的神聖教大本營。

面積達到姆爾納特帝國帝都的兩倍左右。裡面聳立著整整齊齊的建築物，都有尖尖的屋頂，模樣看起來很莊嚴，很有宗教都市的風範。至於屹立在聖都中央的，正是教皇所在的大聖堂。那直指天際的壯觀模樣，不管在聖都的哪個角落都足以拜見其威容。很久以前，當時的教皇希望能夠建造「直通神界的城堡」，據說才會如此建造，而建築物的高度、大小也確實很有直通神之領域的潛力。

十二月的聖都已經變成放眼望去全是一片銀白的世界。建造在各處的教會都被冰雪覆蓋，變得白茫茫的。走在巷子裡會發出讓人覺得挺舒服的沙沙聲。

「——這個地方好厲害呀，有好多神聖教的人在。」

走在我身體右側的佐久奈說話時，嘴裡吐出白色的氣息。

街道上擠滿各式各樣的種族。而且看上去，出現在眼前的人大約有八成都跟神聖教有關。有的身上穿著神職人員的服飾，就算沒有穿那樣的衣服，身上也會佩戴很有宗教氣息的象徵物（傾斜的十字架上插著光之箭矢的徽章）。跟這個宗教毫無關聯的自己就像是走錯地方一樣。

「最好不要一直東張西望，這裡也許有聖騎士團的人潛伏也說不定。」

這次換成待在左邊的米莉桑德用帶刺的聲音說話，讓我不由得低下頭去。

「對、對不起。」

「真是的，妳都不懂得讓神經繃緊一點啊。」

「我已經夠緊繃了。為了緩解心情，還要在手掌上畫三角形吞下去，可是吃了好幾個還是沒辦法冷靜下來。因為這樣，害我有肚子很撐的感覺……」

「妳果然太缺乏緊張感了。就因為妳是這副德行，女僕才會被人搶走。」

我沒辦法反駁。當著這個少女的面，我整個人都變軟弱了。

遵循貝特蘿絲和爸爸的方針，我們比照六國大戰那次的樣子，分成幾個小組。直留在帝都這邊鞏固防衛網的是貝特蘿絲、海德沃斯、芙萊特和德普涅這四個人。直接潛入聖都的則是我、佐久奈，再加上米莉桑德。不過我們並不是要大舉進攻。第五部隊和第六部隊加總起來約有千人，全都被分派在帝都那邊，至於第七部隊的五百名成員，他們走上與我們不同的路線，要從那邊潛入聖都。

我們這次的目的並不是要毀滅聖都。

該做的事情是——找機會偷跑進大聖堂，去跟絲畢卡講話，想辦法和她和解。還有要把薇兒搶回來。

「米莉桑德小姐，那我們要不要立刻來調查大聖堂周邊？」

「若是要調查，先潛入的第七部隊早就在做了吧。我們等他們把情報帶回來就可以了。」

還有一件事，就是進入聖都的時候，這裡並沒有特別設檢查站之類的東西。他們來者不拒，逝者不追。神聖教對外抱持的理念正是如此。可是說起我和佐久奈的長相，一般大眾都能夠認得出來，所以我們必須特別注意。若是被神聖教的軍隊——聖騎士團撞見，那可是會出大事。於是我就先把斗篷帽子拉低一點，用來遮掩身分。

這時米莉桑德突然停下腳步，指著附近某間餐廳的入口說話。

「卡歐斯戴勒・康特應該會過來這邊，我們就去那裡交換情報吧。」

「咦？是那樣嗎？」

「妳都沒在跟自己的部下聯絡？那妳之前當七紅天都在做什麼？真受不了，在溫室裡長大的吸血鬼就是派不上用場。」

「抱歉。」

「……不要道歉啦。」

米莉桑德皺著眉頭轉身。

這名少女還不願意敞開心胸跟我對談。原本是想邊吃午餐邊和她深入交流——可是我卻提不起勇氣。不知道這個人現在是怎麼看我的。是不是還想殺了我？我心裡有種鬱悶的感覺，此時米莉桑德毫不猶豫踏進店裡。我跟佐久奈則是稍微猶豫了一下，接著才跟隨她的腳步進去。

為了不讓人聽到我們說話的聲音，我們坐在店鋪裡相對較靠後方的位子上。

就在這瞬間，我的肚子不小心「咕嚕」叫。今天早上情緒太亢奮，害我早餐都沒有好好吃。只是靠在手掌上寫文字果然沒辦法吃飽。為了要應戰絲畢卜，我應該要把肚子填飽才對——想到這邊，我將菜單打開，令人絕望的現實卻迎面而來。

「怎麼辦，佐久奈……！這裡面沒有蛋包飯。」

「啊……是真的耶。沒有聖都這邊很有名的『用神之光淨化的蛋包飯』。」

「就是說啊！虧我還那麼期待……這陣子曾經在雜誌上看過，裡面還寫著『一吃下去的瞬間，嘴巴裡面就出現神之國度』喔。」

「我想這裡應該是一間專門瞄準非神職人員賓客的餐廳。從菜單給人的感覺看來，好像都沒有具備宗教氣息的料理。」

「現在才去找別間店好像很失禮吧。」

「在鬼扯什麼。豈止是失禮，計畫還會出現破綻好不好？連這點小事都不懂啊？」

米莉桑德在這時用帶刺的目光看我。好吧的確，她都說要跟卡歐斯戴勒在這邊會合了，換別間店好像不是那麼實際——只不過，一方面可能是因為我肚子餓的關係，我覺得自己好像出現小小的反抗心態。

這傢伙對我做的事情都會一一挑毛病。

她挑的毛病也不是沒有道理。身為一個將軍，我有很多行為都配不上這個身分吧。可是——若是她一直這樣碎碎唸，我也是會生氣的。

對了，面對米莉桑德老是這麼唯唯諾諾，未免太沒效率了。

這傢伙好歹也算是我的同事，我們同樣都是七紅天大將軍。更進一步講，我們應該可以用拳頭來溝通才對，以我們的關係來看，用不著跟她客氣。

「……妳沒資格把我說成那樣吧。」

我雙手交叉放在胸前，跟米莉桑德四目相對。她的眉毛動了一下。

「只是說點個人意見，又沒什麼大不了的。我就是想吃蛋包飯。」

「說那些廢話一點用處都沒有，若是妳的聲音讓妳的身分穿幫該怎麼辦？」

「嘴巴上那麼說，其實妳也很想吃吧？」

「啊？」

「大概半年多前，妳曾經跟我在地下教會作戰過，可以試著想想當時的情況。妳好像有說過自己愛吃蛋包飯吧。之後我們要不要一起去吃啊。」

「若是妳一直在那邊鬼扯不懂得收斂，小心我把妳小拇指的骨頭折斷。」

「像……像那樣立刻訴諸暴力是不好的喔！我想妳應該也知道，我曾經用一根小拇指殺掉五百個吸血鬼，這件事情可是真的！過去若是有哪個笨蛋想要折斷我的小拇指，可是沒有任何一人能夠安然活到最後。」

「妳這個臭小鬼——」

「請妳冷靜一點，米莉桑德小姐！跟人吵架是不對的！」

眼看米莉桑德就要站起來，佐久奈慌慌張張地阻止她。

對方用足以射殺他人的目光瞪人，我還以為自己會死掉。

冷靜下來想想，在這種地方挑釁米莉桑德，一點意義都沒有。

只是——該怎麼說呢，那單純是我的直覺，但是在面對米莉桑德的時候，我的態度用不著這麼軟弱，可以再稍微強勢一點、稍微施點壓力，做到那種程度或許正是恰恰好。

米莉桑德接著將臉龐轉向一旁，嘴裡還大大地「嘖」了一聲。

「妳都沒變啊，態度還是那麼讓人火大。」

「別、別看我這樣，我也是會改變的喔。最近我開始能夠早睡早起了。」

「這種不牢靠的特質也沒變。明明就自稱賢者了，頭腦卻跟五歲的小孩子沒兩樣。」

「什麼!?我已經十五歲了耶!?」

「可瑪莉小姐妳也冷靜一點！表面上米莉桑德小姐是那個樣子，其實她很尊敬可瑪莉小姐的。前陣子跟她碰面的時候，她也一直在說可瑪莉小姐的事情……」

「咦?是那樣嗎？」

「喂，佐久奈・梅墨瓦。要是妳隨便亂講話，小心我把妳殺了。」

佐久奈嘴裡隨即發出「咿嗚！」的悲鳴聲，看來她果然也很怕米莉桑德。但是跟面對我的時候不一樣，米莉桑德並不會莫名其妙展現高壓的態度，而是會用緩和語氣接續後面的話。

「那、那個，米莉桑德小姐為了對以前犯下的罪孽贖罪，才會來當七紅天。雖然對可瑪莉小姐的態度是這樣，但是在她心底或許是覺得很抱歉的……對、對不起！我什麼都沒說，請妳忘了吧！」

被米莉桑德用惡狠狠的眼神瞪視，佐久奈整個人都萎縮了。

可是我卻懷著不可思議的心情看著米莉桑德。佐久奈對人心是很敏感的，既然她都那麼說了，或許真的是那個樣子吧。基本上能夠就任成為七紅天，那就代表已經被皇帝認可了。這傢伙是不是也有些許改變了呢——

「做什麼？別盯著我看好不好？」

「……妳已經不是恐怖分子了吧？」

「那還用說，人是會改變的。」

在說這話的時候，米莉桑德臉上的表情皺成一團，看樣子不怎麼痛快。

「我決定接下來要為自己而活。打倒逆月，重振布魯奈特家——但我目前會以七紅天的身分賣命吧。當然我沒欠姆爾納特帝國恩情，跟他們之間也沒有任何道義在。」

「意思是說妳已經不再跟我和薇兒計較了嗎？」

「怎麼可能不再計較。是妳把我的人生弄得亂七八糟——只不過——」

拿起杯子喝了一口飲料，米莉桑德垂下眼眸……

「我覺得自己有愧於妳，做這些事情也是在為此贖罪。」

「咦……」

好像有一陣風從我的心房中吹過。

剛才米莉桑德究竟都對我說些什麼了。先前一直纏繞在心頭揮之不去的鬱悶感好像一下子撥雲見日。我整個人都呆掉了，那張嘴好不容易才再度啟動。

「那麼，這個……也就是說——」

「什麼啦。」

「那就是說妳沒有要找我復仇了？」

「我總有一天會殺了妳，妳給我做好覺悟。」

她超討厭我，看樣子果然對我有很深的恨意。

可是我自己本身對米莉桑德卻沒有任何恨意。經歷了春天那場騷動後，我覺得這方面的情感都已經做個了斷了。再加上那傢伙也已經被第七部隊痛扁一頓，應該有吃到苦頭了，不僅如此，如今更是為了姆爾納特帝國來到聖都。雖然不知道薇兒會有什麼樣的反應，但我大可不用鑽牛角尖，把她當成眼中釘看待。

就在這個時候。我覺得好像有人靠近我們。

「閣下，看到您平安無事真是太好了。」

有兩個吸血鬼連身分都不打算隱瞞，他們就是卡歐斯戴勒和貝里烏斯。聖都的事前調查工作都是卡歐斯戴勒在主導的，因此我對作戰計畫的概要不太理解。是說米莉桑德會對我生氣的理由就出在這。

此時卡歐斯戴勒忽然對米莉桑德投去別有用意的目光。

在這之後，我才從嘴裡「啊！」的一聲。

「你、你們兩個別擔心！米莉桑德已經不是恐怖分子了！也許你們很想把這傢伙痛扁一頓，想得不得了，但她好歹也算是我們的夥伴——」

「敬請放心，詳細情況我們都聽說了。」

「咦。」

「先不管那個了，目前要先來共享情報。為了血祭那個可恨的教皇，我們來開作戰會議吧。雖然很倉促，但這就針對我們親眼所見親耳所聞的大聖堂狀況做點說明。」

我有種佩服的感覺。或許這兩個人也有所成長了。

換作是在不久前，他們早就不分青紅皂白打過去——才剛想到這邊，貝里烏斯和卡歐斯戴勒就「啪！」的一聲，當場彎起一邊的膝蓋跪在地上，那動作很像在軍隊裡才會做的。哎呀不對，他們就是軍隊裡的人啊。

其實也不用這麼慎重啦，坐著就好了啊。

「第七部隊總計五百人都四散到聖都各處英勇蒐集情報去了。考量諸多因素後，我們炸掉大聖堂毀滅聖都的達成率是百分之兩百。」

「我該從哪邊著手（吐槽）才好？」

「就先從大聖堂開始著手吧。」

「我不是那個意思啦！你們都去調查什麼了!?」

「卡歐斯戴勒，不要給閣下帶來太大的困擾。」嘴裡發出一聲嘆息後，貝里烏斯接在卡歐斯戴勒之後繼續說明。「我們主要都是去調查大聖堂的警備機制。教皇底下的勢力——『聖騎士團』全軍都駐紮在聖都裡，總人數大約有三千人。沒有像姆爾納特的宮殿那樣，張設特殊的結界，但要正面突破恐怕不容易。」
「你說的話跟他正好相反？這是怎麼一回事。」
「您可以動腦想想看，布魯奈特閣下。」卡歐斯戴勒再度得意地開口。動腦思考這種行為，恐怕是最不像第七部隊會做的。
「我們只要在神聖都市這邊引發騷動就行了。如果某個地方出現暴動，還要同時兼任警備要務的聖騎士團不可能不出動。大聖堂的防禦體制必然會出現破綻。真要做起來，沒什麼比這個更簡單的了。」
那套道理說起來是很有說服力，可是事情進展會這麼順利嗎？
「只要趁機進攻大聖堂再炸掉，勝利就是屬於我們的。假冒的神明會遭到驅逐，黛拉可瑪莉・崗德森布萊德閣下的威光將會普照整座聖都。」
「沒必要做到那種地步——閣下，我們的目的是威脅尤里烏斯六世，讓她不要進攻姆爾納特帝國。還有把薇兒海絲中尉帶回來。」
「說、說得也是……貝里烏斯說得沒錯。」
「是，還有一件事要跟您稟報……剛才芙萊特・瑪斯卡雷爾麾下的波斯萊爾大尉和我們聯繫了。聽說帝都那邊的宗教起義好像越演越烈。」
「啊……？都發生什麼事了？」
「恐怕除了聖騎士團，聖都還擁有其他的戰力，也許早就事先派往帝都了。那邊有警察和帝國軍在對付他們，但目前已經有發展成內亂的跡象。」

佐久奈聽了為之屏息，就連我都感到驚愕。

看來前些日子的事件落幕後，暴動並沒有消停。還不確定這是不是絲畢卡下的指令，不過——神聖教似乎徹底把姆爾納特帝國當成敵人看待了。

「——真是有趣呢。換句話說我們若是不能跟教皇說上話，姆爾納特就完蛋了吧。」

「這哪裡有趣了。若是姆爾納特完蛋，之後我該回哪裡才好。」

「可是可瑪莉小姐，這大概是前所未有的最大危機……」

「咕唔唔……沒辦法了。那我也來盡最大的努力吧……像是替人加油那類的……」

「若是有閣下替我們加油打氣，第七部隊的隊員殺意一定能夠更加高漲！這些先姑且不談，我們已經先決定要實施『打雪仗作戰』了。」

「那是什麼。」

「這個作戰計畫是一邊打雪仗一邊廝殺。」

「那是什麼樣的作戰計畫啊!?」

「我們想說既然都要引發騷動了，弄個足以讓人血脈賁張的會更開心，於是我們第七部隊決定要召開打雪仗大賽。當然那是什麼都有可能發生的廝殺大會。對戰的餘波可能還會把建築物弄壞，想必聖都將會陷入大混亂局面。」

「那完全就是恐怖分子會做的事情吧？話說你們為什麼要先自家人搞內訌啊？我還以為你們要找個禁止進入的區域弄烤肉大會什麼的——」

就在這個時候。

突然間，遠處傳來巨大的爆炸聲，讓人有種連骨頭都在作響的感覺。同時間聽到好多人的慘叫聲。我們所有人都看向窗外。只見神聖教的信徒慌亂不堪地跑來跑去。雖然不好的預感難以抹滅，但我還是決定先來確認一下。

「……我說卡歐斯戴勒。那個爆炸聲應該跟我們沒關係吧？」

「那應該是梅拉康契的爆裂魔法，看來那邊已經熱鬧起來了。」

「…………………」

大家的反應各不相同。看貝里烏斯臉上的表情，他好像有點呆掉的樣子。佐久奈則是有逃避現實的跡象，嘴裡小聲說著「這杯水真好喝呢」在那喝起水來。就連米莉桑德都睜大眼睛，渾身僵硬。

緊接著下一瞬間——

這間店的門突然「砰!!」地開啟。

一群全身上下都穿著盔甲的人毫不客氣地闖了進來，其中包含各式各樣的種族。

那些人搞不好是聖騎士團的——才剛想到這邊，負責領頭的男人（應該是翦劉種之類的吧）就對著我們這邊大聲叫囂。

「黛拉可瑪莉・崗德森布萊德就是妳吧！竟敢跟神明作對，就讓妳帶著懊悔送死去吧！」

咦，為什麼會被發現？——我不解地歪頭，這時手突然被人用力拉了過去。

是米莉桑德做的。她左手的指尖對準聖騎士團，嘴裡小聲地說了一句。

「光擊魔法【魔榴彈】。」

「喂，米莉桑德！」

我根本來不及阻止她。

那團魔力以肉眼不可及的速度發射出去，不僅打中敵人還引發大爆炸。有好多人都被炸飛了，到處都有人發出慘叫。我也腿軟了，正要當場軟倒——然而有人把我用力拉了起來，硬是逼我站好。

「我們要走了，黛拉可瑪莉！我們的行動從一開始就穿幫了！」

「騙人的吧!?我們明明有好好隱藏身分，偷偷入侵啊……！」

「總之我們先暫時撤退。喂，佐久奈・梅墨瓦！別在那邊發呆！」

「好、好的！對不起！」

「不不，先等一下！都還沒吃午餐……」

「現在不是吃午餐的時候吧!!」

米莉桑德用魔法將窗戶破壞掉。

伴隨著一聲「哐啷————!!」——在破裂聲作響的同時，那些玻璃碎片也飛散出去。我發出尖叫聲，能做出的反應就只有僵住身體。在無從反抗的情況下，我被米莉桑德用力拉走。

☆

「公主大人似乎對妳格外上心。」

他是逆月的幹部「朔月」之一——特利瓦・克羅斯，此時他用讀不出情感的聲音說了這番話。

這裡是在大聖堂的地底下。

據說這個監牢從前會用來關押異端分子或叛教徒，並且拷問他們。

等到薇兒海絲因為魔核的力量而復活後，一切都為時已晚了。她的雙手手腕都被枷鎖鎖住，想逃也逃不了。

那個蒼玉種男子待在設於牆壁旁的藥品櫃前，正在做某些事情。那背影破綻百出，可是薇兒海絲根本沒辦法襲擊他。身上似乎被注射麻醉藥或其他東西，沒辦法隨心所欲行動。

「姆爾納特的皇帝應該有對妳下達指示了，要妳潛入聖都。妳還記得嗎？」

「……你在說什麼，我聽不懂。」

「就在那一刻，妳的命運已經決定了。對妳下旨意的皇帝並非卡蕾・艾威西爾斯本人。而是我的同僚芙亞歐・梅特歐萊德幻化而成的。」

「…………」

薇兒海絲早就隱隱約約有那種感覺了。

每當她在監牢中反芻那些記憶，不對勁的感覺就接二連三湧現。當時她相信對方就是皇帝本人，並且不疑有他——可是應該是右撇子的皇帝卻用左手拿著茶杯。而且有一瞬間沒有自稱「朕」，好像是自稱「我」。除此之外，其他的細微差異不勝枚舉。也就是說她中計了。

「為什麼要做這種事情？我不過是一介女僕，難道還有值得被你們殺掉的價值？」

「若是真的殺了，那才會失去價值。」

特利瓦在這時回過頭，他手上拿著細細小小像針一樣的東西。

「封住妳行動的理由有兩個，其中一個是要削弱黛拉可瑪莉・崗德森布萊德的力量。若是少了妳，那個吸血鬼的心靈將會陷入慌亂。」

「太卑鄙了！居然利用我跟可瑪莉大小姐那比無底泥淖還要深的羈絆……」

「妳未免太自我膨脹了，但也許這樣正好。」

「我們之間的羈絆還在加深。事實上可瑪莉大小姐她——」薇兒海絲先是猶豫了一下，接著才說，「——可瑪莉大小姐似乎是為了我才來到聖都的。可瑪莉大小姐原本是那麼內向，卻會對著我那樣怒吼……」

光只是回想起來，薇兒海絲嘴角都會跟著上揚，但同時她也覺得有罪惡感。不僅沒辦法完成自己的任務，甚至還在這段期間內被敵人囚禁起來，要她拿什麼臉面去面對主人。

可是特利瓦臉上卻浮現機械式的笑容。

「那也是我們的策略之一，讓她遠離帝都正是我們的目的所在。」

「咦……？」

「假如她人還在帝都，不管是恐怖分子還是暴動都會在瞬間遭到鎮壓吧。所以我們才會拿妳當誘餌，把她引誘過來，這是必要措施。」

「我不懂這麼做的用意。帝都如今的情形怎麼樣了……？」

「從今年八月開始，我們就先送進一批和逆月沾上邊的信徒。他們會預先從內部開始破壞帝國，不過如今這個節骨眼上，那裡已經變成火海了吧。」

薇兒海絲不由得咬緊牙關。

這個男人說的話有幾分是真，都還不能確定——可是從他游刃有餘的態度來看，顯然情況是不利於姆爾納特帝國的。雖然薇兒海絲不相信那裡已經變成火海了，但如今教會勢力很有可能在帝都那邊大肆作亂。

「……要拿我當人質引誘可瑪莉大小姐離開帝都。這就是抓了我的第二個理由嗎？」

「嗯？噢那個啊——如果真要說到這點，倒不像妳想的那樣。其實抓捕妳的理由不是兩個，而是來到三個。至於第三個理由，那跟個人興趣有關。」

特利瓦靠近薇兒海絲，右手還拿著謎樣的針狀物。

「對了薇兒海絲，妳相信什麼？」

「我相信的就只有可瑪莉大小姐一個人。」

「我想也是。順便跟妳說一下，公主大人也擁有類似的想法。也不完全是那樣，當然不相信神這一點是很相似的。畢竟那位大人被人稱為『弒神之惡』。」

弒神之惡。印象中那好像是逆月的頭頭。

而且在組織內部好像一直被稱為「公主大人」。換句話說，十之八九是女性。

「在神聖教以外的文獻中有記載，所謂的神往往是魔核的代稱。那位大人一直試圖破壞魔核——等到破壞掉了，她還另有所求。」

「另有所求指的是什麼？你明明是幹部卻不曉得嗎？」

「公主大人對於無關緊要的事情都會變得很長舌，可是一碰到重要的事物，她話就不多了。恐怕組織的口號『死亡乃是生者的本懷』也只是形式上設置的吧。所以我很想探尋她的真實想法。」

「直接問她不就得了，問了順便告訴我，那好像能當作不錯的伴手禮。」

「妳是個有趣的人呢——可是就算問了，她也不會給出答案吧。所以說，我想要用間接的方式調查出來。」

話說到這邊，那根針慢慢靠近薇兒海絲。

這不是用來注射的東西。看起來更像是為了劃開人類的皮膚和肉才製作出來的，那東西非常尖銳。薇兒海絲隨即用顫抖的聲音問話。

「這是什麼東西？」

「是我們家技術部長開發出來的道具，可以用來窺視記憶。我們失去【星群之迴】，就只能仰賴這種東西了。奧迪隆還真是會給人添麻煩呢。」

「你、你是變態嗎？居然要偷看少女的記憶。」

「我看過的人分成兩種。一種就是一般人，另一種是非比尋常的人。但接下來這件事恐怕就只有我注意到——那就是第二種人一旦發動烈核解放，空間座標就會出現些許偏差。」

「你有在聽人說話嗎？現在馬上把那種危險物品收起來。」

「能引發這種現象的人是公主大人、我的同僚，再來就是妳。我在想妳們三個人身上應該藏有某種祕密。可是公主大人似乎不想特別去提及，而我的同僚——芙萊特・梅特歐萊德感覺對這方面的事情一無所知。那照這樣看來，我就只能拿妳做實驗了。」

「就叫你聽我說話——」

「不會有問題的，一下子就結束了。」

特利瓦毫不留情地讓那根針靠近。

銳利的尖端用力插進薇兒海絲的肩口。

那帶來的痛楚實在太過劇烈了，讓她喊叫出聲。在那之後，一段驚心動魄的時光揭開序幕。

☆

等到我們來到外面，那裡所有人的「目光」就全都向著我們。走在路上的信眾都在盯著我們看。就在那瞬間，我恍然大悟。為什麼真實身分會穿幫？——理由很簡單，因為聖都裡所有人都是教皇尤里烏斯六世的耳目。

「嘖——既然事情變成這樣，我們就要直接闖入大聖堂！」

「啊!?那樣不就完全跟計畫背道而馳了嗎！」

「計畫早就已經報銷了！若是我們不出手，到時就等著全軍覆沒！」

嘴裡一邊嚷嚷，米莉桑德還用【魔彈】擊穿行人的眉心。

也沒必要做到那種地步吧！——其實我可沒這麼想。這是因為那些人分別單手拿著鐵棍或鋸刀，想要過來攻擊我們。而且還發出奇怪的叫聲。

「讓神制裁他們——!!」

「叛教者要領受天罰受死——!!」

「哇啊啊啊啊啊啊啊啊啊啊啊啊啊啊啊啊啊啊啊啊啊啊啊!?」

米莉桑德將嘴裡發出悲鳴的我拉走。

「惡魔去死吧！——咕呸！」

有個男人從側邊打過來，臉被冰塊砸中。我轉頭看才發現是佐久奈拿著手杖，陸陸續續發射一些魔法。但我連跟她說聲謝謝的時間都沒有。那些信眾的人數絲毫沒有降低的跡象——這是因為存在於聖都的十萬人口恐怕全都成了我們的敵人。

「喂，卡歐斯戴勒！第七部隊那幫人在做什麼啊!?」

「他們還在別的地區繼續打雪仗。」

「太白痴了吧!?」

「戰況應該已經進入白熱化階段了，人都已經死一半了吧。」

「啊啊啊啊啊啊啊啊啊啊啊啊啊啊啊啊啊啊啊啊啊啊啊啊啊啊啊啊啊啊啊!!」

我抱住頭大聲慘叫，這幫人根本一點都不可靠啊。他們把工作當什麼了。如果要打雪仗，回到姆爾納特帝國也能打呀——沒想到這次換佐久奈慘叫。

「可瑪莉小姐！看前面！」

「咦？」

我的視線看向前方，當場目擊一大堆邊迴轉邊飛過來的短刀。

這下完蛋了。既然都要死，希望讓我上天堂——我就這樣跟神明祈禱，祈禱到一半的時候，在我身旁的米莉桑德對我怒吼，嘴裡喊著「不要把眼睛閉上啦！」。

等到我發現的時候，她已經在我眼前扔出魔法石了。

就在下一刻——一陣「咚哐————!!」聲爆開，接著就引發劇烈的爆炸。

那是放了爆裂魔法的魔法石吧。在被灰色的暴風吞噬之前，米莉桑德早就把我的身體推開了。我連抵抗都辦不到，人跌倒在冰雪坡道上，咕嚕咕嚕地轉了好幾圈，往下滾了下去。我在想自己該不會滾到變成雪人吧，在那瞬間又「啪！」地用力撞上牆壁，然後才停了下來。

「可瑪莉小姐！妳還好嗎!?」

「嗚、嗚嗚……」我在佐久奈的幫助下起身，用力咬緊牙關。現在不是在這邊哭哭啼啼的時候。「佐、佐久奈妳也沒事吧？那米莉桑德呢……？」

我知道那傢伙把我推開是為了拯救我。

可是米莉桑德自己是否平安無事？——想到這邊，我東張西望環顧四周。她被敵人包圍了，但還是用短刀或『魔彈』岌岌可危地化解。目前暫時可以鬆口氣，但我們總不能一直這樣下去。

「可、可惡！這下該怎麼辦!?敵人就跟螞蟻一樣，不斷湧現啊!?」

「就這樣直接進攻大聖堂並不是很實際的做法……我們還是先撤退好了——」

「找到了！」「黛拉可瑪莉・崗德森布萊德在這！」「你們活該遭受天譴！」——就在佐久奈準備站起來的那瞬間，有一大堆信徒揮舞著武器跑過來。

我已經變得六神無主了，也不知道往哪邊去可以通往大聖堂。

這時腳邊突然有無以計數的短劍刺過來。我嘴裡發出慘叫，一屁股跌坐在地上。不知不覺間，一幫身上穿著盔甲的軍團已經來到眼前了。那些怎麼看都不像一般的信徒——而是前不久闖進餐廳的職業軍人，是聖都的聖騎士團。

「——來到算總帳的時候了，你們這些異教徒吸血鬼。擾亂聖都的罪孽，還有侮辱神明的罪孽，這些你們都要親身贖罪。」

「為……為什麼你們要做這種事情啊！」

我搖搖晃晃地起身，同時發出呼喊。

讓我不喊是不可能的，因為那幫人的做法實在太過激進了。

「姆爾納特帝國又沒有要跟神聖教對立！也許我們在面對絲畢卡的時候，態度算是滿失禮的……但除此之外什麼都沒做不是嗎!?」

「但是妳的部下一直在破壞聖都的景觀啊？」

「…………」

我無法反駁。

那些來自聖騎士團的翦劉種不僅對此嗤之以鼻，嘴裡的話也沒停。

「這都是教皇猊下下的命令。對於那種褻瀆神明的野蠻國家，非淨化不可。」

「開、開什麼玩笑啊！我可不會讓你們對姆爾納特的人民出手！」

「說什麼蠢話。帝都早就已經被神聖教燒成一片火海了。至於妳想要過來搶回去的女僕——也在幾天前服刑了。」

「咦——」

「不過有用魔核讓她復活就是了。現在被鎖在地牢之中，接受特利瓦・克羅斯團長的拷問。那個女僕到頭來也會難以承受那些痛苦，選擇信奉神明。」

我感覺血液彷彿從身上抽乾。

薇兒是否平安無事？不對，她怎麼可能平安無事。因為她就待在敵人大本營中心，而且孤身一人。是不是因為我跑來聖地這邊，她才會遭受殘酷的待遇？絲畢卡到底在想什麼？拷問的內容又是哪些？特利瓦是誰……？

我想不明白。心中的絕望感像灰燼，疊了一層又一層。

聖騎士團跟那幫信徒逐漸逼近我們。

這時我突然察覺身旁有魔力流動，佐久奈已舉起她的手杖。

「不可原諒。可瑪莉小姐要由我──」

「空間魔法【四次元之刃】。」

「──咦？」

一些鮮血飛散開來，啪嗟啪嗟地沾在我的臉頰上。

也不知道是什麼時候發生的，佐久奈的右手手腕被短劍刺中。

手杖還掉落到地面上。血液滴滴答答地滑落，在白雪上留下紅色的痕跡，接著又融化掉。

「啊、啊啊啊啊啊…………！」

「──對神來說，不存在距離這種概念。雷赫西亞的聖騎士團從古至今都是擅長使用空間魔法的四次元軍隊。而且我們還受克羅斯團長親身指導，是歷年來最強的聖騎士團。不過是野蠻國家的將軍罷了，怎麼會是我們的對手。」

佐久奈無力地軟倒下去。她的身體開始抽搐，人就趴倒在雪地上。

在那瞬間我反應過來──那把短劍上塗了馬上會起作用的毒藥。

聖騎士團的人單手拿著刀劍靠近我們。我撐起佐久奈的身體，想要逃離現場。然而我的力氣不夠大，最終還是跌倒了。身上沾滿冰雪的我看看四周。不曉得那些部下都跑去哪了——接著我很快發現他們的蹤跡。不管是貝里烏斯還是卡歐斯戴勒，他們都在遠處跟信徒展開激烈戰鬥，看上去根本沒空管我們。

其實這樣也無所謂。大家就別管我了，還是好好保護自己吧——

「——喂，黛拉可瑪莉！快點使用烈核解放！」

米莉桑德在殺那些敵人的時候，嘴裡還焦躁地大叫。

烈核解放。薇兒曾經肆無忌憚地大力主張，說我擁有那樣的力量。

我還在新聞上看到金色的平原，還有回歸大自然的天照樂土東都。假如真的是我釋放力量讓那些成真，我們也不會陷入如此刻苦的境地吧。

沒錯，我還是無法相信。

我打從出生以來一直都是沒用的吸血鬼。

即便姆爾納特帝國陷入危機，依然只能在一旁默默地看著。夥伴們都遭到襲擊了，我卻只能蹲坐在這邊，無法採取任何行動。即便聽見薇兒被人殘酷對待——我還是無法突破眼前這些不法之徒帶來的包圍網，朝著前方邁進。

像這樣的我，又能夠做些什麼呢？

此時佐久奈忽然將顫抖的手伸向我。

「可瑪莉……小姐，喝我的血液……」

「咦……？」

「請妳喝我的血液……那樣一來……」

一些血液從她的指尖滴滴答答地滑落，我的目光牢牢釘在上頭。

對了。每次我會失去記憶，都是因為喝了某個人的血液。薇兒曾經叮囑過我，說我不能隨隨便便喝下鮮血，還說喝了就會發動烈核解放。

可是——那些都是真的嗎……

「來吧，你們就跟神祈禱，然後死去吧！」

聖騎士團的成員紛紛發出吶喊，朝著我們來襲。

現在沒空在這說些有的沒的。

紅色的血液，那是我最討厭的飲品。

佐久奈的身體動了起來。在焦躁感的驅使下，我最終還是用嘴巴含住她那變得一片通紅的食指。

在那之後，整個世界都變得白茫茫的了。

☆

用來止痛的藥品已經沒有了。

伴隨著急促的呼吸，她拚命忍受那宛如身處地獄般的痛苦。這個蒼玉種男子——特利瓦用銳利的針不停鑽弄薇兒海絲的肩膀。可是光這樣似乎仍不能讓他滿足。後來又換成脖子、肚子、手指指尖或大腿等等，陸陸續續用針刺了這些地方。

「——真是奇怪。都沒辦法吸取記憶。」

困惑不已的特利瓦聳聳肩膀。

流出來的血液將監牢的地板染紅。那種痛楚實在太劇烈了，薇兒海絲全身痙攣，眼裡泛著淚水。為什麼她非得遭受這種待遇不可。理由自然不用多說，都是因為她徹底中了恐怖分子的圈套。為了姆爾納特帝國，為了主人，她才會潛入聖都。

可是卻被人反將了一軍，在這世上還有比那更難堪的遭遇嗎？

「妳少了最重要的初期記憶，這下就跟芙亞歐沒什麼兩樣了。」

望著那根針的尖端，特利瓦狀似遺憾地說這番話。

那個道具的作動原理是什麼，這都已經不重要了。薇兒海絲必須想想辦法，看要如何擺脫這段宛如身處地獄的時光。可是她卻想不出來。痛楚讓她無法專心思考。

「根據資料指出，妳是來自帝都的下級地區。這是怎麼一回事呢？」

「……我——」此時薇兒海絲開口說話了。因為她想設法令敵人掉以輕心。「我並不是在帝都出生的。小的時候，我被當時的七紅天撿到，我在想……自己八成是被人遺棄的孩子……」

「換句話說妳失去記憶了啊，那還真是頭疼呢。」

嘆了一口氣後，特利瓦坐到椅子上。

那傢伙悠悠哉哉地翹起二郎腿，抬頭仰望天花板。薇兒海絲很想用暗器射那傢伙的眉心。她咬牙切齒地提問。

「你的目的是什麼？做出這麼慘無人道的事情，你以為自己有辦法獲得寬恕嗎？」

「逆月這次的目的是要奪取姆爾納特帝國的魔核。」

「唔——我不會讓你們做出那種事情的。七紅天和皇帝陛下……還有可瑪莉大小姐都會阻止你們。」

「七紅天、皇帝陛下、可瑪莉大小姐，不管是哪個人，他們的行動力應該都被剝奪了吧。」

將那根針丟到背後，特利瓦一面說著。

「不管妳再怎麼掙扎都沒用。為了讓一切計畫能夠順利進行，我們逆月一直都在做調整。」

「不過是些恐怖分子，根本不是可瑪莉大小姐的對手。你們的調整全都會白費功夫。」

「哎呀，看來妳特別信賴黛拉可瑪莉・崗德森布萊德呢。」

「那是當然的。不管遇到怎麼樣的逆境，她都擁有永不屈服的心靈。」

這時對方忽然露出邪惡的笑容。

「——妳是不是給她太大的負擔了？她只不過是個十五、十六歲的女孩子。」

血液順著臉頰滑落，薇兒海絲不懂他在說什麼。

「只要看了新聞，三不五時就會看見人們對她多加讚賞。上啊，她是殺戮的霸主，救國的英雄，承擔世界命運的最強吸血姬——今年的七紅天爭霸戰成了開端，黛拉可瑪莉・崗德森布萊德的一舉一動開始變得具備影響力，足以改變世界趨勢。姆爾納特帝國和其他國家都想要利用這點。」

「那不是在利用。可瑪莉大小姐本來就是應該受人讚揚的吸血鬼——」

「是這樣嗎？就不曉得她真正的想法是怎樣了？我並不認識黛拉可瑪莉・崗德森布萊德本人，沒辦法隨隨便便加以評斷，但是在報導中有看過她說的一些話，看了會覺得——該怎麼說呢，隱隱約約能夠看出她似乎對現狀感到不滿。像是要把整個世界做成蛋包飯，諸如此類的，說出像是在自暴自棄的殺戮宣言，那也算是最佳的案例吧——身為隨從的妳應該很清楚不是嗎？事實上她應該有說過『不想工作』對吧？」

這下薇兒被堵到沒話說了。

她沒料到對方會以這樣的角度進攻。

「是不是猜中了？那就是說黛拉可瑪莉・崗德森布萊德果然是被強迫的，要她成為國家的形象代言人。她本人明明不想那麼做，意願卻不受重視。不管是在六國大戰也好，還是在天舞祭上，她都不想戰鬥才對——是周遭那些人都太過激進，或是世人對她的看法太過激進使然，她才會被迫戰鬥。妳也是個罪孽深重的人呢。知道自己一直在勉強主人嗎？」

「這……」

「人們應該處在平等的立場上。這個世界上不需要區分富豪或平民。根據能力的多寡來決定人們的價值，這是很愚蠢的行為。恐怕黛拉可瑪莉・崗德森布萊德很想跟年紀相仿的女孩子一樣，去過安穩的生活。可是周遭其他人卻不許她那麼做，而是強迫她戰鬥。這世上還有比那更可憐的事情嗎？」

「…………」

「像這次也是一樣。都是因為妳難堪地中了我們的圈套，她才得冒著危險潛入聖都。在她心底深處，肯定也覺得周遭這樣的環境對她而言是很困擾的吧。她一定對妳頗有怨言。」

薇兒海絲無法在第一時間否認。

可瑪莉心地善良。不管薇兒海絲騷擾她多少次，最終她都會一臉沒轍地原諒她。可是可瑪莉不是常常把那句話掛在嘴邊嗎？——說她「想要當家裡蹲」。

假如她能夠不再當家裡蹲，成為獨當一面的吸血鬼，那就最好不過了。因此平常薇兒海絲就會強行將她帶出去，希望可瑪莉能夠體驗熱熱鬧鬧的日常生活所帶來的歡樂。但是對她本人而言，那或許是非常困擾的事情。只是她沒有說出口罷了——不對，有的時候她會說出來——搞不好在心底，她覺得這個女僕讓人很反感也說不定。

薇兒海絲的思考逐漸黑化。

其實她的主人是真的很討厭她吧。可是主人她已經放話說要「帶回薇兒」。不不，那有可能是要表現給周遭其他人看的，也就是說很有可能是像平常那樣，在虛張聲勢而已。因為有第七部隊在給她施壓，她才會像那樣勇猛地挑釁對手，可能只是這樣罷了。

「——罷了，那些事情也沒有多要緊。」

神不知鬼不覺間，特利瓦已經來到薇兒海絲眼前了。這次他拿來更粗的針。

「我找到科尼沃斯開發的強化版了。有了這個，搞不好能夠找回失去的記憶。」

「啊、啊啊啊……」

「可能會有點痛，請妳忍耐一下——」

薇兒海絲無計可施。一想到親愛的主人是什麼樣的心情，她的身心都感到痛苦，只能不斷地發抖。特利瓦用冷酷的眼神望著她。用來挖開血肉的針慢慢靠近——準備迎接即將到來的疼痛，薇兒海絲變得渾身緊繃，就在那時——

她突然感應到一股莫大的魔力奔流。

特利瓦嘴裡說了一句「哎呀」，視線朝著天花板望去。

「——是【孤紅之恤】啊。這下有點麻煩了。」

薇兒海絲有種得救的感覺，人也跟著渾身虛脫。

不對。因為自己得救就放心，這樣未免太厚顏無恥了。

可瑪莉並不想戰鬥，而且她也不想發動什麼烈核解放吧——

☆

銀白色的魔力宛如一場暴風雪，猛烈地吹拂。

光只是這樣，那些聖騎士團的成員就變得跟紙片沒兩樣，紛紛被吹開。像是要蓋過累積在聖都表面上的冰雪，地面逐漸凍結。在這陣魔力的中心地帶，有個銀白色頭髮被風雪吹拂的吸血鬼，她用冰冷不已的目光望著大聖堂。

米莉桑德・布魯奈特無力地坐在地上，眼裡望著這片景象。

跟今年春天對峙的時候相比，那股魄力絲毫沒變。不對，她的雙眼變得比當時更有殺氣了。經歷了好幾次的生死關頭，她的精神也受到強化。將來自己有辦法對付這種怪物嗎？——明明不合時宜，米莉桑德卻呆呆地想著這些。

「出……出現了！是烈核解放！」

「別害怕！我們有神明的護佑！」

那些信眾拿起武器，朝著黛拉可瑪莉衝過去。

可是她的眉毛連動都沒動。

「——礙事。」

只說了這麼一句話，接著她的右手就輕輕一揮。

就在下一瞬間——「轟!!」的一聲，有一股劇烈的魔力爆發開來。信徒和騎士團的人紛紛發出悲鳴，身體跟著凍僵。另外那些凶猛的暴風雪還將人們的身體吹起，吹向遙遠的彼端。但這樣還沒完。

「這、這傢伙是怎樣……！這可不是在開玩笑的!!」

有個翦劉種想要逃跑，冰柱卻刺中他的臉，紅色的血液跟著飛濺出來。

周遭轉眼間變得屍橫遍野。敢跟那個銀白色的吸血姬作對，下場就是這樣，許多信徒看到這樣的景象紛紛作鳥獸散，全都逃之夭夭了。

對於那些雜碎，黛拉可瑪莉根本不屑一顧，而是發動浮遊魔法。

那具小小的身體輕飄飄地上升。從四面八方射過來的魔法命中她的身體，卻像是被吸收一樣——轉眼間消失無蹤。她本人看上去完全沒有受到損害的跡象。

「這怎麼可能……」

「難道我們的魔法都起不了作用嗎!?——咕呃！」

黛拉可瑪莉的身體放出一些冰柱，準確擊穿在地上爬行的聖騎士團成員。米莉桑德曾經聽說過，若是吸收了蒼玉種的血液，那麼所產生的【孤紅之恤】就會帶來讓肉體硬化且變得跟鋼鐵一樣堅硬的效果。光靠那點程度的魔法，連讓黛拉可瑪莉・崗德森布萊德產生擦傷都辦不到。

「喂，黛拉可瑪莉！妳接下來打算怎麼做!?」

米莉桑德的說話聲沒能傳達過去。黛拉可瑪莉背面出現巨大的魔法陣，向上浮起。

那股龐大不已的魔力，看了便一目瞭然。一定是準備施放煌級魔法的前兆。

這時突然間不知從哪裡傳來歡呼聲，在那喊著「可瑪莉！」「可瑪莉！」。

這一看才發現是第七部隊的成員暫時不打雪仗了，開始在那大聲喧譁。

「——閣下！快點給神明制裁的一擊！」

「上啊，閣下！」「請妳給教皇好看！」「我要熱血沸騰啦————!!」

魔力和冰冷的氣息都朝著黛拉可瑪莉的手指指尖集中。人們除了口口聲聲發出吶喊，對著神明祈禱，還四竄逃跑。屹立在黛拉可瑪莉眼前的是——大聖堂，有教皇尤里烏斯六世坐鎮的神聖教大本營。

「黛拉可瑪莉！妳不要做得太過火……」

「垮掉吧。」

米莉桑德彷彿聽見這聲呢喃。

而在下一瞬間——她眼前的一切全都刷白了。

黛拉可瑪莉的指尖放出巨大冷氣團塊，除了讓大氣發出低鳴聲，還猛烈地向前衝。人們彷彿看見神明降臨，全都跪趴在地上。

米莉桑德呆愣地望著撕裂寒冷天空的魔力之光——接著她似乎看見世界末日到來。

黛拉可瑪莉的魔法將大聖堂狠狠貫穿。

劇烈的爆炸聲隨之響起，引發不得了的巨大震動。據說已經有幾百年歷史的聖都雷赫西亞大聖堂被人炸開一個大洞。

「什麼——」

其中某根重要的柱子可能被人破壞掉了。

再也無法承擔得住主體本身重量的大聖堂——伴隨著如同地鳴一般的「咚嗡————!!」聲，三兩下就應聲倒塌了。

來自聖都的人們全在哀號，那些第七部隊的野蠻人則是開開心心地拍著手。

這是煌級冰凍魔法【天罰的冰槍】。

那是只在神話中被人提及的傳說級魔法。米莉桑德只知道發呆而已，至於佐久奈·梅墨瓦，她已經當場嚇到失神了。

最終黛拉可瑪莉望著那已經變成一座瓦礫山的大聖堂，嘴裡唸唸有詞。

「——妳等著，薇兒。」

弄成這樣，薇兒海絲也死了吧？——這句吐槽沒人敢說出來。黛拉可瑪莉則是讓魔力噴射出去，高速飛往大聖堂。

☆

那陣激烈的衝擊也炸到地下室這邊了，緊接而來的是足以震破耳膜的破壞聲響。究竟發生什麼事了，就算沒有親眼目睹也能推敲得出來。大概是可瑪莉釋放烈核解放，攻擊大聖堂了吧。

「看來上面的部分都已經倒塌了，【孤紅之恤】果然不同凡響。」

特利瓦臉上浮現佩服的笑容。

說起薇兒海絲心中抱持的情感，那是既期待又參雜不安。

若是可瑪莉拿出真本事，要葬送眼前這個男人易如反掌吧。可是害她發動烈核解放，薇兒海絲覺得過意不去——就為了她這種人。

換作平常，她不可能有這麼懦弱的想法。

或許是身體遭受痛楚折磨，導致心靈也變得脆弱起來。

「——哎呀？妳應該要更高興才對啊。為什麼臉上的表情那麼複雜。」

「……我看你才該嘗嘗絕望的滋味吧，你根本不是可瑪莉大小姐的對手。」

「嗯，照一般的邏輯來想，或許是那樣吧。」

就在這個時候。

天花板突然發出嘎吱嘎吱的晃動聲，緊接著連靈魂都足以凍結的冰冷氣息就從縫隙間吹了進來。事情就發生在特利瓦小聲說了句「動作還真快」的那一刻。

伴隨著壯烈的聲響，天花板崩落下來。

明亮的銀白色魔力照亮幽暗的地下室。

接著薇兒海絲彷彿看見幻象，以為是神的使者降臨。

雪片靜靜地灑落下來，一身純白的吸血鬼也跟著降落此地。

那是讓薇兒海絲無比敬愛的七紅天大將軍——黛拉可瑪莉・崗德森布萊德。

那過分強大的魔力幾乎要讓她失去意識。

黛拉可瑪莉輕輕地落到地面上，朝著特利瓦揮起右手，同時開口。

「不可原諒——薇兒、是屬於我的。」

「妳可千萬別動。」

特利瓦這時拿了短劍刺過來。

薇兒海絲不由得「嘖」了一聲。這個男人打算抓她當人質，可是那種迂腐的策略是行不通的。因為發動烈核解放後，可瑪莉就進入無敵狀態。

可是令人驚訝的事情卻發生了。

可瑪莉似乎為之動搖，動作隨之停擺。

強大的魔力從她身上滿溢出來，但她的模樣看上去卻像是在猶豫，不確定能不能轉換成魔法放出去。

「可、可瑪莉大小姐！我變成怎樣都沒關係！妳快點把這傢伙收拾掉——」

「看樣子還保有理智——猜對了，這個是神具。我的烈核解放叫做【大逆神門】，能夠瞬間移動任何物質。若是妳敢動一根小拇指，到時她就完蛋了。這把短劍將會刺進薇兒海絲的腦髓。」

「…………」

「妳要收斂那股力量，假如妳不願意失去這個隨從的話。」

銀白色的魔力逐漸收斂。

看到這一幕，薇兒海絲這才明白過來。

烈核解放講究的是心靈力量。一旦心智動搖，那股力量也會被扭曲。

單就戰鬥層面來看，主人的【孤紅之恤】能夠發揮舉世無雙的力量；唯獨面對精神攻擊，卻無從應對。

特利瓦抓人質的作戰計畫發揮了絕大的效力。

因為那名少女很看重自己的女僕。

薇兒海絲對此感到欣喜無比——但也覺得絕望不已。

最後可瑪莉身上散發出來的殺氣回歸平穩，原本朝著特利瓦伸出的手也軟軟地垂了下去，原本飽含殺意的眼眸逐漸失去光彩。

在那之後，【孤紅之恤】徹底停擺了。

紛飛的冰雪也止住了，甚至讓人覺得氣溫有稍微提升一些。

接著可瑪莉的眼睛再度出現光芒。像是從夢中清醒過來，她動作緩慢地抬起臉龐——先是東張西望一陣子，接著臉上才浮現困惑的表情。

「……咦？我、我怎麼……」

薇兒海絲拚了命呼喚她的名字。

特利瓦則是用猛烈的力道自地面上一躍而起。

☆

當她舔拭佐久奈血液的瞬間，整個世界就變成白色的了。

在那之後的記憶都變得模糊不清。也許她是在作夢——自己好像放出白色的光波，不然就是在空中輕飄飄地飛翔。這種事情明明就不可能發生在現實中。

可是想要把薇兒奪回來的心情，即便是在夢中依然強烈地存續。

她不想讓絲畢卡稱心如意。滿心都是這樣的想法，黛拉可瑪莉拚命想要趕到她身邊——後來等到她醒來的時候，人已經站在幽暗的廢墟中央。

上頭還有冰雪飄落下來。

周遭全都是被破壞的建築物瓦礫，樣子慘不忍睹。

「……咦？我、我怎麼……」

黛拉可瑪莉開始環顧四周，接著就發現讓人驚訝的事。

是薇兒。她渾身是血，被關在監獄裡面——

「薇兒——」

可是那句話沒能說到最後。

腹部突然出現一陣強烈的衝擊。我連哀號聲都無法發出，整個人被打向後面。我的背還撞在牆壁上，當場無力地滑落。根本就反應不過來。那個衝擊力太強了，連痛覺都麻痺掉。我光顧著呆呆地望著正前方。

「——初次見面，黛拉可瑪莉‧崗德森布萊德。我的名字叫做特利瓦‧克羅斯。是雷赫西亞聖騎士團的團長，也是逆月中的『朔月』成員之一。」

「你……你在說什麼……」

「總算能夠破解【孤紅之恤】了。噢對了，我不會用神具殺了妳，敬請放心。因為妳還有很多的利用價值。」

敵人抓住我胸前的衣服，硬是要我站起來。

過了一下子，我全身上下都感到疼痛。淚水一顆接著一顆滑落。

為什麼我得面臨這樣的待遇——那樣的疑問在瞬間消失無蹤。這當然都是為了薇兒。她正在牆壁旁邊痛苦地蹲坐，全身都是傷。血液流了出來，都流到地面上了。

這些事情是誰幹的，一看就知道了。肯定是眼前這個男人做的。

因為這傢伙剛才已經說他是「逆月」的人。

「——你、你這傢伙！對薇兒做了什麼!?」

「只是把她的身體挖幾個洞而已——那有什麼好生氣的啊？姆爾納特的魔核還

是有起到作用喔。我在想應該不至於構成問題才對。」

「怎麼可能不構成問題！為什麼你要做那麼過分的事情……」

「這都是為了實現理想。」

那個男人——特利瓦臉上浮現笑容，嘴裡繼續說道。

「就當是餞別禮，我就告訴妳吧。逆月的目的是要打造出沒有紛爭的和平世界。這個世界充滿醜惡的爭鬥，原因很明顯——就因為人們並非生而平等。因此我要引發世界性的革命，用理性打造出所有人都能被平等以待的環境，朝向這個目標邁進。」

「你、你沒頭沒腦說些什麼……」

「但有好幾股勢力都不贊同我的想法，想要來妨礙我們。領頭的就是姆爾納特帝國。所以我決定要奪取那個國家的魔核，讓那個國家消滅。接著再利用魔核的力量，毀滅其他不願意服從逆月的國家。」

他在說些什麼，我完全聽不明白。但我知道這個男人是前所未有的邪惡存在。以世界和平為號召傷害他人，他根本就是邏輯很有問題的偽善者。我是絕對不會原諒他的——就像這個樣子，我心中的怒火熊熊燃起。

此時特利瓦忽然用憐憫的目光看我。

「黛拉可瑪莉・崗德森布萊德，妳很痛吧。」

「咦……？」

「妳想必是很討厭疼痛才對。基本上我這個人也不希望做出無謂的殺生行為。我在想妳也差不多該放棄了，向我們投降會更好。」

我看不清敵人的意圖。特利瓦用力捏著我的脖子，嘴裡繼續說著。

「妳只要想著讓自己變得開心就好。就算姆爾納特帝國毀滅，那跟妳也沒有任何關係不是嗎？假如妳那麼期望，我們甚至不會殺掉薇兒海絲。妳沒必要戰鬥到渾身是傷吧？應該受到逆月的庇護，過著安穩的生活，那才是明智的選擇。因為妳——一直都很想辭職，不再做七紅天大將軍這份工作不是嗎？」

「…………………………」

那些是足以融化我心靈的甜美誘惑。

的確，我早就想辭職不當七紅天了。勞力工作原本就不適合我。我不管是魔力還是運動神經都差強人意，還是躲在家裡寫小說最適合我。而事實上多虧迦流羅，我的書也有機會出版。

對啊，我從一開始就沒必要戰鬥不是嗎？

之前一直隨波逐流，才會幾度在鬼門關前徘徊。可是——我只要堅持當家裡蹲，就不需要再流血了。

若是把七紅天這份工作扔著不管，我會被炸死？部下還會以下犯上把我殺掉？——那些我才不管。只要哭著去求皇帝或爸爸，他們一定會對我網開一面，因為那兩個人對我非常疼愛。

也許我從一開始就不該出面作戰。

與其承受這樣的痛苦——

「沒錯，妳大可隨自己的喜好生活。只要乖乖待在房間裡當家裡蹲，從此以後都不用那麼痛苦了。」

特利瓦左手握著看起來像冰鑽的針。

若是不願意服從他，我會被殺掉。那代表的意思肯定是如此。

剛才被打到的肚子好痛，嘴角還有血液流出來。我不想再遭受這樣的痛苦了。就算要任性要脾氣，我也應該要堅持當家裡蹲——我的心即將要屈服；就在那時，薇兒的身影出現在我的視線角落。

或許她的意識已經變得模糊不清了。

像是在囈語一般，她嘴裡不停呢喃。

「可瑪莉大小姐，請您快逃……」

我當下大感震驚。

那微弱的聲音令我心智動搖。

我手無縛雞之力，無法從特利瓦的禁錮中脫身。不論是誰看了，這點都明明白白擺在眼前。

「請您快逃。」——就跟被逼入絕境的人向神明祈禱沒兩樣，說那種話並沒有什麼實質效用。但也因為這樣，我知道薇兒是打從心底在擔心我。

緊接著我感覺自己心中點起一把溫熱的火。

「——來吧，快回答我。妳願意投降歸順逆月嗎？」

「不要。」

就連我自己都感到驚訝，那句話說得如此斬釘截鐵。

特利瓦的眉毛動了一下。我正面直視那個恐怖分子，對著他怒吼。

「——才不要！我不會當家裡蹲！明明就不是假日卻關在家裡，那就跟認輸沒兩樣！就算這個世界變得天翻地覆，這次我也不會退讓！誰要對你這種人屈服！姆爾納特帝國是絕對不會輸的！」

「為什麼要堅持到這種地步，妳明明就註定會戰敗。」

「因為——」

我吞了一口口水，接著放生大喊。

「——因為薇兒在哭！大家都受到傷害！還有我不原諒你！」

「是這樣啊，那妳就先死一遍吧。」

這讓薇兒口裡發出悲鳴。我拚命壓抑，想讓身體不要發抖，同時向上瞪視敵人。我一點都不後悔。那些人可以心平氣和地傷害他人，我可不想對他們舉白旗投降。

特利瓦手裡的冰鑽舉了起來。

大概認定他用不著使用魔法吧。就算我會死，我也永遠不會放棄了——想到這邊，我用力咬緊牙關，準備承受那份疼痛，就在那一刻……

「砰！」的一聲，疑似是槍響的聲音響起。

「呃!?——」

眼前這個男人的身體朝著側邊直飛出去。在滿布冰雪的監獄地面上滾了又滾，之後趴在那邊。他頭部側邊流出血液。我不停咳嗽，覺得自己有種得救的感覺，雙眼還跟著向上看。

「——妳還在做什麼，黛拉可瑪莉。若是要挑釁敵人，等到妳有勝算的時候再做。」

「米莉桑德……!!」

那個青色的吸血鬼用指尖對準特利瓦，臉上的表情很凶險。她就這樣直接滑了下來，降落在監獄中，靠近薇兒被困住的牆面，用【魔彈】破壞枷鎖。恢復自由的女僕少女似乎懷疑自己看到幻象，一雙眼睛睜得好大。

「是妳……為什麼——」

「少囉嗦，我們快點撤退。」

米莉桑德讓薇兒靠著自己的肩膀，幫助她站起來。

就在那個時候，房間角落好像有某個人在蠢動的氣息。

是特利瓦，他面帶苦笑，要讓身體重新站直。明明被魔法擊中頭部，看起來卻絲毫不覺得痛苦。我想起來了——蒼玉種這種種族擁有堅硬的肉體。

「……成功化解【孤紅之恤】似乎讓我掉以輕心了，沒想到會有人過來支援。而且妳不是原本跟著天津覺明的吸血鬼嗎？」

「再見，特利瓦・克羅斯。」

米莉桑德在這時扔出魔法石。

「砰呼!!」一聲——白茫茫的煙霧將周遭一帶全都灌滿。

這事情來得太突然了，我腦袋的運作速度跟不上。總之先做好逃跑的準備吧——這念頭才剛浮現，我的手就突然被人用力拉住，害我差點向前撲倒。

「我們走，黛拉可瑪莉！跟那傢伙對戰是沒有勝算的！」

「咦，那個——要怎麼做……」

「重新站好就對了啦！還有先跟妳的部下取得聯繫！」

米莉桑德將那些煙霧撥開，腳下持續奔跑。

我變得跟機械一樣，聽從她的指令辦事。從軍服的口袋中拿出通訊用礦石，將魔力灌注進去。特利瓦沒有來襲的跡象。那傢伙似乎擁有讓物體瞬間移動的能力，但或許沒看到要移動的標的就沒辦法發揮那股力量。

咦——？我怎麼會知道特利瓦用什麼樣的烈核解放？

這件事讓我想不透。但有件事我還是知道的，就是米莉桑德過來拯救我。總之無論如何我們都必須逃跑才行。

礦石另一頭傳來卡歐斯戴勒的聲音。

『閣下！現在要怎麼做呢？』

「先、先撤退！我已經把薇兒搶回來了！我們要撤離聖都！」

在下命令的時候，我還在流眼淚。

可能是因為好不容易才獲救的關係，讓我打從心底感到開心。

後來我的手一直被米莉桑德拉著，在積雪的道路上奔馳。

☆

身為逆月的幹部，「朔月」成員之一，特利瓦正默默無語地佇立著。

被魔法石弄出來的煙霧逐漸散去。

緊接著而來呈現在眼前的是監獄景色，而且還是被破壞殆盡的樣貌。牆壁跟天花板都被弄破了，這裡再也沒辦法發揮監牢的機能了吧。

應該是說連大聖堂本身都不再具備充當神聖教大本營的機能。

那直衝天際的威嚴樣貌早已不復存在，全都成了一大堆瓦礫山。

「……還是去追好了。」

特利瓦先是嘆了一口氣，接著踏出一步。

他沒想到計畫會以這種形式瓦解掉。米莉桑德·布魯奈特的出現在預料之外，但他更沒想到的是自己會粗心大意。

「先等一下，特利瓦！」

有人把他叫住。特利瓦接著回過頭。

有個金色的吸血鬼就翹著二郎腿坐在那些瓦礫堆上。

「要我說，這是怎麼一回事啊？大聖堂全都被毀掉了，就跟我小時候弄倒的點心城堡一樣！」

「很抱歉。我沒料到米莉桑德·布魯奈特會突然衝進來。」

那些話聽起來很像在找藉口，這讓特利瓦感到懊惱。

少女──「弒神之惡」則是露出天真無邪的笑容，嘴裡還說「其實你也不用放在心上」。

「無知不是一種罪，只是會丟臉罷了。」

「…………」

公主大人就跟太陽一樣寬宏大量，卻又如月亮般殘酷。

她內心裡是怎麼想的，特利瓦無從想像。

最好還是盡快追捕黛拉可瑪莉．崗德森布萊德，這才是明智之舉——打定主意後，特利瓦準備聯繫他底下那些聖騎士團成員。

這個時候通訊用礦石突然間發光了，他灌注魔力接聽訊息。

『喔喔特利瓦大人！還真是別來無恙啊。』

「是芙亞歐嗎？有什麼事。」

『哎呀？你的聲音好像比較低喔？是不是心情不太好？是不是失手沒殺掉黛拉可瑪莉．崗德森布萊德!?哎呀你闖禍了呢！』

特利瓦內心是在苦笑的。無論何時，這隻狐狸都喜歡揶揄人。

「對啊說中了，接下來我要洗刷汙名。」

『對於這樣的特利瓦大人，我要帶來一個好消息。』

芙亞歐當下高聲宣布，特利瓦眼裡彷彿看見她臉上的邪惡笑容。

『帝都就快要淪陷了。想必用不著等到明天過完，我們就能完成征服大計囉！來吧，請把公主大人帶過來。新皇帝的加冕準備正在如火如荼進行呢。』

吸

[3.5]

帝國落日

「趕快起來，笨蛋蒂歐！！」

「唔喵!?」

頭突然被人打了一下，蒂歐遭人強行拉回現實。

一張開眼睛就看到那個惡魔上司的臉出現在眼前。接著蒂歐・費列特注意到

了——自己好像在打瞌睡，而且好像還作了空前絕後的惡夢。在沒頭沒腦的情況下

被人殺掉，放到鍋子裡咕嚕咕嚕烹煮不說，最後甚至被人沾上柚子醋吃掉。她平常

的工作總是跟性命危機為伍，導致最近開始作起惡夢。

「真受不了妳！還能夠在這麼重要的時刻睡過頭，妳根本沒資格當記者吧!?」

「不對不對，不管是誰都會睡著吧。這個月的加班時間都已經超時一百小時

了，完全是黑心企業啊。今天我一定要請一下年休——」

此時蒂歐忽然察覺狀況有異。

[Hikikomari the Vampire Countess no Monmon]

她敏銳的嗅覺聞到血液和火焰的味道。

話說根本用不著仰賴嗅覺，因為周遭的情況明顯就怪怪的。

到處都有建築物在燃燒，人們抱頭鼠竄。原本應該要在教會裡頭吟唱的聖歌變成像是在嚎叫一樣，那鬼叫聲此起彼落。就在眼前，看起來像是帝國軍的吸血鬼被一群身穿神職人員服飾的人圍攻。四面八方都有長槍刺過來，最後那個吸血鬼變得一動也不動。

「——咦？這裡是哪裡？地獄嗎？」

「是帝都的小巷子，姆爾納特帝國正準備滅亡。」

梅露可咬緊牙關，目不轉睛地看著眼前這片慘況。

漸漸地，蒂歐也想起她失去意識前面臨什麼樣的情況。

印象中她們原本要來調查帝都發生的宗教暴動真相，在半路上撞見那個讓人眼熟的狐狸少女。她就是芙亞歐·梅特歐萊德。秋天的時候曾召開天舞祭，她是在天舞祭上暗中動手腳的恐怖分子。難道她又要耍什麼陰謀詭計!?——梅露可很肯定那會是獨家新聞，於是她抓住哭喊著「不要不要」的蒂歐尾巴，勇敢地尾隨對方。看來對方好像是要前往帝都下級地區的酒吧。若是直接開啟偷聽模式，也許能夠寫出轟動全世界的大新聞——如此認為的梅露可（加上蒂歐）偷偷在那裡埋伏，背後卻突然出現一個謎樣人物，還攻擊她們。等到蒂歐睜開眼睛，她就已經被人丟在巷子裡了。

然後一回過神，帝都這邊的暴動又變得更嚴重了。

「我搞不懂。」

「給我搞懂！這肯定是恐怖組織『逆月』的陰謀。然後我們太接近真相了！還差一點就能拍到意圖對姆爾納特不軌的犯罪者，拍到他們會面的特寫畫面，卻在拍照的前一刻被人發現，還遭受攻擊！而且對方沒有殺掉我們，甚至還替我們治療傷口，之後扔在小巷子裡，這是為什麼!?認為我們兩個是手無縛雞之力的小姑娘嗎!?」

其實是不是手無縛雞之力的小姑娘也不重要吧，只要命還保住就好。

可是梅露可似乎不是那麼想的。

「實在不可原諒……要讓那個人知道能夠創造世界的寫手有多大的威力……」

「那個……我們是不是差不多該回去了？這次一個不小心可能會死喔？」

「我說蒂歐，妳有看見襲擊我們的人長什麼樣子嗎？」

「請不要無視我的話，話說我沒看到。」

「妳這隻貓真沒用。」

「妳有資格說別人嗎？不過味道我倒是記得……」

「幹得好，蒂歐！那味道是什麼樣子的!?」

「是很好聞的味道。」

「就只有這樣？」

「對。」

「妳要什麼白痴啊!!」

蒂歐被人「砰鏗！」地敲了一下頭。太過分了，她差不多該去找別的工作了。

順便說一下，透過蒂歐的嗅覺魔法，她還能夠依循氣味來猜出對方是什麼樣的種族。根據那個好聞的味道來看，對方十之八九是吸血鬼。性別是女性，而且年紀還很小。

可是她對那個上司很火大，所以不打算告訴她。

話說回來——蒂歐心想。

話說帝都亂成這樣很不尋常。她偷偷觀察大街上的樣子，那裡的人似乎分成兩大勢力在抗爭。一方是姆爾納特帝國軍，另外一方應該是神聖教的信眾吧……但絕大部分都不單純是信眾而已，身上還散發恐怖分子的氣息。大概是來自那個叫逆月的愚蠢集團吧。

這時眼前突然有火焰魔法炸開。

待在這邊搞不好會死——蒂歐在心裡想著。

「蒂歐，接下來對六國新聞而言，堪稱是命運之戰的戰爭要開打了。」

「不會開打啦，妳想太多了，我們回去吧。」

「可是接下來將會是一流記者發揮的領域，不夠老練的人可能會死掉。我看過好幾個新人拿出不服輸的氣魄，最後卻丟了性命。就算是那樣，蒂歐妳還是要跟我一起來嗎？」

「什麼？我從來都沒說過要跟妳一起去啊？」

「若是沒有做好覺悟就回去吧，說這些也是為妳好。」

「我知道了，那妳辛苦了！」

「妳別回去啦！」蒂歐的尾巴被人用力抓住。「碰到這樣的場景，不是該說『就算是到地獄的盡頭，我也會追隨梅露可小姐！』才對嗎！我們兩人的羈絆都跑哪去了!?」

「這個世界上不存在比性命更重要的羈絆！請不要把我帶往地獄，我還不能死！我有個病弱的妹妹還留在故鄉那邊——!!」

「妳的妹妹不是在核領域精神抖擻地殺人嗎!!」

就像這個樣子，那兩個人在小巷子裡互相怒吼來怒吼去。

忽然間，地面開始傳出某種巨大物體在移動的聲音。

似乎就連梅露可都注意到了。她使勁拉扯蒂歐的尾巴，打算從小巷子飛奔出去。

「請先等等，梅露可小姐，現在跑去外面會死掉耶!?還有請妳放開我的尾巴！若是把尾巴弄斷了，小心我告妳職權傷害!!」

「蒂歐妳快看，看那個——」

這下梅露可改為發出震驚的呼喊，還用手指指向某處。

有個被車子裝載、模樣像是大砲的東西運過來了。可是那樣東西大得很不尋常。長到讓人看呆的砲身可能比蒂歐的身高還長好幾倍。那個大到誇張的砲口直徑八成都超過一公尺了，砲口深處一片黑暗，什麼都看不見。

但那沒來由讓人感到其中醞釀著危險氣息，而且砲口似乎就對準姆爾納特宮殿的所在方位。也就是說——是恐怖分子那邊的人準備了這樣東西。

「哎呀感覺真不錯，可以趁亂出擊。」

在大砲的旁邊，有個白衣少女在。

她是翦劉種。臉上充滿喜悅，嘴裡說著讓人聽不懂的話。

「姆爾納特宮殿鋪設了特殊的結界，可是只要運用我開發出來的『絕望破滅魔砲』，理論上應該能擊碎——甚至有可能傷到結界內部的宮殿。真沒想到有實地上場試射的一天！」

「科尼沃斯大人！都準備好了！」

有個身穿神職人員服飾的男人跑過來。這個果然是恐怖分子的武器。

© riichu

被人稱作科尼沃斯的白衣少女滿意地點點頭，說了聲「嗯！」

「那就點燃吧。」

「是！」

接到指示的男子對著類似導火線的東西點火。

那幫人馬上就退到遮蔽物後方，蒂歐也趕緊就地縮起身體。可是梅露可硬是抓住她的尾巴，嘴裡說著「若是待在那種地方八九不離十會死喔！」蒂歐嘴裡大叫「尾巴會被拔掉會被拔掉！」被梅露可拖到小巷子深處——就在那瞬間……

身穿白衣的少女笑了一下，嘴裡還說了一句。

「做實驗的時間到了——大家放心吧，這個不是神具。」

巨大的聲響跟著轟鳴而出。

蒂歐還以為自己的耳朵要被炸飛了。

從大砲發射出來的魔力彈丸引發天搖地動，同時向前猛烈射去。

幾秒鐘後——足以破壞一切的漫天巨響降臨。

☆

這突如其來射出的一砲輕輕鬆鬆打破姆爾納特宮殿鋪設的結界。

光這樣還沒完。來看聳立在結界對面的宮殿——也就是皇帝陛下日常居住的壯麗城堡，東半部全都被炸掉了，掀起一場大爆炸。

芙萊特．瑪斯卡雷爾帶著難以置信的心情轉頭看背後。

天空在燃燒。就好像被潑了血一樣，變得一片通紅。

身上穿著神職人員服飾的恐怖分子歡聲雷動。芙萊特將那些來襲的吸血鬼全都斬殺掉，同時發現自己有種毛骨悚然的感覺。一旁四散著人類的遺骸，再加上鮮血，還有連大氣都為之震盪的詭異聖歌。那優雅又壯麗的帝都已經不見蹤影了。

「芙萊特大人！第四部隊捎來消息。」

「有什麼事！我現在很忙。」

「聽說德普涅閣下被剛才的砲擊炸死了。」

「什麼!?小德她……」

原本負責守衛宮殿的第四部隊似乎被毀掉了。

芙萊特將牙齒咬得喀喀作響，事情怎麼會變成這樣。

一開始的暴動輕輕鬆鬆就被米莉桑德．布魯奈特鎮住。可是問題還在後頭。那些人不知是從哪冒出來的，開始破壞帝都。他們主張「不相信神的姆爾納特帝國必須有所變革」，芙萊特只覺得這是在鬼扯。

可是敵人的攻勢遠遠超越帝國軍預料，顯得激烈許多。

他們並非單純的信徒，大多數人還是來自「逆月」的戰鬥集團成員。而且他們還透過催眠魔法之類的，輕而易舉就能增派士兵。那些暴徒除了破壞帝都的建築物，還開始入侵姆爾納特宮殿。

「這些人！真是沒完沒了……！」

那些恐怖分子嘴裡呼喊神之名，一面飛撲過來。

到現在都還沒有找到指使他們作亂的人。

面對那些如同游擊隊般來襲的恐怖分子，七紅天根本應付不來，節節敗退。遠處連續傳來好幾次爆炸聲，那應該是「無軌道炸彈客」貝特蘿絲・凱拉馬利亞幹的吧。她似乎想要把敵人的首腦逼出來，卻遲遲沒有得到成果。

「瑪斯卡雷爾大人！注意後面！」

此時芙萊特的部下突然間大叫。她立刻轉頭，卻沒能及時趕上。暴徒的刀劍鎖定芙萊特的喉嚨刺過去。芙萊特原本做好承擔的覺悟，要承受那一記攻擊，並且咬緊牙關——就在那瞬間，敵人的身體被側面打來的拳頭擊飛。

「——妳沒有受傷吧！瑪斯卡雷爾小姐。」

對方是穿著神職人員服飾的七紅天——海德沃斯・赫本。

感到放心的同時，芙萊特重新握好細劍。

「多謝相助，赫本大人。我差點就沒命了。」

「妳會疏於防範還真是稀奇。但這也不能怪妳——要是敵人都像這樣沒完沒了的話。」

海德沃斯一臉困擾地交疊雙手放在胸前。

「到底是什麼東西驅使他們做到這個地步，而且還裝成神的信徒，簡直太不可取了。等到這場騷動結束，大概會掀起一股風潮，人們將會敵視神聖教。」

「別去想之後的事情，先看眼前的吧。」芙萊特朝四周張望的當下，嘴裡補上這麼一句。「但目前情況還不明朗。真正的敵人是神聖教嗎？還是逆月？這兩個組織不知道有多麼深的淵源。」

「這就不清楚了，但可以肯定尤里烏斯六世和恐怖分子是共犯。」

被俘虜的敵人曾經明言「都是尤里烏斯六世下的命令」。然而芙萊特不認為他們暴動是為了信仰，只覺得他們利用宗教是為了實現某種野心。

而他們的毒牙終於伸向姆爾納特宮殿了。

若是皇帝還在，事情也不會變成這樣吧——才剛想到這邊，前方頓時出現一陣盛大的歡呼。是那些恐怖分子朝這邊進攻，成群排山倒海而來。芙萊特舉起手中的刀劍，嘴裡「嘖」了一聲。

「前往聖都的那些人都在做什麼？」

「剛才有跟他們聯繫上了。聽說崗德森布萊德小姐已經把薇兒海絲中尉搶回來了。但之後發生什麼事情，我就不曉得了。」

「若是沒有說服尤里烏斯六世，我們這邊就沒戲唱了。不然我們就得找出引發這場宗教暴動的元凶，將他葬送掉……」

「這倒是。」海德沃斯說著來到芙萊特身旁。「話說瑪斯卡雷爾小姐，妳認為聖都和逆月的最終目的是什麼？」

「事到如今還有什麼好想的！他們雙方正要合力毀滅姆爾納特帝國。若是卡蕾大人在這，我們就能夠更快處理此事……」

「嗯，姆爾納特帝國一直都是由皇帝在支撐的。」

芙萊特覺得有點奇怪。身為七紅天，說這種話不會有點奇怪嗎？

接著海德沃斯臉上便浮現笑容，嘴裡繼續說了些話。

「姆爾納特果然是個不錯的國家，那妳應該已經做好為吸血種赴死的覺悟了吧。」

「？——那是當然的吧。七紅天的義務就是為了帝國犧牲奉獻。不管面對怎樣的敵人都不能退縮，要優雅地應戰，然後優雅地為國捐軀，這就是我們應該要達到的要求。」

「原來是那麼一回事啊。」

近來的七紅天裡出現太多軟腳蝦。黛拉可瑪莉・崗德森布萊德就別提了，連佐久奈・梅墨瓦也是如此。這次她芙萊特・瑪斯卡雷爾就該以帝國應有的將軍之姿示人，非這麼做不可。

這時海德沃斯突然間用手指指著跟敵軍相反的方向大叫。

「——喔喔！請看那邊！那片景象可厲害了！」

「厲害的景象？這次是什麼——」

滋嗡。

好像有某種東西切換了。

緊接著芙萊特有種感覺，那就是從肚子底部竄升一股灼熱的刺痛感，逐漸向上攀升。

「咦？」——帶著絕望的心情，她的目光向下掃去。一把銳利的刀正深深刺在她的腹部上。芙萊特不明白，怎麼會發生這種事。

她全身的力量都抽空了，當場倒了下去。

接著她才注意到——握著那把刀的人就是海德沃斯・赫本。

應該是說，有著海德沃斯・赫本姿態的某個人握著那柄刀才對。

「——連『莫夜刀』都用不著。輕而易舉啊。」

「妳、妳是……！」

砰呼！——周遭頓時充滿煙霧，穿著神職人員服飾的吸血鬼瞬間消失。相對的出現一名少女，她眼裡還發出紅光。

那是特徵上有著狐狸耳朵和尾巴的獸人，是曾經在天舞祭上跟黛拉可瑪莉・崗德森布萊德和天津・迦流羅展開生死搏鬥的恐怖分子——芙亞歐・梅特歐萊德。

她用冷酷的目光逼視芙萊特，嘴裡靜靜地說著。

「海德沃斯・赫本早就死了，剩下的重要人物就只有貝特蘿絲・凱拉馬利亞。不管怎麼說，姆爾納特帝國終結的那一刻也近了。」

「妳這個……可惡的恐怖分子……」

「妳就在那死去吧。等到妳睜開眼睛，這裡就不是吸血鬼王國了。不對——若是在那之前破壞魔核，妳連醒過來的機會都沒有了吧？但那不歸我管就是了。」

「等、等等……」

芙亞歐・梅特歐萊德踩著悠然的步伐離去。

芙萊特連追趕過去都辦不到。

看看四周，會發現不知不覺間第三部隊的吸血鬼也死光了。

身體使不上力。我是絕對不會放過妳的——她甚至連逞強說這種話的體力都不剩了。眼裡眺望著逐漸毀壞的帝都風貌，芙萊特就此失去意識。

就這樣，姆爾納特帝國逐漸崩塌。

皇帝行蹤不明，宰相死亡。負責防衛帝都的七紅天中，四人裡已有三人戰敗。

至於那些元老，他們早就帶著私房錢逃到鄉下去了。

人們並沒有對神明祈禱。

他們期待的是可以弭平這場騷動的英雄。

也是某個殘存的七紅天。

【轉移】的魔法不能用了。

好像是姆爾納特帝國的宰相——也就是爸爸，用他的權限讓所有的「門」機能停止運作。這應該是為了防範新的敵人入侵，一旦採取這樣的措施，那就代表帝都的情況顯然已經變得非常危急。

從聖都雷赫西亞逃脫的我們，事後來到位於核領域的某個城鎮上。

這裡是受到姆爾納特帝國管轄的小型城塞都市。

現場人員有佐久奈、薇兒、米莉桑德，再加上我共四個人。我們到頭來沒能和第七部隊的部下會合，他們疑似在核領域徘徊，就連通訊用礦石都沒有反應。但根據街頭巷尾的傳聞指出，聖騎士團已經出動，正在討伐吸血鬼們。這些話聽了讓人毛骨悚然，也不知道第七部隊成員是否安然無恙。

「——這下算是陷入絕境了。旅行商人都跟我說了，聽說帝都即將毀滅。」

入夜後，我們來到旅社的餐廳。米莉桑德露出諷刺的笑容，這番話則是從她口中說出的。

對此起反應的人是薇兒。她好像不大痛快，臉上盡是險惡的神色。

「為什麼妳看起來這麼開心？妳身分上好歹算是我國名正言順的帝國軍人吧。」

「就算國家滅亡也無所謂，反正我又不會死。」

「可瑪莉大小姐，我可以對這傢伙的臉噴美乃滋嗎？」

「好啦好啦，妳先冷靜一下！米莉桑德說那些話並不是發自真心的！」

「就是說啊，薇兒海絲小姐。米莉桑德小姐她……怎麼說呢，她這個人有點口是心非。明明是好意的，表面上卻要裝出不懷好意的樣子。」

「小心我殺了妳。」

這話讓佐久奈發出悲鳴，身體開始發抖。看來表面上是惡意的，背地裡也只有惡意。

此時薇兒看似不滿地鼓起腮幫子，嘴裡說道「我還是不喜歡她」。

從聖都飛奔出來後——在魔核效果的作用下，薇兒身上的傷都被治好了。要做肢體活動似乎也都沒太大問題，而且她也已經聽聞米莉桑德就任成為七紅天大將軍。該說果不其然嗎？薇兒好像沒辦法原諒米莉桑德，看著米莉桑德的眼神飽含敵意。

這也不能怪她吧。畢竟以前曾經發生過那些事情，要她當作沒這回事很困難。可是這次我們同為帝國軍。

若是起內訌的話，接下來情況會對我們很不利。不過薇兒那傢伙也知道是米莉桑德救了她，似乎沒有要強烈批判她的跡象，只是——

「可瑪莉大小姐，應該先把米莉桑德‧布魯奈特殺了。」

不對，她強烈批判了。不要當著她本人的面說那種聳動的話啦。

「口舌之爭是最沒有意義的。若是不回到帝都，設法收拾逆月，那其他都別提了。假如我們一直待在這邊，被敵人抓到也是死路一條。」

「啊，妳還是有在為姆爾納特帝國著想呢……」

「才不是。」只見米莉桑德一臉厭煩地否認，嘴裡繼續說著。

「——目前襲擊帝都的有逆月人馬，加上神聖教教徒，混合成一群游擊兵。恐怕帝都那邊的軍隊會越來越弱勢。因為皇帝不在的關係，他們也沒辦法像樣的作戰。」

「我不覺得七紅天會輕易輸給他們……也許……是因為逆月用了很奸詐的手段才會那樣……」

「好吧，不排除有這種可能。為了踐踏其他人，那幫人不管什麼事情都幹得出來。總而言之——我們要盡快回到帝都，將那場暴動鎮壓完畢。又或者我們必須直接打倒特利瓦・克羅斯，不然就是『弑神之惡。』。」

「弑神之惡？那是什麼。」

「是逆月的頭目。」

原來是頭目啊，那應該是我先前都沒有碰過的狂戰士吧。

連碰到身為幹部的特利瓦，我都束手無策了，怎麼有可能贏過他的上司。話說回來，那個蒼玉種現在在做什麼呢？是不是在追殺我們，還是跑去帝都了——

就在那一刻，旅店這邊的人說了聲「讓你們久等了」，並將餐點端過來。

「『弑神之惡』被許多不明點環繞，就連從前待在逆月的我也沒見過。但發生這次的騷動，那個人必定會現身。我們可以把握機會殺了他——」

「哇！薇兒妳快看。蛋包飯上面還放了兩塊漢堡排呢！」

「是真的耶。但是您吃得完嗎？分量很多喔。」

「我的肚子很餓，一定吃得完啊——」

「聽我說話啦!!」

我的頭被人「啪！」地拍了一下。還感受到一股殺意，米莉桑德正用像是猛獸一般的眼神瞪著我。這傢伙是怎樣——想歸想，冷靜下來想想會發現現在好像不是吃晚餐的好時機。於是我跟她道歉，說完一句「抱歉」後，我開始安安靜靜地吃起蛋包飯。

好好吃。蛋包飯果然擁有提升人生幸福度的效果。

米莉桑德依然用肅殺的眼神看著我。

「黛拉可瑪莉妳給我聽清楚了。我對帝國沒有太多留戀，但妳應該不希望姆爾納特帝國滅亡吧？那想必也做好覺悟了吧——能夠解決這次騷動的關鍵，就掌握在黛拉可瑪莉・崗德森布萊德妳的手裡。」

「…………」

我握住湯匙的手停擺了。

我掌握了關鍵。這是什麼意思呢？接著我不經意發現薇兒放在桌子底下的手緊緊握住，都捏成拳頭狀了。她不知為何露出複雜的表情。

「……吶，米莉桑德。妳也知道，我不會使用魔法，運動神經又不行，是個一無是處的吸血鬼。掌握關鍵的人應該不是我。」

「妳是不是蠢啊？」米莉桑德在這時語氣不屑地回了那麼一句。「能夠改變世界的人，心靈要夠強韌。妳身上具備那樣的潛力——而且妳實際上不是也改變阿爾卡和天照樂土了嗎？妳都不記得了？」

「………………」

那是因為有納莉亞或迦流羅的力量才能辦到。

並不是我曾經做過什麼。這個世界上的人都對我有所誤解——這樣的想法依然在我心中根深柢固地盤踞。

我知道自己一旦吸食血液就會出現某種狀況。

但那又怎樣？只不過會引發一些變化罷了，難道有辦法讓姆爾納特面臨的慘況大翻盤嗎？當然不可能啊。我可是討厭爭鬥的稀世賢者，還是吃吃美味的蛋包飯逃避現實更適合我。

此時米莉桑德忽然站了起來。

「姆爾納特的國民都在向黛拉可瑪莉．崗德森布萊德祈禱。去回應他們的期待，這正是妳的使命——我先回房間了。」

她只說完這些話就離開了。

結果到頭來她什麼都沒吃。若是之後肚子餓該怎麼辦？我在想這些無關緊要的事情，想要藉此剔除不安。

☆

我們就只有租借兩個房間。

住宿組合分別是我搭配薇兒。米莉桑德配佐久奈。那兩個人在一起，從各方面來說都不會有問題嗎？——雖然感到不安，佐久奈卻說「我跟米莉桑德小姐來自相同的組織，不會有問題的。」意思是說她們也有很多話想說吧。

吃完晚餐後，我跟薇兒兩個人一起回到房間裡。

外頭都已經變暗了。明天早上我們就要朝著帝都出發。不曉得現在七紅天成員都怎樣了？我的家人是不是平安無事呢？

那些不安的感覺讓我感到煎熬，而呈現大字型躺在床上的薇兒則是呼喚我的名字，對我說「可瑪莉大小姐——」。

「要不要來玩撲克牌，睡覺之前還有一段時間可以用喔。」

「要玩也可以啊……這樣的休閒方式很不像女僕會做的呢。」

「對不起。」

接著她面無表情地起身。

然後一直用翡翠色的眼睛望著我。

「怎、怎麼啦？」

「沒什麼。只是……我想到自己都還沒跟您道謝和賠罪。這次很謝謝您，還有對不起。」

「妳說的我都有聽沒有懂呢。」

她再度說了聲「很抱歉」，然後內疚地看向下方。

「其實……我之所以會跟著尤里烏斯六世走，而且毫無抵抗，都是因為皇帝陛下對我下了命令，她要我潛入聖都從事間諜活動。但沒想到這個命令本身也是敵人的陰謀……總之我沒有把話跟可瑪莉大小姐說清楚，才會害您擔心。您還跑來拯救中了敵人伎倆的我，讓我感到非常開心。」

我當下錯愕了一下。還以為這傢伙自首是要說出她曾做過某些更糟糕的變態行徑，我坐在自己的床鋪上，笑著對她說「不用那麼在意啦」。

「可是妳為什麼都隱瞞不說？既然有事，大可跟我說啊。害我那麼擔心……應該是說……就是──因為事情來得太突然，害我在各方面都吃了不少苦頭。」

「那都是為了吸引可瑪莉大小姐的注意……」

這時薇兒害羞地補上這一句。

也就是說這傢伙希望我會感到嫉妒就對了，那個女僕想到的作戰計畫還真是邪惡。讓人困擾的是，這次的作戰計畫──我要承認，對我來說很有效。光是薇兒不見了，我的生活就亂成一團。若是在那種狀態下繼續扮演將軍上班，搞不好會被部下殺掉。

「……妳這個女僕真會給人添麻煩，瞞著我擅自做了一堆事情。」

「請您懲罰我。請讓我和可瑪莉大小姐一起洗澡，替您清洗身體各處。請連指甲都讓我舔──話說我真的會用舔的方式侍奉您。」

「我又不是糖果！妳在這方面也很讓人困擾啦！真是的。」

我總覺得薇兒好像不像平常那麼有餘裕。

這次發生的事情，也許為她精神層面上帶來一些變化。證據就是——她依然是那麼悶悶不樂，雖然嘴巴上在講些有的沒的。

「都怪我不好，害可瑪莉大小姐遭遇危險。」

「這是常有的事吧。因為妳的緣故，我每次都徘徊在生死邊緣。」

「這也讓我感到很抱歉……請問——我的存在是不是會給您添麻煩？」

那讓我一時間無言以對，是不是剛才晚餐裡有加了奇怪的菇類？

「可瑪莉大小姐總是在說『我不想工作』，『想當家裡蹲』這句話聽過好幾次了。但我認為那是為了可瑪莉大小姐好，一天到晚硬是將您帶到外面去。若是要讓您履行七紅天的職責，我覺得那是必要措施。可是……也因為這樣，到頭來可瑪莉大小姐時常變得傷痕累累。」

薇兒說得沒錯。不管是在七紅天爭霸戰上，還是在六國大戰中，甚至是天舞祭，我的肉體都承受巨大的傷害。每次都碰到彷彿殺人魔究極型態的對手，被他們殺到一身傷。

「若是我不在了，可瑪莉大小姐就能夠過上安穩的家裡蹲生活，您也不會受傷。還有這次的事情……如果可瑪莉大小姐不想要，我認為您也不用勉強自己作戰，我會帶可瑪莉大小姐到安全的地方……」

這樣的提議很有吸引力。

說真的，現在的姆爾納特帝國出什麼事了，我一點都不曉得。但我很清楚，若是跑到帝都去，下場會很慘。經過多次磨練的第六感已經敲響警鐘了，跟我說「妳會沒命」。若是運用賢者應有的智慧來思考——跟薇兒一起逃跑是明智許多的選擇。

「還有——等到可瑪莉大小姐的人身安全獲得保障，我就會從您面前消失。」

「妳傻了啊，在說什麼啊。」

我說話時目不轉睛地直視薇兒。

其實帝都的問題要怎麼解決，我根本毫無頭緒。

可是這個女僕少女受到罪惡感苛責就想搞人間蒸發，我認為這樣是不對的。

「可瑪莉大小姐，我……」

「說老實話，妳硬是逼我工作，這讓我覺得很不滿。但我也不用事到如今才特地強調，因為平常就在講了。妳害我每次都以為自己會死。」

「嗚……」

薇兒眼中浮現淚水。這樣的用字遣詞可能太過激烈了，我趕緊握住她的手，然後刻意不跟她對上眼，而是靜靜地訴說。

「可是——都是因為有妳在，才有如今的我。」

「咦——」

「不管是七紅天爭霸戰、六國大戰還是天舞祭，都是因為有薇兒拉我一把，我才能有珍貴的收穫。若是我一直當家裡蹲，我就會錯過很多相遇的契機。」

「…………」

「總之……怎麼說呢？妳對我來說……是很重要的女僕，所以……拜託妳不要再消失了。若是少了妳，我想我──可能沒辦法好好過下去。房間會變得亂七八糟，早上爬不起來，還有可能被部下以下犯上幹掉。我這個廢柴吸血鬼會將廢柴特質發揮到淋漓盡致。」

「您、您的意思是──」

「妳、妳可別搞錯了喔。這並不是愛的告白，只是我需要一個女僕罷了。去僱用別的人來代替妳又很麻煩……所以說……就是……」

連我自己都不知道自己在說什麼。

更奇怪的是，我的體溫上升了，臉頰還變得熱熱的。被薇兒用感激的眼神逼視，我不由得感到棘手。於是就將目光從她身上抽離，改成看牆壁，同時小聲說了些話。

「……不管怎麼說。妳平安無事真是太好了，薇兒。」

「可瑪莉大小姐！」

「哇啊!?」

那個女僕突然飛撲過來。她是突然那麼做的，害我連抵抗的機會都沒有。

等到我發現的時候，人已經被她按倒在床鋪上了。女僕那張欣喜到發顫的臉龐就近在咫尺之間。話說她還真的哭了，流出的淚水滴在我的嘴唇上。

「可瑪莉大小姐，我可以用力抱緊您嗎？」

「不對吧，妳等同已經抱緊我啦！喂別黏過來啦！過去那邊！」

「我再也不會離開您。親口說『我需要妳』的人不就是可瑪莉大小姐嗎？今後不管是生病還是康健，甚至是死亡的那一刻，我發誓一定都會待在可瑪莉大小姐身邊，不離不棄侍奉。」

「這太沉重了，而且還是雙關！好啦我知道了！都知道了啦！」

「今後我會以女僕的身分拿很多工作過來給您。為了讓可瑪莉大小姐可以用七紅天大將軍的身分做出活躍表現，我會盡心盡力輔佐您。畢竟可瑪莉大小姐剛才也說過了。我都一字一句記得清清楚楚──『都是因為薇兒拉了我一把，我才能有珍貴的收穫，還因此喜歡上薇兒。』，您是這麼說的。」

「最後那句我不記得有說啦──!!──不對重點不是這個，我確實有說過類似的話，但意思絕對不是今後也要妳拿一大堆工作過來！我還想要有更多休假好不好！再說我的年休都跑到哪去了!?我都知道喔，印象中好像有這檔事，說法律有規定每年一定要讓勞工放假幾次那類的！」

「我會提出申請，要將一般的出勤日也視為年休的一部分。」

「那樣根本黑心到極點了吧——！」

我開始胡亂掙扎，可是卻沒辦法從女僕的體重加壓下掙脫。

這時她忽然變得面無表情，就像是硬裝出來的，並開口低語。

「其實我——都還沒喝過可瑪莉大小姐的血液。」

她沒頭沒腦在說些什麼啊。

「那又怎樣。」

「我是不是能夠吸食您的血液？」

「咦？」

「聽說彼此之間羈絆強烈的主僕有個傳統，就是他們會互相交換血液。當然可瑪莉大小姐一旦吸取我的血液，這周遭一帶都會被燒個精光，所以還是只讓我吸好了……」

被燒個精光是什麼鬼啦，應該不至於變成那樣吧。

話說回來——要吸血啊。我從來沒想過某人會對自己這麼做，還以為只會出現在小說或妄想中……可惡，害我開始緊張起來了。身為稀世賢者，這樣未免太不像樣了。若是問我討不討厭被她吸血，倒不是真的那麼討厭了，可是——

「不行嗎……？」

「也不是……那個——」

「若是您拒絕我，我可能會吐血而死。」

「哇啊啊啊啊啊啊！知道了啦！好啦！妳想怎麼做就怎麼做吧！」

人家都這樣拚命懇求我了，我總不能拒絕吧。

不知為何薇兒像是為此鬆了一口氣似的，嘴角微微上揚。

「那麼……我就冒犯了。」

「嗯、嗯嗯。」

她的臉龐慢慢靠近。

怎麼會這樣？只不過是被人吸食血液罷了，心臟卻跳得那麼大聲。妹妹蘿蘿好像有說過一句話，她說「心上人的血液喝起來甜甜的」。不曉得這傢伙喝了我的血液會有什麼樣的感想。跟蛋糕比起來，哪個比較甜呢？

我腦子裡在想些漫無邊際的事情，眼睛望著天花板上的汙漬看。

眼前這個少女的心跳聲連我都聽得見，或許薇兒也很緊張。

最後她的嘴脣總算貼到我的脖子上——就在那瞬間……

「——可瑪莉小姐！好像有其他客人在找妳喔。」

「啪！」的一下，薇兒從我身上光速抽離。

佐久奈連門都沒敲，直接就把我房間的門打開了。是不是剛洗完澡啊？她頭髮溼溼的，臉頰也變得紅潤，讓人覺得這位美少女比平常還美十倍。

「……？妳們兩人怎麼了。」

「沒、沒什麼啦，對吧薇兒。」

「糟了……！冷靜下來想想才發現這是讓梅墨瓦大人知道可瑪莉大小姐屬於我的絕佳時機，我卻沒來由因一時情急翻身離去!!」

妳沒事在那用超快的速度說明什麼啊。

佐久奈當下接了句話，嘴裡說著「雖然我不是很懂——」強行將話題帶開。

「但是好像有人想跟可瑪莉小姐和薇兒海絲小姐說話，聽說他已經在旅店的一樓休息處等待了。」

我下意識看看薇兒的臉龐。她也一臉困惑地歪著頭。

會在這個時間點上過來見我們的人，我實在想不出是誰。

☆

在那邊等待我們的是個陌生男子。

這裡又沒有其他人在，要找我們的人大概就是他吧。

他坐在打麻將的桌子前，用手指玩弄麻將牌。那個人身上散發出來的氣息跟刀刃一樣銳利，身上服裝是樣式輕雅的天照樂土傳統服飾。任誰看了都知道他是和魂種。

發現我們到來，對方口中發出一聲「喔！」還對我們招招手。

「崗德森布萊德小姐，妳總算來了。先坐下吧。」

「好、好的……」

在對方的催促下，我坐到他對面。

薇兒對我說「請您多加小心，可瑪莉大小姐。他搞不好是容易出現在小巷子裡的變態」，說完還坐到我的左邊去。容易出現在小巷子裡的變態是妳，我看這個人才不想被妳那麼說吧。

不知道為什麼，那個和魂種男子一直盯著我看，害我坐立難安到一個極限。但我又覺得這種感覺有點熟悉。那身伶俐又冷酷的氣息——對了，感覺跟第一次見面裝作模樣冷酷的迦流羅有點像。

「……你究竟有何貴幹。若是繼續用那種邪惡的眼神看可瑪莉大小姐，小心我用胡椒撒你的眼睛。」

「喂太沒禮貌了吧！很、很抱歉，這個女僕有的時候會出現一點失控舉動。」

「無所謂，畢竟突然把妳們叫過來的人是我。」

話說到這邊，那個男子的視線落到麻將牌上。

「我叫做天津覺明。妳跟天津迦流羅很熟，而我是她的堂兄。」

「咦……？你就是迦流羅口中的哥哥……？」

「應該是吧……噢對了，我來這邊的事情，妳們不要跟米莉桑德說。若是現在跟她碰面，她很有可能跟我打起來。」

我不懂。這個人是不是對米莉桑德做過什麼？

「要不要來玩麻將？其實為了慶祝同僚升任幹部，我們要召開麻將大賽。輸了會連錢一起輸掉，所以我想趁現在練習一下。」

「不錯喔。來玩脫衣麻將吧。當然由我跟可瑪莉大小姐兩個人玩就夠了。」

「我才不要玩那種東西！——哎呀，真的很抱歉。其實我對麻將的規則不是很清楚……」

「是嗎？我也不清楚就是了。」

這個人的步調好難捉摸。

身旁的薇兒一副忍無可忍的樣子，開口說了些話。

「天津覺明先生，請你快點把要緊事說一說。話說你怎麼會知道我們在這？該不會是跟蹤我們過來的吧。」

「是我的部下在追蹤你們。」

「該不會是跟蹤狂？小心我報警喔？」

「若是妳們想死的話，要報警也行。就算是那樣，我也無所謂。只不過——若是不想坐等姆爾納特帝國滅亡，妳們最好乖乖聽我把話說完。」

當這句話語畢，天津從懷中拿出魔法石。

薇兒立刻站了起來，一身戒備。可是對方好像沒有要攻擊我們的意思，他直接將那個魔法石遞給我。

「這個是【轉移】用的魔法石。如今姆爾納特帝國公家單位管理的門都已經停止運作了，但是剛才我的部下已在一片戰火中建立新的門。只要使用這個，妳們瞬間就可以前往帝都。」

「那個……為什麼要把這種東西給我……」

這時天津發出一聲哼笑聲。

「其實不管姆爾納特帝國會面臨什麼樣的下場，都不關我的事。只是有個人已經委託我了——而妳們若是以這種型態敗給『弒神之惡』，那確實也不是一件令人樂見的事。」

「請你做點詳細說明。你對這整件事情了解多少？」

「我知道黛拉可瑪莉．崗德森布萊德若是不出動，將會出現很多犧牲者。」

這話讓我聽不明白。那麼恐怖的話，我連聽都不想聽。

「……為什麼我一定要出動啊？我可是——」

「那我問妳，為什麼妳要來這？不就是想找機會潛入帝都嗎？」

「那是……」

其實連我自己都弄不明白，我就只是被米莉桑德硬拉過來罷了。

接下來自己該做些什麼，我連想都沒想過。應該這麼說，我的腦袋拒絕去思考那方面的事情。而我在心裡想著「希望大家能平安無事」，心中只剩下不安的感覺，但那完全派不上用場。

在那之後，天津看似傻眼地嘆了一口氣。總覺得這個動作跟迦流羅好像。

「照妳那樣子來看，似乎還沒做好相應的覺悟。就算了吧——總有一天妳會明白的。若是妳不出面，這個世界就等著滅亡。但這種話或許不該由我來說就是了。」

「天津覺明先生，若你執意要強迫可瑪莉大小姐——」

「這我明白。若是到頭來她本人還是不願意去做，那就沒什麼好談的了——對了，還有一樣東西要交給妳們。晚點再看吧。」

這次對方給了我像是信件的東西。

上面沒有寫寄件人，也沒有寫收件人。那我就先來看看好了——想著想著，我準備要把信封拆開，就在那個時候，天津忽然漫不經心地站了起來，並說了這麼一句話。

「——那接下來，若是待太久會被米莉桑德發現。我就先失陪了。」

© riichu

就這樣，那個人準備從我們身邊離去。我不曉得該不該跟他說再見，眼裡一直望著那道身著和服的背影。正要通過旅社門口時，他像是想起某些事情，轉頭對我說「話說回來——」。

「謝謝妳救了迦流羅，我代表所有的親戚跟妳道謝。」

從他那冷酷的表情很難感受到謝意。

除此之外天津再也沒多說什麼，邁步飛奔到夜晚的街道上。

此時薇兒鼓起臉頰，開始發起牢騷，說些話像是「那個男人在搞什麼啊。」

「突然出現還一副自以為是的樣子，跟人家說教就算了，又不好好解釋，然後不知道跑去哪。未免太沒禮貌了吧。他原本應該要請我們吃個冰才對。是說還妨礙我吸取可瑪莉大小姐的血液，這點就不可原諒了。」

「比起冰品，我更想吃溫暖的東西……不對，那種事情不重要。剛才收到信件了？我們來看看吧。」

「意思是說晚點再吸血也可以嗎？不對，還是說我現在就可以吸了？」

「嗯——看起來真的是信件了，雖然就只有放了一張信紙。」

「可瑪莉大小姐您有在聽嗎？可瑪莉大小姐——」

到底是誰寄過來的呢？——我不甚在意地打開那張折成三摺的信紙。

就在那瞬間，我覺得我的心臟好像被掐了一下。

心跳變得越來越劇烈。身上還冒出汗水。上面寫了一段短短的文字。

那是平淡無奇的一段訊息——可是這些圓潤又強而有力的字跡，我有印象。我是不可能看錯的。

『給可瑪莉

姆爾納特就拜託妳了。這個世界常存於妳的心中。

媽媽』

「——可瑪莉大小姐？您要去哪!?」

再也坐不住的我跑了出去。文字上留下微微的魔力。那是從我面前消失的人——媽媽她遺留下來的魔力，不會錯的。

我差點把門都撞破了，人就這樣跑到外面去。迎面吹來的冷風浸潤我的身體。天津他究竟跑去哪了。若是我追上去，是不是還來得及？

無論如何我都要跟他追問詳細情況——這樣的念頭才剛閃過。

突然間，我發現街道深處好像有紅色的光芒散出。

還聽見某種東西被破壞的聲響，再來是人們怒吼的聲音。還有高濃度的魔力，那些都飄過來這邊了。顯然是有人透過魔法從事破壞行為。

「喂，黛拉可瑪莉！那些聖騎士團的人追過來了！」

米莉桑德、薇兒和佐久奈從旅店飛奔出來。

我大感震驚。聖騎士團——是特利瓦放出來的追擊者吧。

他們都已經來到這邊了。

「那、那我們該怎麼辦!?必須逃跑才行……可是天津那邊……」

「看來他們邊找可瑪莉大小姐邊大開殺戒。」薇兒單手拿著望遠鏡，嘴裡嘟囔著這些話。「那些人簡直就是暴徒。打著神的名號招搖撞騙，一副旁若無人的樣子。」

「怎麼會……」

碰巧就在這個時候。這次換背後傳來怒吼聲。

「黛拉可瑪莉．崗德森布萊德！不准動！」

身上穿著盔甲的士兵忽然接二連三現身。

他們身上殺氣騰騰，極其狠戾，一群人慢慢朝我們逼近。人數上大致算起來恐怕早已超過五十個人。當下我立刻想要逃跑，才剛轉頭看另一側——我就看見其他聖騎士團的人朝這邊跑過來。

我們被夾擊了。我心想這下完蛋了，立刻躲到佐久奈的背後去。

米莉桑德則是擺出肅殺的神情，人擋在我們前方。

「你們是什麼意思？這麼多人跑過來，陣仗未免太大了吧。」

「投降吧，這幫愚蠢的吸血鬼。」

站在最前方的翦劉種男子語帶嘲笑地開口。

「黛拉可瑪莉・崗德森布萊德帶過來的姆爾納特帝國軍都被我們抓起來了。大概有五百個人，全部都被拘禁在聖都裡，還被殺掉了。不會有人來救你們了。」

「什麼……你們這些人！」

這話讓我不由得從佐久奈背後跳出來。

第七部隊的人都被抓住，還被殺掉了——聽到這樣的話，我怎麼可能悶不吭聲。

「開什麼玩笑！現在馬上把第七部隊的人都放回來！」

「怎麼可能還給你們。這可是特利瓦・克羅斯團長下的命令。再說妳現在還有餘力去擔心其他人嗎？妳們都已經被聖騎士團包圍了。」

我這下連半句話都無法反駁了。

在街道上的各個角落，處處都能聽見悲鳴和笑聲。我不經意看見有人被殺，那景象被我的眼角餘光捕捉到。聖騎士團放出的魔法貫穿許多吸血鬼，鮮血流了出來，屍體越來越多。還有那些來自聖都的人，他們嘴裡呼喊神的名諱，大肆作亂。這樣的景象簡直不像這個世上會有的。

「為……為什麼要做這種事情？這個鎮上的人都是無辜的吧……」

「這座城塞都市受到姆爾納特帝國管轄，當然要接受神的制裁。」

「怎麼這樣……」

「再說這座城鎮只是個開端，接下來我們會進攻姆爾納特帝國的地方都市。就連帝都都已經淪陷了。」

「!?」

這傢伙剛才說什麼了？他說帝都淪陷——？

我正為此感到驚愕不已，那時上空突然出現某種聲音。

『大家好啊！全國的人民！我是來自六國新聞的梅露可・堤亞!!』

這讓我驚訝地抬頭。不知道是什麼時候出現的，夜空中有個螢幕打在上頭。還有一個令人眼熟的新聞記者——她就是蒼玉種少女梅露可・堤亞，就連她臉色大變、大吼大叫的姿態也映照出來了。

『有個非常緊急的消息要跟各位報告！各位請看這片慘況！四處都被破壞殆盡！或許讓人難以置信，但這裡可是姆爾納特帝國的帝都！恐怖組織逆月和神聖教那幫人正在這裡作亂！』

畫面裡頭出現的景象，正是風雲變色的帝都。

我驚訝到嘴巴都合不攏了。街道上有好多人的屍體倒在那邊。由石頭打造出來的建築物原先整齊劃一、美輪美奐，如今那番景象也沒了，到處都有火焰熊熊燃燒，建築物的殘骸堆積如山。至於在帝都中央，原本有一座聳立在阿爾特瓦廣場上的鐘塔，如今已經從中間攔腰折斷，倒塌毀壞。我看了感到一陣迷茫。就連薇兒和米莉桑德也瞪大雙眼，目不轉睛看著那些畫面。

『恐怖分子擊潰帝國軍，占據了姆爾納特宮殿！目前貝特蘿絲・凱拉馬利亞七紅天大將軍正在孤軍奮戰，可是敵人從帝都各處蜂擁而至，她就快對抗不了了！再這樣下去，帝國一定會走上滅亡之路！在帝都這邊，人民正尋求打倒敵人的英雄，那呼聲越來越大了！全世界的各位，你們能夠容許這樣的暴行嗎⁉不，怎麼可能容許‼』

梅露可的話語感覺比平常更加熱切。

一隻手拿著很像麥克風的東西，拚命想要傳達帝都的現況。

『說老實話，我也覺得遺憾不已！那些恐怖分子對姆爾納特帝國做出慘無人道的事情，我會負起責任，將這些訊息傳達給全世界知曉！首先我要前往宮殿那邊——』

『妳這傢伙是六國新聞的記者吧⁉不准擅自轉播‼』

『你……你是什麼人⁉快住手，把我放開！國際法律明文禁止任何人對媒體工作者行使暴力了——喂笨蛋蒂歐！不要自己開溜啊！——等等、住手……快、快救救我，崗德森布萊德閣下啊啊啊啊啊啊啊啊啊啊!!』

螢幕上的影像從途中轉變成快速在巷子中行進的畫面，應該是負責攝影的貓耳少女逃跑才會那樣。可是她跑到一半似乎就把攝影機扔掉了，後來螢幕中的畫面一直在拍攝髒汙的牆壁。過沒多久，那些影像突然中斷。可能是魔力用完了吧。

再後來，我們眼前能看到的就只剩下冬季的星空。

「——這些記者還真是煩人。但這下妳們就知道帝都是什麼情形了吧。」

來自聖騎士團的翦劉種得意洋洋地說了這番話。

「天罰不容忤逆，姆爾納特帝國即將面臨滅亡的命運。」

「聽你在說笑。那都是逆月利用神明幹的好事。你們難道沒發現自己被恐怖分子利用了？身為團長的特利瓦也是逆月的一員。」

「我知道。可是克羅斯團長在加入逆月之前，早就是虔誠的神聖教教徒了。那位大人所有的行動都是為了讓更多人知曉神的偉大。」

「看來你已經被洗腦了，那個男人對宗教根本就沒熱情。」

「說夠了吧——來吧，神的士兵們！快把那些不法之徒抓起來！」

來自聖騎士團的士兵全都發出嚎叫，出手襲擊我們。

「可瑪莉大小姐！請待在我身後！」——薇兒單手拿著暗器，和那些殺過來的士兵對戰。米莉桑德跟佐久奈也分別拿起自己的武器，就此展開戰鬥。可是我們寡不敵眾，即便是外行人看了，他也會覺得我們很難突破這樣的困境。

慘叫聲。歡呼聲。怒吼聲。爆炸聲。從街道上的各個角落傳來餘音，全都出自那些慘無人道的行為。

看著在我眼前作戰的夥伴們，我就只能呆愣地站在原處。

看看剛才那些景象。帝都全成了斷垣殘壁，那簡直就和惡夢沒兩樣。梅露可在最後一刻對我求助了。不——不是只有梅露可而已。她口中的「帝都人民期盼英雄現身」指的是誰，我還不至於笨到沒發現。

可是我提不起勇氣。就在我眼前，薇兒、佐久奈和米莉桑德她們——還有在帝都的人們，大家都受傷了，我直到現在卻還是擺脫不了家裡蹲的劣根性，在這畏畏縮縮。

我究竟該怎麼做才好。

不對，應該是說我想怎麼做——

「唔咕……!?」

就在那個時候，我看見敵人的刀劍刺進佐久奈的肩口。

她嘴裡發出慘叫聲，紅色的血液噴灑出來。

我下意識想要動身跑向她，薇兒卻突然抓住我的手大叫。

「——可瑪莉大小姐！這樣下去沒完沒了！我要使用殺手鐗了。」

「殺、殺手鐧!?那是什麼……」

「這是我們剛才拿到的【轉移】用魔法石——梅墨瓦大人!還有那邊那個青色頭髮的。都過來我身邊!」

另外那兩個人似乎瞬間弄懂薇兒的用意,處理掉眼前的敵人後,她們紛紛退後。

我整個人僵硬到跟石像一樣,薇兒將手伸進我的衣服裡,拿出天津給我們的【轉移】用魔法石,接著毫不猶豫地灌注魔力。

我完全沒有做任何的心理準備。

我明白,若是就這樣對那些聖騎士團的人置之不理,這個鎮上的人們會遭受更慘痛的待遇。

那幫人是比第七部隊狂戰士還要野蠻的一群人,不難想像他們將會為了洩恨掠奪這座城鎮。應該要先將那些聖騎士團的人打倒才對。不……只會礙手礙腳的我在想些什麼啊,那樣形同逼迫我的夥伴們負傷作戰。

結果直到魔法石發出光芒的那一刻,我還是連一點聲音都發不出來。

「薇兒!等等。」

「請抓住我。來吧,我們要凱旋回歸帝都了——」

我脖子的根部突然被人抓住,佐久奈和米莉桑德則是抓著薇兒的身軀。那些聖騎士團的人似乎在瞬間察覺我們想做什麼。他們發出有如猛獸的吼叫聲，朝著我們來襲。

但是【轉移】發動的速度就是快上那麼一些。

周遭頓時被白色的光芒包圍。

而我則是在還沒做好覺悟的情況下，被轉送到帝都去了。

※

白極聯邦・統括府。

這個國家位於世界的北邊，一旦來到十二月，那氣溫可是足以讓人身心都凍僵。即便是在相較之下比較溫暖的統括府，若是拉貝利克的獸人（居住在草原上的那種）來造訪，這裡可是能夠冷到讓他們瞬間凍死。

基本上蒼玉種對於寒冷的耐受度很高。堅硬的肉體不把那些冰冷當一回事，因此白極聯邦孩子們即便碰到香蕉硬到可以拿來當釘子釘的低溫，還是能夠在外頭精力十足地跑來跑去。

可是凡事都有例外。

六棟梁大將軍普洛海莉亞・茲塔茲塔斯基雖然是蒼玉種，卻是個空前絕後的怕冷鬼。

不管是什麼季節，她都穿著禦寒的衣物。具備暖爐功能的魔法石（即人們口中俗稱的「懷爐」）從來不離手。就好比是今日，她也像在唸咒語一樣，嘴裡說著「好冷好冷好冷好冷」，一直待在暖爐前面。冬天這種東西根本沒必要來。一整年都是夏天就好啦——在發這種牢騷的同時，她還待在椅子上，整個人像貓那樣縮成一團。

就在那個時候，六國新聞記者梅露可賭上性命拍下來的影像也回傳到統括府這邊。

在那個燦爛到不行的星空上，帝都熊熊燃燒的模樣占據一方。

緊接著普洛海莉亞心中就湧現怒火，氣到都忽略寒冷了。

她本來就討厭蠻橫的暴力行為，還有惡意。因此對於這場襲擊姆爾納特帝國的悲劇，她是看不過去的。那些恐怖分子連顯然無關緊要的人都予以欺凌。

普洛海莉亞立刻跟書記長取得聯繫。

但他們好歹也算是上司和部下的關係，因此她不能隨隨便便出動。

『喂喂，我是共產黨書記長。』

「喂書記長！現在馬上允許我軍出戰！」

『妳冷靜一點，普洛海莉亞。外面很寒冷喔。』

「現在沒空在這為寒冷顫抖，那些恐怖分子正在作亂。若是姆爾納特帝國滅亡，書記長也不樂見這種事情發生吧。」

她覺得書記長好像在苦笑。這種悠哉的態度更是為普洛海莉亞心中那把怒火火上加油。

『難道我們有義務去救助他們？』

「那不是義務不義務的問題。逆月也是白極聯邦的敵人。既然他們在帝都現身了，我們就不能放過這個機會。」

『但是姆爾納特帝國並非我們的友邦國家。』

「跟他們是不是我們的友邦國家無關！若是我們不主動伸出援手，哪有可能交上朋友！白極聯邦老是這個樣子，才會變成孤立的國家！」

『妳再讓腦袋冷靜冷靜，然後才來思考看看。若是跟姆爾納特帝國構築友好關係，那可想而知帶來的好處跟壞處分別是——』

「啊啊啊啊啊啊啊啊啊啊啊啊啊啊啊好被動!!」

普洛海莉亞將通訊用的礦石丟到暖爐之中——正準備那麼做的時候，對方似乎看透她的心思了，對著她說『妳先等等，不要把礦石丟掉』。

這時普洛海莉亞做了個深呼吸，粗暴喊叫有違熟女風範。

「——失禮了，可是我現在對書記長很憤慨。」

『妳的那份正直讓人頗有好感——好吧，我就以黨書記長的名義做出許可，允許普洛海莉亞‧茲塔茲塔斯基將軍前往帝都。』

「那我要過去了。」

『哎呀先等等。』

這個男人怎麼那麼囉嗦。

一邊為出動做準備，普洛海莉亞嘴裡回了聲「什麼事？」

『妳要去帝都是可以，但現在沒辦法用【轉移】。因為門被宰相用他的權限封鎖了。』

「無所謂，我可以飛過去。」

『還有襲擊帝都的恐怖分子中，有個男人叫做特利瓦‧克羅斯。這個男人原本就是我的政敵。他擁有能夠讓物體瞬間移動的特殊能力，妳要小心。』

「我明白了。」

『還有一件事。』

「還有事啊！」

她連大衣都穿了，還帶了武器、錢包跟攜帶式糧食（液狀布丁）。這下都準備妥當了。再來要做的事只剩聯絡部下。那個書記長先是稍微思考了一下，接著才低語道『其實也沒什麼』。

『妳別感冒了。』

「您的擔憂我心領了，可是強者是不會感冒的。」

『那句話原本該套的字眼好像是笨蛋——』

通訊被切斷了，普洛海莉亞急匆匆地跑出房間。

外面很寒冷，但是沒關係。聽說逆月那幫人最近也有在白極聯邦這邊活動。若是對帝都的慘況放置不管，接下來被盯上的很有可能就是統括府。

還有——若是姆爾納特帝國滅亡，那她不就再也不能跟黛拉可瑪莉・崗德森布萊德透過娛樂性戰爭對決了嗎？

『輸的人要對贏家的要求言聽計從』——到時她再也沒機會開出這樣的條件，把那隻白熊玩偶搶回來對吧？

※

這裡是姆爾納特帝國的帝都，姆爾納特宮殿。

在謁見皇帝用的房間裡，特利瓦・克羅斯靜靜地等待滅亡時刻到來。

王座上已經沒了皇帝的身影。由於「弒神之惡」玩弄一些策略，導致皇帝被流放了。詳細情況他並沒有聽說，但好像是用了某種小道具暗算人的樣子。

這下帝都已經形同落到逆月手中了。

這次在公主大人的許可下，他得以讓逆月的所有勢力全都集結在帝都這邊。人數上大約有五千人。不管姆爾納特帝國的將軍是多麼棒的精英，從物理層面來看都不可能將那麼多的暴徒收拾掉。事實上，原本負責保衛帝都的七紅天幾乎都死絕了，帝國軍本身也已經無法再繼續運作。

「——就差那麼一點點了。只要找到魔核，一切將會落入我們的掌控之中。」

芙亞歐・梅特歐萊德正搖著她的狐狸尾巴，面帶笑容說著這話。

說起帝都的襲擊行動，幾乎都是在芙亞歐的指示下進行的。「弒神之惡」提拔這名少女成為朔月的一員，那雙慧眼果然非比尋常，特利瓦在心裡如此想著。

「但是魔核究竟在哪呢？根據先前奧迪隆・莫德里帶回的報告來看，好像連帝國宰相都不曉得在哪呢。」

「公主大人說她會想辦法解決這個問題。我們要保持信心，就等著看吧。」

「原來是這麼一回事啊。可是『弒神之惡』究竟是什麼人，外觀上看起來只是普通的吸血鬼……」

「恐怕跟妳是同類，但妳大概沒注意到吧。」

「??」

看樣子芙亞歐好像沒什麼概念，但她也沒有弄懂的必要吧。

手裡玩弄著懷中的針，特利瓦一面思考。

其實目前看來，「弒神之惡」的真實身分並沒有那麼重要。

重要的是奪取姆爾納特帝國後。當他們手握魔核，再讓公主大人登基成為皇帝，接下來該如何發動世界性革命，這才是重點所在。

滋嗡。

好像有某種東西切換了。

「——好無聊啊。已經沒什麼好做的了吧？」

「再來就等公主大人即位成為皇帝，一切就結束了。黛拉可瑪莉・崗德森布萊德可能不會過來這邊。因為帝都這邊用來【轉移】用的門全部都關閉了。」

「哼……那還真是無趣。」

芙亞歐轉過身準備離去，這時特利瓦若無其事地問了一句。

「妳打算去哪？」

「去散步。」

芙亞歐就只說了這些，接著就走了。

那隻狐狸的工作已經結束了。這部分就別再計較了吧。

碰巧就在這個時候。有人跟芙亞歐擦身而過，一個屬於蒼玉種的男人飛奔進來。

「——克羅斯大人！有緊急消息！」

來的人是特利瓦的直屬部下。

他當場彎起一隻膝蓋跪了下來，接著用恭敬的語氣滔滔不絕地報告。

「剛才負責監視的人看見黛拉可瑪莉・崗德森布萊德一行人發動【轉移】了。」

特利瓦不由得低吟，帝都這邊應該都已經遭到封鎖才對。

話說那個吸血鬼到現在還不死心啊。

「雖然不清楚他們是怎麼進入帝都的，但核領域那邊的聖騎士團恐怕失手了，讓她們逃掉。現在該如何處置。」

「那還用說。」

特利瓦臉上連一點笑容都沒有，而是淡淡地發話。

「把那些正在跟貝特蘿絲・凱拉馬利亞對戰的部隊通通叫回來，全軍出擊——噢對了，既然事情演變成這樣，那先前那一套就沒必要了。把【轉移】用的門打開吧。還要先跟聖騎士團那邊聯繫一下。」

※

在魔法石的引導下，我們就這樣來到帝都。

這地方恐怕是某條小巷子。可是【轉移】一結束，我就在那瞬間察覺異樣。這是因為到處都有鮮血的氣息。

「我能夠聽見心靈之聲。是那些痛苦的人在用心靈吶喊——」

這話是佐久奈用回復魔法治療自己的傷口時，從她口中說出來的。我趕緊問她「妳還好嗎!?」她笑著回應「我還好」。看來她真的很擅長用回復魔法，過沒多久，那些傷口就完全癒合了。

「先別管我的事情了……若是不快點為帝都做些什麼……」

「對、對喔……」

我從小巷子中探頭，觀察街上的樣子。

跟梅露可傳送過來的影像沒有多大差異。那裡有成堆的瓦礫、遍地屍體，再加上燃燒的建築物——這樣的景象會令人懷疑自己是不是在作惡夢。逆月那幫人到底在想什麼，怎麼會做出這樣的事情。不惜傷害他人到這種地步，他們到底是想得到什麼。

「黛拉可瑪莉！快給我回來。」

「咦？——咕欸！」

米莉桑德突然拉住我的衣服。

一件事情也在這時發生。一些身上穿著神職人員服飾的吸血鬼就在我們眼前的街道上走動。他們顯然不是一般市民——而是恐怖組織那邊的人。身上帶著染滿鮮血的刀劍，而且沒有裝上刀鞘，笑著從我們面前經過。那幫人簡直只能用「危險分子」這幾個字來形容。此時薇兒壓低聲音說了些話。

「這下糟糕了。那幾個人能夠這樣昂首闊步，代表帝國軍已經完全停擺了吧。」

「那些人是在巡視，看看還有沒有生還者。若是找到就殺掉。」

「什麼——」這話讓我驚訝地睜大眼睛。「這是什麼意思……也就是說七紅天都輸掉的事情是真的……？芙萊特跟海德沃斯……甚至是貝特蘿絲都……」

「若是帝國軍還有動靜，他們沒道理放任恐怖分子胡作非為。但現在街道都被破壞成這樣了，而且姆爾納特宮殿好像也已經遭人霸占。」

薇兒用手指指的方向應該要有姆爾納特宮殿坐鎮——現在卻沒了。

正確說來，那個宮殿已經不是我熟悉的姆爾納特宮殿了。東半部全都消失了，很像被人挖了一塊，而且尖塔的頂端還插上陌生的旗子。

是傾斜的十字架上插著光之箭矢，旗子上有這樣的圖案。那個是神聖教的象徵。

如此絕望的景象，就像是在對外昭告姆爾納特帝國真的已經戰敗了。

這讓我再也按捺不住，直接從小巷子飛奔出去。薇兒慌慌張張地叫住我，「這樣很危險啊，可瑪莉大小姐！」

這種慘況只不過占據帝都的一小部分罷了——若是到其他的地區去，那裡一定還留有一片安穩的日常景象——我心中懷抱希望，有點像是在逃避現實，腳下不停奔跑。

可是不管我再怎麼跑，帝都仍是荒蕪一片。遠方還斷斷續續發生爆炸。都已經破壞成這樣了，似乎還有人在戰鬥。

突然間，我嗅到濃密的鮮血氣息。

於是我停下腳步，眼前出現一個小小的教會。那是平凡無奇的神聖教教會——但不知道為什麼，牆壁上都是孔洞。就好像被人用魔法打了好幾次，都變得破破爛爛的了。

我還看見教會前方有很多人倒在那邊。

這讓我萌生不好的預感。

當我失去薇兒變得垂頭喪氣時，那傢伙好像還是有去教會，都沒有缺席。再說她只要待在帝都，那裡就沒有任何一個地方是安全的吧。

「——!?」

在這片層層疊疊的人海之中，我找到一個金髮的少女。

帶著絕望的心情，我拔腿跑向該處。

那是我的妹妹——蘿蘿可・崗德森布萊德，她就趴在地面上，頭上還有血液流出。呼吸還沒中斷。但是照這樣下去，早晚會沒命的。

「喂蘿蘿！妳振作一點！發生什麼事了!?」

「──、──可瑪姊姊？」

妹妹口裡發出沙啞的聲音。

她已經恢復意識了──或許並不盡然。因為她很像是在作夢，仰望我的眼神顯得很空洞。我覺得好想哭，不停凝視她的臉龐。

「妳還好嗎？不、不對，妳怎麼可能還好。我到底該怎麼做……」

「好痛，好痛喔。」

蘿蘿說這些話很像是在囈語。

仔細看會發現她的肩膀留下的傷痕，很像被刀刃之類的劃開。受了這樣的傷，肯定很痛。蘿蘿一直待在這個地方，持續被地獄般的痛苦折磨。一想到她是什麼樣的心情，我的淚水就止不住地流淌出來。

「可瑪莉大小姐！您究竟是怎麼了──」

跑過來的薇兒一看到這片慘狀，立刻為之屏息。佐久奈和米莉桑德也面色凝重地停下腳步。而我則是在那一刻大叫。

「佐久奈！快點用回復魔法……」

「好、好的！魔核啊、魔核──」

佐久奈放出光亮的魔力，那些東西逐漸將蘿蘿的身體包覆住。也許這樣或多或少能緩和她的疼痛。眼見蘿蘿慢慢開口。

「……我明明就待在教會，那些穿著神職人員服飾的人……卻過來襲擊我們。」

米莉桑德聽了用力咬緊牙關。

佐久奈則是流著淚水，持續灌注魔力。

「別人跟我說來這邊就安全了……那些人卻過來殘殺避難的人……還有……這裡的神父也被殺了。我很喜歡的洋裝都被血弄髒了……」

聽到她遭受如此殘酷的待遇，我為之驚愕。那群人表面上標榜自己是神聖教的人。背地裡卻大逆其道，就連逃進教會的平民都難逃他們的魔爪。

周遭到處都是屍體。明明就跟神明祈禱了，他們還是沒有得救。

這個世界上不應該出現這麼沒天理的事情。

「……可瑪姊姊。」

蘿蘿痛苦地喘氣，嘴裡繼續說了些話。

我用袖子擦拭淚水，望著她蒼白的臉龐。

「什麼事？妳別說話了啦，不是很痛嗎……」

「可瑪姊姊，妳快點工作。」

那讓我有種被人當頭棒喝的感覺。

「工作……？妳在說什麼……？」

「妳不是七紅天嗎？那妳就要拯救……大家……」

「唔……!!」

我的情緒開始變得混亂起來。

七紅天大將軍有保護國家的義務，帝都都遇到這麼大的危機了，怎麼可以在那袖手旁觀。原本我就不該跑回家躲起來。

可是──皇帝不在這，其他的七紅天也不在。帝都接近全毀，國家面臨存亡關頭，而我這個人並沒有勇敢到可以在那種情況下奮不顧身挺身而出。

特利瓦說過，「只要妳乖乖跑回房間躲起來，妳就不用再那麼痛苦了。」薇兒也說，「若是您討厭，用不著勉強自己作戰沒關係。」可是天津提到一件事，「若是妳不出面，這個世界有可能滅亡。」米莉桑德也說過類似的話。就連這個囂張的妹妹都在對我傾訴，要我「救救大家」。

我知道自己身上有某種力量沉睡。

可是當我在聖都發動疑似是那股力量的東西時，等到我清醒過來的時候，我不是被那個特利瓦抓住了嗎？像我這樣沒用的吸血鬼，又能做些什麼──

這時我忽然聽見像是呻吟的聲音。

看樣子還有其他的生還者。他們一看到我，整張臉都亮了起來，就好像看到救世主一樣，嘴裡說著「崗德森布萊德閣下……！」

「閣下……！請妳拯救姆爾納特。」

「崗德森布萊德大人來了，這下可以放心了……」

「求求妳。閣下，請妳救救姆爾納特帝國……」

那些祈求的聲浪宛如漣漪，逐漸擴散開來。

也不知道他們原本都躲在哪——不知不覺間，許許多多的吸血鬼聚集過來。他們嘴裡全都在吟誦，「請您救救我們、救救我們」。

我知道自己的身體在顫抖。

拜託你們別這樣。就算你們對我說這種話，我還是連虛張聲勢都做不到啊。若是等一下敵人聚集過來該怎麼辦？再說我又沒有足以打倒逆月的力量，沒辦法負起責任。你們的期待要落空了，我沒有辦法回應你們——

就在這個時候。

「——可瑪莉大小姐，我們回家吧。」

是薇兒，她將手放到我的肩膀上，用溫柔的語氣對我那麼說。

我帶著難以置信的心情看著她的臉龐。

「您用不著勉強自己。這次的敵人簡直是怪物，即便運用【孤紅之恤】也未必能戰勝。可瑪莉大小姐沒必要為了帝國苛刻自己的身體和心靈。」

「喂薇兒海絲！若是這傢伙不行動，沒人可以打倒逆月啊！」

「請妳別說了，米莉桑德・布魯奈特。烈核解放是心靈力量。既然可瑪莉大小姐不想做，那【孤紅之恤】就沒辦法以正確的形式發動。」

「唔──黛拉可瑪莉！妳知不知道現在是什麼情況？再這樣下去，帝國可是會──」

「米莉桑德小姐！就算妳那樣強調，不行的事情還是行不通的！」

「若是我不說這種重話，那傢伙又會重蹈覆轍，跑回家躲起來！」

「這樣不對吧，畢竟害可瑪莉小姐變成家裡蹲的元凶就是妳……」

佐久奈跟米莉桑德一直在那邊你來我往地爭辯。

薇兒沒去管她們，而是在我耳邊輕聲說了些話。

「我不忍心看到可瑪莉大小姐受傷，我們一起離開這裡吧。」

「那接下來該怎麼辦，姆爾納特都變成這樣了。」

「若是要找個地方去，還是有很多啊。這個世界那麼大。」

「可是……」

薇兒臉上微微露出笑容。

會像這樣子體諒我很不像她，但那讓我很感動。無論何時，這傢伙都是變態女僕。她會強行將我從房間拉出去，強行逼我勞動。

可是——到頭來她還是會打從心底尊重我的心情。

因此她才能說出那種話。

「——可瑪莉大小姐，工作上的事情，您辛苦了。」

這讓我感到震撼，足以翻天覆地。

是因為她為我著想，才會說出那種話，我很肯定是這樣。但不知道為什麼，我卻覺得自己好像吞了猛毒，有種無地自容的感覺。

我骨子裡就是個家裡蹲，是個沒用的吸血鬼，這點無庸置疑。

但是，因為有這傢伙引領著我，才會造就如今的我。

打倒米莉桑德，跟佐久奈成為朋友，和納莉亞分享血液，跟迦流羅聊起彼此的夢想——最後我也終於能夠升格變成比較像樣的「半個家裡蹲」。

薇兒是個善良無比的女孩。

為了回報她的善良體恤，我怎麼能二話不說跑回去當家裡蹲。

若是在這個節骨眼上放棄工作，我就會變回碰到薇兒之前的沒用吸血鬼吧。不對，如今的我依然十分沒用，但我卻準備去當無可救藥的家裡蹲。那麼做就形同在否認先前和她一起經歷的那些時光。

此時我不經意看向周遭。

那些吸血鬼注視我的眼神就好像在看神明一樣。

真是的，我又不是那麼了不起的大人物。這些人是不是搞錯什麼了。

「……就算會痛，我也不怕。」

擦拭完淚水，我定睛看著薇兒的面容。

她的眼睛驚訝地睜大。

「自從薇兒不見，我才注意到一些事。我在想……做將軍這份工作，其實我做得還滿愉快的。當然我並不想遇到危險，也很想放假，但多虧有妳，我才能跟各式各樣的人相遇。因為有妳，我才能夠有所成長。」

「可瑪莉大小姐……」

「我希望能夠報答妳的體恤。所以……我不能在這種時候躲起來當縮頭烏龜。再說那些蠢蛋傷害姆爾納特的人民，怎麼能夠放過他們。若是對他們置之不理，我會沒辦法安心吃蛋包飯的……」

只見薇兒用那雙眼直勾勾地回望我。

光只是這樣，她似乎就看出我在想什麼了。果然這個女僕當變態女僕不是當假的。一碰上我的事情，她全都瞭若指掌吧——有一陣子，她一直站在那，似乎在反思些什麼，最後才回道「我明白了」，並且深深一鞠躬。

「既然可瑪莉大小姐都那麼說了。那不管您要去哪，我都奉陪到底。」

「……謝謝妳。」

我已經做好覺悟了……不對，老實說還是很害怕。我的膝蓋不停發抖。一想到接下來有可能面臨什麼樣的痛苦，我的腳就好像黏在地上一樣，變得很沉重。

可是七紅天黛拉可瑪莉・崗德森布萊德能夠做出的選擇就只有這樣了。

那不是為了姆爾納特帝國。

而是為了對我很好的那些人——更重要的是，要為了薇兒、為了明天的蛋包飯，即便需要做好送命的心理準備，我也只能努力看看了。

想到這邊，我的目光轉向姆爾納特宮殿。

結果我看見巷子深處有一大批軍隊人馬跑了過來。

「不、不好了！是逆月的大軍來了！」

早在佐久奈叫喊之前，米莉桑德就已經擊發【魔彈】了。可是敵人的數量實在太多。就算有幾個隊員被人打倒，他們似乎也不在意，嘴裡發出足以震盪大氣的戰吼，朝著我們猛衝過來。

「嘖……我們先撤退！對方人數那麼多，就我們四個沒辦法應付！」

「請先等等，那邊還有來自聖騎士團的人。」

「什麼!?為什麼他們會——」

我才剛轉頭，就看到對面的巷子陸陸續續有身穿盔甲的士兵【轉移】過來。

在我們毫不知情的當下，這些傳送門似乎恢復運作了。但這或許是理所當然的結果。如今姆爾納特宮殿已經被人霸占，敵人可以自由操控帝國的交通機能。

「去死吧，黛拉可瑪莉．崗德森布萊德————!!」

聖騎士團就在前方，後方還有逆月的軍隊。

這樣的情況簡直可以用窮途末路來形容。毫不留情放出的魔法打在我身旁，炸出來的風暴四散開來。我嘴裡發出悲鳴，人被吹跑。在石板路上滾了好幾圈，接著就趴在那邊。背後傳來薇兒悲痛的呼喊，她大喊「可瑪莉大小姐！」

好痛，眼淚都流出來了。我的膝蓋可能擦傷了吧。

但這點小事怎麼能讓我屈服。先前我都是被動地被那些麻煩事波及，但這次不一樣了。我自行做出了決定，要為大家挺身而戰——

這時突然有股令人膽寒的殺氣刺在我的肌膚上。

嚇了一跳的我抬起臉龐。

「下地獄去吧。」

不曉得是什麼時候出現的，聖騎士團的人已經來到我眼前，還高舉著刀劍。

跌在地上的我根本無計可施，只能望著眼前的景象看。

我好像也沒有看到什麼走馬燈。在身體中翻攪的，唯有被恐怖分子激起的怒火。「黛拉可瑪莉妳快逃啊!!」——米莉桑德在叫喊，我還聽見佐久奈和薇兒的悲呼聲。

好可怕，我好想逃跑，可是腳不聽使喚。然而我不能在這種時候膽怯。

我可不能連心靈都輸給那幫人。就算會死在這邊，我也會不斷重新站起，直到將那些恐怖分子趕出姆爾納特為止。

心裡懷抱永不退縮的決心，同時我望著將要揮下的刀劍——

就在那一刻，一股桃紅色的旋風颳了過來。

「咦?——」

就連這聲疑惑的呼喊是誰發出的，我都分不出來了。

等到我回過神，眼前那個士兵的肩膀已經被人砍開，還噴出紅色的血液。他突然間渾身無力——就這樣重重地倒落在地面上。

「【盡劉之劍花】。」

緊接著，我看見讓人難以置信的畫面。

有個少女就站在我眼前。她綁著桃紅色的雙馬尾，那些髮絲隨風飄揚，而且對方還背對著我，手裡分別握著她師父交託給她的雙劍。身上帶著美麗的桃紅色魔力，那佇立在月亮之下的姿態跟「月桃姬」這個稱號非常匹配。

對方回過頭。

她臉上的燦爛笑容將我的心照亮。

「——可瑪莉，幸好妳平安無事。」

那個人就是阿爾卡的總統，也是我的盟友——納莉亞・克寧格姆。

我呆呆地望著她那對紅色雙眼。

這個人怎麼會出現在這呢？這裡可是姆爾納特帝國。不是阿爾卡也不是核領域——我困惑到腦袋都打結了，而這次又換成頭頂上傳來一股熱度。

感到驚訝的我抬頭看上方，眼見帝都的天空憑空出現了【轉移】用的門。

無以計數的翦劉種從那現身。他們在發出戰吼的同時，紛紛降落到姆爾納特帝國的帝都，然後拿著他們手裡的武器衝向聖騎士圖。

我都忘了自己從鬼門關前撿回一條命，不停看著在眼前上演的戰鬥。

「為、為什麼會發生這種事……」

「——哼，現在可不是在這當軟腳蝦的時候，黛拉可瑪莉・崗德森布萊德。」

這也來得太突然了，就在我身邊，有個長得像蜥蜴臉的翦劉種就立於該處。

是帕斯卡爾・雷因史瓦斯。以前曾經對納莉亞做出過分事情的男人。

「快點站起來。碰上這點程度的雜碎就束手無策，被這樣的妳殺掉真不值得。自從在黃金平原戰敗，從那天開始我就持續嚴加修行——」

「哥哥！不要在那裡發呆，快點作戰！敵人就在旁邊啊！」

「不用妳說，我自己心裡有數！」

雷因史瓦斯的妹妹——凱特蘿隨即出聲呼喚她的哥哥，這才讓那男人衝向那群敵兵。

我覺得自己好像在作夢。從前跟我們交戰過的翦劉種正在戰鬥——而且還是為了姆爾納特帝國而戰。恍惚之間，待在我身旁的薇兒唸唸有詞地說了一句「得救了……」有點失魂落魄的樣子。

「——可瑪莉，妳是不是也該清醒清醒了？戰鬥還沒有結束喔。」

這時那名桃紅色的少女忽然對著我笑，而這句話也將我拉回現實。

「納莉亞！妳怎麼會來這裡……」

「當然是來救人的呀。」她在回答的時候，就像在說什麼小事一樣。

「我知道妳面臨危機。恐怖分子跟神聖教要聯手毀滅姆爾納特——眼看這種蠢事即將發生，我怎麼可能坐視不管。」

「可是！可是……」

「什麼啊，一臉快哭出來的樣子。幫忙朋友是理所當然的事情啊。」

「可是！阿爾卡的魔核效果沒辦法涵蓋這裡啊……!?」

納莉亞臉上的笑意變得更深了，嘴裡說著「原來在擔心這個啊。」

「魔核有沒有作用根本無所謂。再說他們好像也不介意喔？大家都說願意為了可瑪莉而戰。因為妳……是拯救阿爾卡的恩人。」

那些翦劉種都在揮舞著刀劍，嘴裡還大聲說了些話。

「要拯救姆爾納特！」「我們要替崗德森布萊德將軍助陣！」「砍死那些胡作非為的恐怖分子！」「讓他們見識阿爾卡的力量！」——我原本以為淚水都已經流乾了，如今卻再次潰堤。這真是有史以來讓人最高興的一件事了。

「納、納莉亞……」

「嗯？妳怎麼了——咦？」

噗唰。

我想都不想就撲進她懷裡。

因為我忍不住了。然後年紀都這麼大了，我還在大哭大叫。

「謝、謝謝妳，謝謝妳——納莉亞啊啊啊啊啊啊啊啊啊啊啊啊啊啊啊啊!!」

「！？！？——等等，難道說——該不會是……莫非妳已經下定決心要當我的女僕了!?」

「可瑪莉大小姐！我知道您很感動，但還是請您從克寧格姆大人身邊離開！既然要當女僕，還不如當我的女僕，那樣更是划算百倍！」

「啊啊啊啊啊啊啊啊啊啊啊啊啊啊啊啊啊啊啊啊啊啊啊!!」

被薇兒拉開的時候，我依然在亂喊亂叫。我覺得自己好像把這一生的幸運值都用完了。然而納莉亞卻笑著說了聲「笨蛋」。

「只要是為了可瑪莉，不管是上刀山還是下火海，我都會趕過來的——再說過來幫助妳的可不是只有我。妳看看那邊吧。」

「咦……？」

在納莉亞的催促下，我轉頭看某處——在那瞬間就好像發生地震一樣，出現「轟隆隆隆————!!」的巨響。在薇兒的支撐下，我好不容易才站穩腳步。

接著地面就突然裂開了，那些來自逆月的士兵都被裂開的地面吸進去。他們趕緊退後——來不及逃跑的人嘴裡發出慘叫聲，大吼大叫地消失了。我不明白這是怎麼一回事。但這時不經意聽到旁邊傳來一個聲音。

「這就是鬼道眾的著名招式【土遁之術】。」

有個身上穿著忍者裝束的少女就站在那邊，神不知鬼不覺間現身於此。

那是天照樂土第一部隊兼忍者集團「鬼道眾」的首領——峰永小春。

緊接著在下一瞬間，四周各個角落都有跟小春穿同樣服飾的忍者從陰影處跳出來。他們無聲無息靠近逆月成員，接著用肉眼都跟不上的速度揮舞日式短刀。

我懷著難以置信的心情，呆呆地杵著。

連天照樂土的軍隊都來了——正當我為此感到感動，小春卻一臉抱歉地輕語「先等等」。

「都這種時候了，大神大人還是那麼沒用。」

「咦……？」

接著小春靠近附近那堆瓦礫。

然後她蹲了下來，窸窸窣窣地做了些事情。緊接著，我很快聽見一個讓人熟悉的聲音。

「等等……不要拉我啦，小春！若是被流彈打到怎麼辦！」

「黛拉可瑪莉也在這邊，您躲在瓦礫下面太難看了。」

「話是這麼說沒錯！是那樣沒錯啦！可是碰到這麼激烈的戰鬥，我會死掉耶！」

「那我就讓瓦礫崩塌，把您壓死。」

「我知道了，出來就是了。」

再過來，一個令人眼熟的少女便從中爬了出來。

那個少女身上穿著天照樂土的傳統服飾「和服」——她就是天津・迦流羅。除了是現任的大神，還是會跟我談論夢想的好朋友。她用手拍拍衣服上的髒汙，接著就朝我走了過來。

她還對我露出和煦的笑容，真不像在戰場上會看到的。

「可鈴」一聲，來自鈴鐺的聲音響起。

「——好久不見，可瑪莉小姐。這裡這麼險象環生，要不要先吃個日式點心？」

「啊……」

看到對方拿羊羹給我，我的淚水再也止不住。

到底是要哭幾次才甘心啊。等到明年二月，我就滿十六歲了，卻還是這樣。接過那個羊羹，我用力擦擦眼角。

「哥哥有寫信過來給我，我才知道出事了。真沒想到恐怖分子一直心懷不軌，打算執行這樣的計畫。若是能夠早點來營救就好了……」

「沒關係。謝謝妳，迦流羅。妳願意過來，我很高興。」

迦流羅的臉略微變紅，還笑著對我說「別客氣」。

「這點小事用不著跟我道謝。可瑪莉小姐可是在替我的夢想加油，對我來說是很重要的人。」

我都不知道自己該如何回應了。

似乎看透我的心思，迦流羅握住我的手。

「妳也要實現夢想才行。可瑪莉小姐以後是要當小說家的吧，那妳就不能在這種地方認輸。雖然只能略盡綿薄之力，但我們也會幫忙的。」

「迦、迦流羅……!!」

「不會有問題的。碰上天照樂土的軍隊，那些恐怖分子根本就不是對手——去吧，小春！花梨小姐！去把他們通通打倒！」

「喂迦流羅！妳別光顧著下令，好歹也要出面戰鬥啊！」

邊喊出這句話邊揮動刀子的人，正是五劍帝玲霓・花梨。除了忍者集團，由她率領的武士集團也在作戰。雖然在天舞祭的辯論會上、在諸多場合中，我們曾經戰到水火不容，但就連那個少女也從遙遠的國度前來，特地跑來助陣了。

「……真拿你們沒辦法，但我能做的就只有在後面支援喔。」

這時迦流羅的眼睛忽然發出紅色光芒。

那是在天舞祭上也有看過的烈核解放吧。

「【逆卷之玉響】。只要有我在，不管要復原幾次都行——不過呢，這樣正好可以幫助他人改寫人生。」

話說到這邊，她再度一頭鑽進瓦礫堆下。我覺得妳待在那種地方更危險。還有妳的屁股跑出來了。

不過那些姑且先不管——

激烈的戰鬥到現在還未停歇，然而我的心卻覺得很充實。

看著那些趕過來助陣的翦劉種和和魂種，我都感動到熱淚盈眶了。

不單為了納莉亞和迦流羅過來幫助我的這件事——如今這片景象更是七紅天黛拉可瑪莉・崗德森布萊德存活過的證明。

那代表我至今為止走過的路並沒有錯。

© riichu

若是繼續當家裡蹲，我大概沒機會體驗這樣的心情吧。

「——可瑪莉！妳快去宮殿那邊！」

納莉亞在這時放聲大喊。她好像雜耍藝人一樣，讓手裡的雙劍轉來轉去，同時將那些敵人切裂。

「像這樣的軍團，若是少了領導人，根本就是一盤散沙。妳要做的事情就是打倒敵人的指揮官！只要做這個就夠了！」

「我、我知道了！」

那這邊就先交給大家吧，我只要來做我該做的事情就好。

但我不認為自己有辦法從這場混戰中脫身。看也知道若是胡亂突擊，我將會被敵人盯上——沒想到，那幫翦劉種大軍突然發出困惑的呼喊。

「那個是什麼!?」「朝這邊過來了！」「喂，大家快讓路！」——人們邊喊邊朝道路兩旁散開，動作慌慌張張的。

接著我看見這一幕，有一隻野獸從巷子深處狂衝過來。

那傢伙撞死好幾個聖騎士團的人，用非常凶猛的速度衝過來。

我驚訝到連聲音都發不出來了。

那隻野獸一看到我，牠就將整頓好的地刨出好幾塊，然後緊急剎車。

當下颳起一陣風。我差點要向背後倒去，卻在危急時刻被薇兒撐住了。一看到出現在眼前的那傢伙，我顯得訝異不已。

「──布格法洛斯!?你怎麼會在這……!?」

牠有著純白身軀。溫和的青色眼眸。是從前在七紅天爭霸戰上一起攜手戰鬥過的夥伴。

只見布格法洛斯慢慢走向我，鼻尖朝著我湊了過來，並發出「咕嚕──」的啼叫聲。

薇兒感佩地仰望布格法洛斯，還開口說了些話。

「據說名馬會察覺主人身陷危機，並趕到主人身邊。在最近這幾集，這隻紅龍都變得跟空氣一樣了，看來牠也想起自己該擔的職責了。」

「別說牠是空氣啦!?其實我每個禮拜都有關照牠喔！」

「說得也是。因為那個負責照料的人已經事先讓馬廄對外開放了吧──來吧，可瑪莉大小姐，我們走。敵人就在姆爾納特宮殿。」

薇兒在說這句話的時候，人已經跨坐到布格法洛斯身上。雖然我覺得有些點欠吐槽，但現在不是發牢騷的時候吧。

她把我拉了上去，同時我看看四周。

不管是和魂種還是翦劉種，大家都受傷了。我要盡快讓這場戰爭結束。

「可瑪莉小姐！我們等一下也會過去那邊──請妳加油！」

佐久奈手裡握著魔杖，正在看我這邊。布格法洛斯身上就只能讓兩個人乘坐。我壓下心中的恐懼，臉上堆起笑容。

「嗯，我會想辦法處理那些敵人的。」

「在那之前，妳還有事情要做吧。去幫幫那些待在帝都裡卻士氣低落的人吧。」

接著米莉桑德就丟了一個魔法石給我，我慌慌張張接下那樣東西。

「那個是可以傳送聲音的魔法，提升士氣也是將軍的義務。」

「啊……？士氣？」

「即便擁有一騎當千的力量，擁有堪比神算的智慧，光靠這些還是無法打動人心。所以我才會對妳這樣的人——不，沒什麼。」

話只說到這邊，米莉桑德就回到戰場上了。

我好像隱約看見她臉上的表情像是有點羨慕的樣子。但那一定是我弄錯了，她不可能去羨慕我這樣的人。

「可瑪莉大小姐，那個魔法石是可以用來做那個的吧。」

「那個？」

「就是平常在做的那個啊。就是您很擅長的虛張聲勢。可是這次虛張聲勢的對象不是第七部隊，而是帝都裡的眾多吸血鬼。」

原來如此。意思就是要我以將軍的身分為人們打氣，只要那麼做就行了吧。

我握住那個魔法石，朝裡頭灌注微弱的魔力。

如果要說話，我不需要特別做什麼準備。因為我平常就一天到晚在想了，看要怎麼虛張聲勢才會像個將軍。不過——這次的情況有點不同。

那不是在虛張聲勢。也不是在說假話。

接下來我要說出來的話，必須讓它成真。

布格法洛斯開始奔跑。我趕緊抓住薇兒的肚子，她就像平常那樣，用平穩的聲音輕聲說道「不會有事的，可瑪莉大小姐」。

「有我跟著您，您就盡情戰鬥吧。」

「好。」

女僕都這麼說了，那就沒什麼好擔心的了。

我做了個深呼吸，讓心情平靜下來，然後像平常那樣開啟將軍大人模式，擺出高姿態放話。

「——聽得見嗎！姆爾納特帝國的吸血鬼們！」

☆

帝都的夜空中，一輪圓圓的月亮高掛在上頭。

人們常說姆爾納特帝國是「不夜國」，都是因為吸血鬼是夜行性的關係。最近有越來越多人會配合其他國家在白天活動，但從前一旦入夜，吸血鬼們就會跑到外面熱鬧一番。

然而現在的帝都卻沒了那番景象。

街道都被破壞了，處處都是屍體，還有燃燒的火焰——人們都一臉深陷絕望的樣子，望著即將毀滅的姆爾納特帝國。

皇帝不在了，七紅天也搖搖欲墜。那麼剩下的路，就只剩跟神明祈禱一途。

恐怖分子下手毫不留情。即便對手並沒有要抵抗的跡象，他們也會毫不猶豫地攻擊。若是國家被這樣的人搶走，到時每天都像活在地獄裡，那樣的日子將會揭開序幕。

雖然事實如此，卻沒人能展現相應的氣概，挺身對抗那些恐怖分子。

即便是有，那些人也早就被敵人抓起來殺掉了。

殘存的吸血鬼就只能默默等著，等待滅亡的時刻到來。

因為他們都是沒有力量的一群人，而且早已心如死水了——

就在那一刻，周遭響起足以將月亮都震碎的龐大聲響。

『——聽得見嗎！姆爾納特帝國的吸血鬼們！』

人們紛紛驚訝地抬起臉龐。

透過能夠傳送聲音的魔法，那高亢的聲音傳遍帝都各個角落。

只要是吸血種，沒有人會聽錯。這個聲音的主人就是——

『我是七紅天黛拉可瑪莉・崗德森布萊德!!抱歉現在才來!!大家有沒有受傷!?肯定是有吧——但我已經來了，你們可以放心了!!』

人們開始紛紛鼓譟起來。

「居然真的來了。」「是崗德森布萊德大人。」——前往聖都遠征卻行蹤不明的殺戮霸主總算瀟灑歸來了。

『想來各位也知道，如今帝國正遭到邪惡的恐怖分子侵襲！是說姆爾納特宮殿也已經被霸占了！而且那些人還要破壞美麗的帝都街道，將這些全都粉碎掉！我不在的時候，各位想必嘗到讓人難以忍受的痛苦吧——被絕望的漩渦吞噬，在黑暗中拚命尋找希望——害各位有了這麼痛苦的經歷，都怪我太沒用了，請大家原諒我。對不起。』

不管是倒在路邊的人，還是躲在家中棚架內的人，或是正在收拾行囊、準備逃出帝都的人——他們都像是從惡夢中大夢初醒，帶著那樣的表情，讓思緒奔走到說話的人身上。

來自七紅天黛拉可瑪莉・崗德森布萊德的英勇之聲劃破了黑暗。

『可是這樣的絕望感就快結束了。皇帝陛下不在？其他的七紅天戰敗？街道被破壞得面目全非？——那又怎麼樣!!我會讓一切都恢復原狀!!』

這時有某個人發出聲音。那很像是在祈禱、在呼喚救世主的名字。

可瑪莉。可瑪莉。可瑪莉——這是在帝都早已讓人耳熟能詳的可瑪莉隊呼。帝都人民的心原本都沉入黑暗之中，這也成了將那些心聯繫起來的橋梁。

『聽好了！大家只要乖乖待在原地就可以了！把一切都交給我吧！我會負起責任做個了斷！那些愚蠢之人對大家做了很過分的事情，我絕對不會原諒他們！本人是最強的七紅天黛拉可瑪莉．崗德森布萊德，一定會葬送他們！我要讓光芒再度回歸姆爾納特帝國！——恐怖分子你們聽得見嗎！我才不管那個弒神之惡是什麼東西，只要遇上我，即便是逆月，我也可以靠一根小拇指毀掉！你們就在那裡發抖等著吧！敢讓我生氣，我要讓你們知道什麼叫後悔!!』

像是在呼應她的聲音，帝都各處都揚起叫喊聲。

那是在歡迎英雄登場的高呼。人們全都變得熱切不已，高聲喊著「可瑪莉！可瑪莉！可瑪莉！」有的人流著眼淚，有的人陷入狂喜、手舞足蹈，更有人將臉轉開，一副無比感慨的樣子——而當最後一句話響起的那一刻，帝都的吸血鬼們全都嗨到了極點。

『可別以為我會一直當縮頭烏龜！來吧——反擊的時刻到了!!』

緊接著下一瞬間——

唔喔喔——那些吸血鬼開始不約而同大聲嚎叫。就連早就喪命的人也復活了，跟著吶喊「可瑪莉！可瑪莉！」情況演變成這樣，那勢頭簡直一發不可收拾。

能夠為姆爾納特帝國重新點燃那把火的人，就只有那個吸血鬼了。所有的人都很信賴她——認定她就是能夠拯救帝國的英雄。因此他們再也沒有後顧之憂，能夠像這樣大肆慶賀。

原先覆蓋帝都的黑暗都已逐漸散去。

同一時間，包覆人心的黑暗也被除去了。

她果真是舉世無雙的英雄。也許她是連尤琳・崗德森布萊德都能超越的天造英才——為此感到感佩之餘，「我」動身前往姆爾納特宮殿。

就在眼前，翦劉種跟聖騎士團、和魂種對上逆月，雙方正展開如火如荼的抗爭。

不分種族，人們的心融合在一起。

能夠有這番景象，都是因為黛拉可瑪莉的那份仁善使然，才能締造如此光輝的成果。

只不過——就算是那樣，他們也不見得能夠驅逐邪惡。

沒有任何人注意到我的存在。

他們全都將注意力放在格殺眼前的敵人上。不過是一個吸血鬼小女孩在那昂首闊步，任何人都不會放在眼裡。

對著夜空，我露出笑容。那一輪明月很美麗，美到足以毒害眼睛。

若是能夠讓這輪月亮倒轉過來墜落在地面上，不曉得會有多麼痛快。

在飄蕩著血腥味的小巷子裡，我踩著輕快的步伐，一蹦一跳地前進。

用不著再演戲了，長久以來偽裝自我令人疲憊。

畢竟從小就有人對我說「妳是表裡如一的人」。

「──呵呵，事情變得有趣起來了！」

黛拉可瑪莉的確是貨真價實的強者。

可是咱們也不會輸給她。

不管是天津、芙亞歐還是科尼沃斯──甚至是特利瓦，大家都擁有不可退讓的信念，因此才會那麼「邪惡」。

她感到雀躍。不論見了誰，都會想要吸取對方的血液。

但現在還是先壓下那份高昂的心情，快快前往宮殿吧。雖然不太懂用意是什麼，也沒什麼興趣，但特利瓦好像想要讓我成為皇帝。

☆

「可別以為我會一直當個縮頭烏龜！來吧——反擊的時刻到了!!」

等到這場熱烈演說結束，她們人也來到姆爾納特宮殿了。

可瑪莉氣喘吁吁，將那顆魔法石放到口袋裡。虧她說那些話舌頭也不會打結——對此感到佩服之餘，薇兒海絲從布格法洛斯身上跳了下來。

她朝著自己的主人伸手，對方則笑著將身體靠過來，嘴裡說了一句「謝謝」。

接著那名少女穩穩地踏上大地——這位黛拉可瑪莉・崗德森布萊德再度開口時，不忘抬頭仰望毀壞的姆爾納特宮殿。

「大家都在替我加油，我要努力才行。」

在帝都這邊，被可瑪莉那番演說感化的吸血鬼全都陷入大騷動之中。

即便是皇帝陛下來發表演說，也不至於到這種地步吧。這個少女生來果然就是為了聯繫人心，薇兒海絲是那麼想的。

「怎麼了？一直看我的臉。」

「什麼事情也沒有，只是在想可瑪莉大小姐果然是很厲害的人。」

「這說法太莫名其妙了，我一點都不厲害呀。因為我能夠來到這邊，都是因為有大家的幫忙。有那些人在支持著我，我才有辦法努力下去。」
「那這些人也包括我嗎？」
「…………」
這時可瑪莉紅著臉，將頭轉開。
接著她小聲說了一句「對啊」，語氣不怎麼溫柔。
「也許排行第一的就是薇兒妳了。因為有妳，我才能夠挺身而出。雖然有的時候妳會做出變態行徑，這會讓人有點意見就是了，但是妳這個女僕跟著我還真是大材小用。」
「唔……」
「謝謝妳，薇兒。」
當對方率直地對我那麼說，我反倒先感到慌亂。
然而直到最後，我心中卻湧現無與倫比的喜悅。
能夠被主人需要，這對女僕而言是至高無上的幸福。她把我從黑暗深淵的底部拉了上來，那份恩情說到底，不是做這點小事就能還得完的。因此薇兒海絲才會擺出平常會有的冷酷表情，嘴裡說了這麼一句話。
「──我才要對您說聲謝謝，但現在戰鬥尚未結束。」
「那麼說也對。但只要跟薇兒在一起，我覺得我好像什麼事都有辦法做到。」

「可瑪莉大小姐，我可以抱緊您嗎？」

只見可瑪莉呆愣地說了一聲「啊？」一雙眼睛望著她。

不行不行。一不小心就說出像是在性騷擾他人的話，這是我的壞習慣。若是做得太過火會被討厭的，以後還是要多加留意——但沒想到。

可瑪莉忽然靠了過來。

「咦？」

正感到困惑，對方就緊緊抱住薇兒海絲了。

那份溫暖在心口上擴散開來，她還以為自己的心臟會炸掉。

「您、您您您您這是在做什麼，可瑪莉大小姐，您這是性騷擾。」

「這話就妳沒資格對我說。不過——我也只能這麼做了。可以吧？」

「那個——這個、就是……啊——」

接著薇兒海絲這才明白。

當她弄明白的那瞬間，事情早就已經向下進展下去了。

在脖子那邊，對方吐出的氣息噴在上頭。薇兒海絲感受到一陣刺痛感。可是那陣痛楚很快就轉變成快感。咕嚕咕嚕流出的血液被主人用舌頭舔掉。

薇兒海絲什麼都沒辦法做，光顧著僵在原地。

她沒想到主人會用如此大膽的方式吸取血液。

是感到訝異沒錯——但更多的是喜悅。主人她想必很少從他人身上吸取血液（天津・迦流羅或納莉亞・克寧格姆的事情就先忘了吧。）肯定是看小說之類的有樣學樣，拚命用牙齒咬人，拚命吸血，她伸長背脊努力動著舌頭的樣子真是可愛得要命，但奇怪的是主人她吸起血來超級拿手的，怎麼會這樣呢？可瑪莉大小姐您是不是無心插柳的高手？

就這樣，薇兒海絲帶著支離破碎的思緒，一面委身於她的主人，就在那時——

「……好甜美。」

可瑪莉輕聲說了這麼一句話。

緊接著下一瞬間——

「轟!!」的一聲，一股極為激烈的魔力奔流四竄開來。

位置靠得很近的薇兒海絲差點一不小心就腿軟了。

當下突然颳起一陣猛烈的風暴。

劃破黑暗的夜空，整個黑夜都被染成鮮紅色的。

帝都那邊揚起了歡呼聲。

可瑪莉！可瑪莉！可瑪莉！——這樣的吶喊聲能夠從各個角落聽見。

身上染成一片通紅的吸血姬——黛拉可瑪莉・崗德森布萊德。

她的雙眼發出紅色光芒，跟薇兒海絲拉開一步的距離。

薇兒海絲不禁有種想哭的衝動。

這個人果然是能夠引領世界的英雄——這念頭在她心中浮現。

接著她發現自己的身體變得灼熱起來。

這是烈核解放【潘朵拉之毒】。

她將自己的血液送進主人體內，才會發動這份特殊能力。

就連薇兒海絲的雙眼也在發出紅光。

來自未來的訊息凶猛地流竄過來。

「薇兒，我們一起過去吧。」

可瑪莉對她伸出手。

先前的薇兒海絲總是在戰鬥快結束前失去戰鬥能力，因此這次能夠跟主人一起作戰到最後一刻，她打從心底感到開心。

——不論去哪，我都會陪著您，可瑪莉大小姐。

帶著笑容，薇兒海絲回握對方的手。

那兩個人的殺意全都指向了——半是呈現毀損狀態的姆爾納特宮殿。

在那個地方，想要將這個國家恣意鯨吞蠶食的魔物正在等著她們。

〈姆爾納特就拜託妳了。這個世界常存於妳的心中。〉

她曾經聽過類似的話。

印象中媽媽好像三不五時就會笑著說「妳將會引領這個世界」。當時的我年紀還小，曾在心裡想著「她在說什麼呢？」

那個人都不太會來管我。

因為她是七紅天，是要成為下一屆皇帝的人選——基於這樣的理由，她對於家裡的事情都沒有費太多心思，而是時常在戰場上奔馳，我的記憶裡只記得這些。

可是我很喜歡媽媽。

她有的時候會回家，會陪我玩，直到我累了睡著為止。

在那些短暫的時光中，媽媽給了我許多東西。像是要懂得體恤他人，教會我這樣的心情有多麼珍貴。要有一顆頂天立地、懂得堅持且永不放棄的強韌之心。這世上人都稱呼她為「英雄」，對她獻上敬意，也許我就是想成為像她那樣的人。

媽媽最後說過的話，直到現在我都還記得。

明天開始將要投身於重要的戰役，她曾如此宣稱，還把我叫了過來。

「若是媽媽發生什麼事，姆爾納特就拜託可瑪莉了。」

那讓我感到困惑。總覺得這話不禁讓人有種感覺，像是在做今生最後的道別。

可是媽媽卻勇敢地笑了，還溫柔地撫摸我的頭髮。

「不會有事的，我馬上就會回來。」

「可是……」

「可瑪莉就愛瞎操心。那不然，我先把這個給妳吧。」

媽媽接著從懷中取出某樣東西，並放到我的手中。

那是散發出來的光芒跟鮮血一樣赤紅的項鍊。我問媽媽「這是什麼？」她只是意味深長地笑著，並沒有進一步解釋給我聽。

「那是很重要的東西。只要將這個東西戴在脖子上，整個世界就形同常存於可瑪莉心中。」

「……？」

然後媽媽又說了一句「那我走了」，轉身背對我。

那是最後一段記憶。

在我的心目中，媽媽給的項鍊一直都是那麼耀眼。

※

蘿妮・科尼沃斯待在帝都的外圍地區。

她的實驗都已經做完了。開發時間需要一年的最強破壞兵器「絕望破滅魔砲」發揮出預料之中的威力。輕而易舉破壞姆爾納特宮殿的結界，之後經歷了六次的試射，成功將帝都的外觀打到面目全非。

只要再發射個十三次，算起來應該就足以毀掉整個帝都，但若真的付諸實行，又好像不是很實際，因此她並未這麼做。那是因為一旦做過頭了，到時真的會出人命。再加上現在和魂種跟翦劉種好像也跑過來加入戰局了。

「那接下來，先回去基地好了。」

白衣隨風飄蕩，科尼沃斯轉眼眺望夜空中的滿月。

若是黛拉可瑪莉・崗德森布萊德抵達，那她在這絕對不能待太久。特利瓦好像在搬弄某種計策，但科尼沃斯不覺得【孤紅之恤】有那麼容易擺平。總之她還是先維護自己的人身安全好了——如此這般，她悠悠哉哉擬定生存戰略，同時放眼看看那些部下。

「我們要打道回府了！來把『絕望破滅魔砲』運回去吧！」

那些來自逆月的精銳人員高聲回應「遵命！」

這次實驗帶來不錯的成果。她已經發現幾個需要改善的地方了，等到回研究室，她就趕快來改造一下吧。

「……嗯？」

突然間，她發現月光好像變暗了。

科尼沃斯漫不經心地回過頭。

接著眼前就全被橙橘色填滿。

過了一下子，當下所引發的爆炸甚至讓人以為世界末日即將到來。強風猛烈吹拂，道路上的石板被掀了起來。氣溫飆升，升到快要把人燙傷的地步。

科尼沃斯嘴裡發出哀號，當場向後翻仰過去。

就在眼前，「絕望破滅魔砲」正發出轟隆隆的聲音，全都燃燒起來了。

「這——這是什麼情況啊啊啊啊啊啊啊啊!?」

而且那樣東西還爆炸，炸個粉碎。

部下都被爆炸帶來的風暴吹跑，不曉得吹到哪裡去了。

這怎麼可能？不管是魔力還是其他的，她都沒有感應到半分。即便與自己累積的所有知識做對照，這樣的現象依然讓人有種難以置信的感覺。究竟發生什麼——

「——總算找到了，就是妳四處破壞帝都對吧。」

拿那個熊熊燃燒的魔砲當背景，有個吸血鬼就站在那兒。

她的眼睛發出紅光。那雙眼睛就跟殺人魔沒兩樣，正在盯著科尼沃斯看。

這下科尼沃斯明白了。是這傢伙，肯定是這傢伙幹的沒錯。

「妳、妳要怎麼賠償我啊!?這可是我的最高傑作之一——咕呃！」

對方突如其來從正前方一把抓住科尼沃斯的脖子。

而且施加的力道還緊到像是固定器在加壓。科尼沃斯的腳浮到半空中，她手腳亂揮、胡亂掙扎，但都沒什麼用。碰到這種需要跟人硬碰硬的狀況，那可不是技術部長的專擅領域。

「妳這傢伙。知道自己幹了什麼好事嗎？」

那個吸血鬼低吟的聲音隱含怒火。

這下科尼沃斯才察覺眼前這個人是哪號人物。

對方的眼神看起來很沒幹勁，金色頭髮還睡到亂翹，軍服上有著「望月紋」。

「妳、妳是貝特蘿絲・凱拉馬利亞……!?」

「猜對了，我就是貝特蘿絲——妳這個恐怖分子還真敢啊。透過聖騎士團的【轉移】，帶著炮臺四處跑來跑去，要抓到妳真是煞費苦心。這下妳要怎麼賠償我啊？因為妳的關係，害我累個半死，而且還把帝都搞成一團亂。」

貝特蘿絲的眼睛發出紅光。科尼沃斯因而感到恐懼，覺得渾身上下的寒毛好像都豎起來了。在逆月擁有的「烈核釋義」中，記載了她能力的相關概要。

只要她曾經到過某個地方，之後無論何時都能夠把那個地方炸掉，擁有如此犯規的能力。

對於那個人來說，要將科尼沃斯的身體當場破壞殆盡，連點痕跡都不留，那可是小事一樁。

「妳已經做好覺悟了嗎？接下來我會把妳的骨頭一根一根炸掉。」

「等——等等！把、把把、把我殺掉行嗎!?我可是逆月的幹部『朔月』喔！」

「關我什麼事。我最討厭麻煩事了，只要全部殺掉，一切就解決了。」

「那樣未免太野蠻了吧……這麼做一點都不美麗……」

「美麗這種概念是用來形容世間萬物被破壞的瞬間，爆炸正是讓整個世界變得更加多采多姿的絕佳手段。來吧，看我把妳炸到血花四濺。」

「…………」

這傢伙——是不是比逆月的人還要瘋癲啊？

為此感到害怕的同時，科尼沃斯還要自己戰勝恐懼。身為逆月，怎麼能在這種時候對敵人低頭。為了拯救自己的小命，她用光速打造出一套策略。

此時貝特蘿絲臉上浮現殘忍的笑容，嘴裡這麼說。

「——首先是第一根。就把尾骨炸掉吧。」

「若、若是把我殺了，妳會後悔喔！」

「還在說那種話？妳就死心吧——」

「皇帝！我可以告訴妳皇帝在哪！若是把我殺了，妳永遠都不會知道她跑去哪！」

「————」

冷冷的風吹過。

貝特蘿絲覺得自己心中似乎產生迷惘了。

※

芙亞歐．梅特歐萊德心中感到一陣歡喜。

因為黛拉可瑪莉．崗德森布萊德回到帝都了。當她的聲音在姆爾納特帝國夜空中響起的瞬間，芙亞歐那對金色的狐狸耳朵就朝著天際直直地豎起。

現在沒空在這散步了。丟下從攤販上偷來的豆皮壽司，她在崩塌的成堆住宅上跳來跳去，要趕向仇敵所在之處。

現在正是復仇的好時機。

在天照樂土吃癟的事，她要一併還回去。

為了站上世界的頂點，她必須突破【孤紅之恤】——

霎時間，芙亞歐感應到一股殺氣。

她立刻在地面上蹬了一下，飛越到崩塌的建築物屋頂上。

「砰！」的一聲——一記槍響隨即傳入她耳中。

就在那一刻，魔法形成的彈丸正好從芙亞歐臉頰旁擦過，快速射向遙遠的後方。芙亞歐擦拭流出來的血液，同時轉頭看去。

「——妳就是在天舞祭上大肆搗亂的狐狸對吧！今天在這被我遇到，還真是走運！前奏就用妳的悲鳴來演奏吧。」

有個一身白的少女輕飄飄地飄在半空中。

她是穿著禦寒衣物、身上裝備槍枝的蒼玉種——也是白極聯邦的六棟梁，普洛海莉亞・茲塔茲塔斯基。

就在她後方，有好幾個穿著軍服的蒼玉種排成整齊的隊伍，正在瞪視這邊。這樣的展開實在讓人太不愉快了，她現在根本沒空搭理這些雜碎。

芙亞歐靜靜地將手放到刀柄上，接著開口。

「……有何貴幹？這裡可是吸血鬼的王國。」

「哇哈哈哈哈哈！說這話還真有意思——妳不也是獸人嗎？來帝都這邊到底有

什麼事？難道還在搬弄些愚蠢的計畫，企圖侵略這個國家？在天照樂土那邊被人狠狠教訓一頓，還沒學乖呀？我看妳就把油豆皮吃一吃回去如何？」

滋嗡。

意識被人從心靈的「核心」驅逐出去了。

另外的她獲得這具肉體的主導權。

「──對著狐狸說『吃油豆皮』是種族歧視！哎呀真是的，既然要找我打架，那我就奉陪吧。反正我看妳也已經做好埋骨在帝都的覺悟了。」

「正合我意！」

普洛海莉亞接著毫不留情地射出槍彈。

就這樣，蒼玉種和獸人的對決爆發了。

☆

特利瓦・克羅斯知道事態開始失控了。

照理說黛拉可瑪莉・崗德森布萊德原本應該會在聖都那邊被奪去行動能力才對。但因為冒出一個米莉桑德・布魯奈特，整個計畫才會出現阻礙。

等到黛拉可瑪莉那幫人【轉移】到帝都再抓捕起來的作戰計畫也宣告失敗。若是讓待在帝都這邊的逆月軍隊全軍出動迎擊，或許還有一點勝算。【孤紅之恤】一旦發動將會帶來巨大的破壞。那個小姑娘想法還很天真，來到許多無辜之人待的地方，應該沒辦法盡情發揮全力才是。可是這一連串行動卻被納莉亞．克寧格姆和天津．迦流羅阻絕了。

再加上他們沒辦法跟逆月的其他幹部取得聯繫。

有人向特利瓦上報，說蘿妮．科尼沃斯被貝特蘿絲．凱拉馬利亞抓起來了。

至於芙亞歐．梅特歐萊德，相關情報的真實性還不確定，但她似乎在跟擅自入侵帝都的白極聯邦戰士普洛海莉亞．茲塔茲塔斯基作戰。

「這是偶然——不，應該是必然吧。原本就應該如此。」

黛拉可瑪莉．崗德森布萊德不可能想出那樣的策略。

是因為有很多人都會想要主動對她伸出援手，事情就只是這樣罷了。

就在這個時候——宮殿的天花板發出咯吱咯吱的悲鳴聲。

特利瓦不以為意地向上看。

接著他注意到一件事情，那就是從頂端那邊流出濃密的魔力。

「——來了嗎？沒想到居然把宮殿破壞了。」

特利瓦從懷中拿出無數的針，嘴裡發出呢喃。

伴隨聽來刺耳的聲響，天花板被人破壞掉。

和一大堆瓦礫一起掉下來的是——金色的頭髮，紅色的眼睛，還有染成一片通紅的劇烈魔力。來人正是七紅天大將軍黛拉可瑪莉・崗德森布萊德。

「去死吧，恐怖分子。」

那堪稱神速的踢擊從正上方逼近，特利瓦在千鈞一髮之際避開了。

等到那女孩的腳碰觸到地板——

在那瞬間，一股極具毀滅力的魔力爆發開來。地板都被掀了起來，紅色的強風猛烈吹拂。特利瓦用手護住他的臉，拚命想要在現場站穩腳步。那是常人難以想像的魔力——這才是【孤紅之恤】的真實力量。

「有一套。可是在我的烈核解放面前————唔!?」

有個拳頭出現。

一個小小的拳頭在神不知鬼不覺間打到眼前了。

想迴避是不可能的。特利瓦當下立刻擺出防禦姿態，準備迎接這陣衝擊——即便他做好準備依然毫無意義。黛拉可瑪莉的拳頭就這樣粉碎了特利瓦的手腕骨頭，將他整個人打飛，朝向他背後的方向飛出去。

「唔——呃！」

他的背撞上牆壁，肺部的空氣都被擠出來。

還以為自己會死。再度感受到這樣的疼痛，都不知道時隔幾年了。

邊擦拭從嘴角流出來的血液，特利瓦凝視眼前這片景象。

宮殿因為那股紅色的魔力轉變成不像這個世間會有的景象。一名少女傲然地佇立在正中央，她身上的紅比周遭更加濃烈。沐浴在從天而降的月光下，那殺氣騰騰的姿態配稱為吸血鬼們冀盼不已的「殺戮霸主」。

若是要跟這樣的怪物正面硬碰硬對決，那可會變成一場殊死戰。

「真是太美妙了。擁有這麼強大的力量，想要征服這個世界易如反掌。妳怎麼會甘於當姆爾納特帝國的將軍？只要妳展現出真正的力量──」

「這些場面話就免了，大家對你說的話都沒有興趣。」

就在黛拉可瑪莉身旁，有個眼睛變成紅色的女僕佇立著。

她就是薇兒海絲。看來這個女僕也發動烈核解放了。

「──原來如此。那就是能夠看見未來的【潘朵拉之毒】吧。這表示妳已經知道接下來會發生什麼事了吧？」

「是啊，這是當然的──」

薇兒海絲說這話的時候，嘴邊有著淡淡的笑意。

「最終你將會戰敗。」

「說得沒錯。」

有股強烈的魔力氣息，黛拉可瑪莉背後浮現無數的魔法陣。

緊接著在沒有任何預備動作的情況下，她射出密密麻麻的魔法之雨。

那每一發都是能夠確實取人性命的魔力凝聚體。

被這股殺氣鎮住，特利瓦的心略為麻痺了。他憑著本能感受到危機將至，接著便跑了起來。

沒有命中敵人的魔力就此撞破牆壁，消失在黑暗的夜空中。

施加豪華裝飾的宮殿牆壁或天花板、柱子全都變得跟蜂巢沒兩樣，特利瓦無暇顧及那些，而是發動烈核解放。

那是能夠讓觸碰物體瞬間移動的【大逆神門】。

「人類永遠不可能真正了解彼此」——正因為特利瓦如此深信，才會擁有這種具排斥性的特殊能力。

他平常當成武器使用的針正拿在手掌中。

只要讓這樣東西移動到敵人腦髓的位置，這一局就能順利落幕吧。即便對手擁有【孤紅之恤】，若是從身體內部破壞，她也會在那瞬間喪命才對——

「——可瑪莉大小姐，往右邊。」

可是事情卻沒那麼簡單。

黛拉可瑪莉用極快的速度朝著右邊移動。就遲了那麼一下，被傳送過去的針貫穿空氣掉落在地面上。

在【潘朵拉之毒】的作用下，座標似乎早就被預測出來了。面對那直逼而來的無數魔力團塊，特利瓦迴避得很吃力，並發動好幾次【大逆神門】。

「再往右邊一次。」「這次從前面來了。」「從上面來了。」「右邊。」「往下。」「這次是左邊。」——特利瓦沒有打中半次。

不管出手幾次都會被預測出來，害他失手。每當薇兒海絲說了些話，黛拉可瑪莉就會帶著那身紅色的魔力，在空中來回移動。就好像在跳舞一樣，形成美麗的景象——不對，現在不是為此感動的時候。

由於【潘朵拉之毒】發動了，傳送的座標也跟著失準。明明就傳送到柱子前面，卻不知為何偏移了兩公尺。

那個薇兒海絲果然不是個簡單的人物。

那麼他只要先殺掉那個女僕就行了——特利瓦咬牙切齒地將手伸入懷中。可是用來傳送的針已經用完了。

「……妳還真是有點難纏呢。」

已經冰凍的心出現憤怒和焦躁。

這個破綻搞不好會害他送命。

「——去死吧。」

「!?」

一股魔力奔流以猛烈的氣勢逼至眼前。

特利瓦在那瞬間扭動身軀，試圖避開——然而他失敗了。

在他沒注意到的時候，已經有某個人用力握住他的腳踝了。

「這……這是什麼魔法!?」

血液凝固變成數也數不清的手，從地面上冒了出來。

特利瓦知道自己心中萌生了恐懼，但現在可不能感到害怕。他讓全身的魔力集中起來，轉眼間放出【防護罩】魔法——

可是那股紅色魔力以破門之勢破壞了【防護罩】。

「唔、啊啊!?」

即便特利瓦擁有蒼玉種才有的堅硬肉體，還是無法承受。黛拉可瑪莉放出的魔力狠狠地衝了過去，撞上特利瓦的身軀。

他的意識全飛了，就這樣被打向後方。

還在地面上滾了好幾圈，嘴裡吐出鮮血。接著他拚了命想要重新站好——卻發現令人絕望的事實。

當他注意到的時候，左手早就已經消失不見了。

手臂以下全都沒了，還飄散像是肉類燒焦的味道，聞起來令人作嘔。一定是剛才那些魔力把它烤焦了——但花在判斷現況上的時間還不到一秒。

一股至今為止不曾品嘗過的痛楚即刻沿著背脊竄升。

「咕……嗚——」

他幾乎就快下意識發出慘叫，但是特利瓦用力咬牙忍下了。

好痛，好痛，這實在是太痛了。逆月的人不能夠仰賴魔核，因此那些傷口沒辦法治癒。原來之前被殺掉的那些人都曾經這麼痛苦過？這簡直——簡直……

但那會成為讓他進一步提升自我的精神糧食吧。

芙亞歐也說過，「疼痛可以讓人成長」。

「唔……呵呵，呵呵呵呵呵，還真是痛啊。這就是所謂的疼痛嗎……原來是這種感覺……」

「特利瓦，你的死期到了。」

恍惚之間，那個紅色的怪物已經站在眼前了。

光只是看著都讓人覺得頭暈目眩，對方身懷如此龐大的魔力，怪不得芙亞歐拿她沒辦法。跟這樣的怪物正面硬碰硬，根本沒有勝算可言。

「看來勝負已經分曉了，特利瓦．克羅斯。」

她身旁有個青色頭髮的女僕——是薇兒海絲。那個女僕從懷中拿出暗器，臉上浮現瞧不起人的冷酷笑容。

「要不要我送你到核領域去？那樣一來，你的手也能夠治好。」

「……哎呀是嘛，那我就恭敬不如從命吧。」

「不行。」

這時黛拉可瑪莉向前踏出一步。

她用憐憫的目光看著特利瓦。

「你對大家做了很過分的事情。」

光是要忍住別笑出來就費了特利瓦好大的功夫，這個少女果然還是太嫩了。

這個叫做黛拉可瑪莉・崗德森布萊德的少女，從頭到尾做的事情都是為了他人著想，因此她好像也忘了在大聖堂遭遇過的窘境。這個吸血鬼簡直都要讓人為她喝采了。

「所以說、我會在這——」

「說得也是。那我最後可不可以再說句話？」

強壓下身上的痛楚，特利瓦搖搖晃晃地站了起來。

黛拉可瑪莉的動作也停擺了。果然——就算是面對敵人，這個少女也不忘要同情對方。只要裝出悲愴的表情祈求，她一下子就放鬆警惕了。

薇兒海絲則是狐疑地皺起眉頭。

「想說什麼？如果是要求饒的話，等你死了再求吧。」

「不是，只是想要稍微說說我的目的。還不知道敵人抱持什麼樣的主張就把他殺了，這樣也不是很暢快吧？」

「…………」

對方沒有反駁。

特利瓦的右手放進口袋裡，嘴裡同時說了些話。

「基本上逆月的目的是『破壞魔核』。可是我在採取行動時，基礎觀點跟他們有點不一樣。我認為不該破壞魔核，拿來利用會更好。魔核是前所未聞的特級神具。只要善加利用，擁有者就能被授予無限的力量。我想要利用這股力量為世界帶來安寧。」

明明就在殺人，他還主張自己要為世界帶來和平。

這種矛盾會剝奪人的思考能力，薇兒海絲跟黛拉可瑪莉臉上的表情轉為詫異。

「要運用魔核的力量，打造出人人平等的社會。我追求的就是這個——妳是不是也感受到了？這個世界就各方面而言都很不公平。原本明明過著和平的生活，突然間命就沒了。那是因為存在『強者與弱者』『有錢人與貧窮的人』『有才能的人跟沒才能的人』『漂亮的人跟醜陋的人』——因為世界上存在這些不平等的區隔，才會衍生出那種惡夢。我要利用魔核的力量，讓這個世界均值化。人類應該通通受到平等的管理才對。如此一來，人們就沒必要為了無益的爭鬥勞心傷神。」

這是特利瓦發自內心的真心話。不是像白極聯邦那樣，想要發動「單一國家革命」，而是要掀起「世界性革命」。那才是特利瓦最終的目的。

「正因為如此，我才打算征服姆爾納特帝國。等到這個國家征服完了，接下來就來征服阿爾卡吧。等到某一天統治了六國和核領域，這個世界上就會出現理想中的樂園。妳不也希望世界能夠變成這樣嗎？將軍的工作根本沒什麼好做的，妳也不用再為一點小事煩惱——」

「真是煩人。那種理想，我們是不可能接受的。」

這時薇兒海絲改用險惡的神情瞪視特利瓦。

時候差不多了——臉上帶著苦笑，特利瓦在口袋裡動了動手指。當他長篇大論說這些話的時候，魔力也已經充分聚集起來了。

「為什麼？不覺得這樣的思想很棒嗎？」

「看來跟你說不通。既然可瑪莉大小姐不出手，那我就把你毒死好了。」

「是這樣啊——只不過……會被毒藥折磨的人是妳才對。」

「啊？——咦……」

☆

喀咚。

就好像全身力量突然間抽乾，薇兒當場跪了下去。我為此感到不可思議，視線朝向斜下方游移。

她按住嘴巴，面色發青。

就在下一瞬間——薇兒口中「嘩啦————！」地冒出紅色鮮血。

「咦？怎、怎麼會這樣……可瑪莉大小姐——」

女僕倒臥在血泊之中。在紅色的魔力中。那個女僕渾身是血，身體一陣一陣地痙攣，而我的身體則是湧現無以復加的殺氣。

那個女僕仰望著我，像是在對我求救。

我對這一切全都變得不明所以。從剛才開始，我一直都在做什麼呢？

「在聖都那邊，我就已經將這個埋進妳的身體裡了。那比較不像是毒藥，更像是小型的炸彈。因為這個是殺手鐧，所以我一直保留著，直到最後一刻才用。」

特利瓦臉上浮現笑容。

對了——我來這是為了打倒那傢伙。

但怎麼會這樣？特利瓦已經失去手臂了，臉上還出現痛苦又扭曲的神情。是不是在我沒注意到的時候，他就跟人戰鬥過了？

「快讓烈核解放停止，否則我就會引爆別的炸彈。」

「…………」

「是不是沒聽見？妳很看重的女僕會被炸成碎片喔？這樣真的好嗎？這次可是會真的失去女僕喔？」

「……………………………………」

特利瓦接連說了一些話，那些話語不停刨挖我的心。

會失去薇兒？我才不要那樣。

薇兒正倒在地上，一臉痛苦的樣子。肚子那一帶出現一灘紅色的汙漬，或許真的有炸彈爆炸也說不定。若是沒了薇兒，若是真的失去薇兒——

那我、我會——

——我是不是又會回到那個黑暗的房間當家裡蹲？

我的心躁動了起來。

魔力逐漸收斂。

包覆我的身心的無敵感逐漸變得越來越淡薄。

原本半夢半醒的意識變得清晰起來。

「咦——？」

那種感覺就很像從夢境中清醒一般。

可是我的目光牢牢釘在倒於我腳邊的女僕身上。

接著我不由得發出悽慘的呼喊。

「——薇兒!?妳是怎麼了……!」

「可、可瑪莉、大小姐……」

開始哭泣的我過去觸碰薇兒的身軀。

她「咳咳咳」地咳嗽了好幾次。從口中流出來的血把謁見用的房間地板噴得滿地。每當我聽見她痛苦的呼吸聲，我就絕望到幾乎要失去意識。

怎麼會？怎麼會發生這種事情——

「【孤紅之恤】消失了。看來這果然是最有效的手段。」

那讓我轉過頭。

是特利瓦在笑，笑得跟惡魔沒兩樣。

對了，都是這個人的錯。這個人明明就在傷害他人，卻絲毫沒有任何的罪惡感。姆爾納特帝國會變得面目全非也都要怪他。

「妳的弱點就是薇兒海絲。一旦察覺將要失去那個女僕，烈核解放就會變弱，這點已經經過驗證了。」

「你、你開什麼玩笑！為什麼要做那麼過分的事情——嗚咕！」

我的頭突然被人用力踢了一下，眼前的景象全都刷白了。等到我回過神的時候，我已經跟薇兒一樣，人倒在地面上了。整顆頭都在嗡嗡叫，嘴裡還流出鮮血。

但現在的我不能感到害怕。我強忍痛楚，試圖讓自己站起來。

然而特利瓦擋在我面前。

「我跟天津覺明不同，不喜歡動粗。如果妳乾脆一點認輸，再跟我投降，我就不會繼續訴諸暴力。不知妳意下如何？」

「還什麼如何不如何的！那種事情……那種事情……!!」

「那我就讓裝載於其他部位的炸彈也爆炸好了。」

「別、別那樣!!」

我剎那開口大叫，因為我不希望看到薇兒變得更痛苦。

再說——又不能保證那個引爆裝置不是神具。

不對，薇兒早就已經發動烈核解放了。若是這樣扔著不管，將會引發無可挽回的後果。

「來吧，妳想怎麼做？黛拉可瑪莉．崗德森布萊德。」

「你別那樣……薇兒會死掉的……」

「呵呵。」特利瓦不禁失笑。「看來妳之前能夠挺身而出，都是因為有珍視的人在支持妳——那麼在這位『珍視之人』和『姆爾納特帝國』間，不知妳會選擇哪一方？來吧，請妳說清楚。」

我的頭變得和鉛塊一樣重。要在這種時候逼我做選擇嗎？

的確，我會為了看重的人——為了薇兒和大家，決意挺身而出戰。

我已經跟帝都的人約好了，對他們說「我會幫助姆爾納特帝國」。

必須想出能夠突破現狀的方法。

就在不遠處，薇兒整張臉皺成一團，身體縮成圓球狀。她全身上下都很痛吧——都流了那麼多的血，這是當然的。

對了，血液。剛才喝完薇兒的血以後，我就覺得自己好像進入夢境，然後就把特利瓦和姆爾納特宮殿弄個稀巴爛。若是再次攝取薇兒的血液——

「啊!?」

正要伸向薇兒的手被人用力踩住。

那帶來劇烈的疼痛。只見特利瓦嘴裡吐出嘆息，還說了一句「好困擾啊」。

「看來妳還沒搞清楚狀況，妳已經戰敗了喔。」

「薇兒……!薇兒……!!」

「不行喔。妳的心靈該不會已經折損了?」

就在我眼前，對我來說很重要的女僕就快死了。

可是我卻什麼事情都沒辦法做到，眼裡還一直流淚。

到頭來就算發動烈核解放，我依然不是恐怖分子的對手，也沒辦法遵守跟帝都人民的約定。我依然還是那個什麼都辦不到的廢物吸血鬼——

「——哎呀，看來大人她總算抵達了。」

這時特利瓦發出一句呢喃。

但我根本就沒心思去管那個。該怎麼做才能救助薇兒，要怎麼做才能從這裡逃出去；沒能拯救帝都，這份責任我要如何承擔——

就在那個時候。

我忽然聽見一個令人熟悉的聲音。

「特利瓦！居然要在這麼破爛的宮殿中替我戴上皇冠，真是太愛說笑了！」

就在背後，有個人踩著輕快的步伐靠近。

為之驚訝的我抬起臉龐。但不知道為什麼，我的身體不停顫抖，那股帶刺的邪惡氣息侵蝕著我的心靈。姆爾納特帝國再度被黑暗包覆。

特利瓦接著恭敬地行了一個禮。

「很抱歉，戰鬥比預期中更加激烈。」

「但是那對我來說並沒有超乎預期喔——咦，你這不是受傷了嗎！這下該怎麼辦啊!?是手啊、手！若是沒有借用魔核的力量，根本沒辦法治好啊！」

「我正打算借用魔核的力量治療。」

「很好!!」

對方的聲音好開朗，感覺很像放錯地方了。

那股恐懼就快扼殺我的心。我害怕地轉過頭。

該處站了一名少女。

那是個吸血鬼，一頭燦爛如太陽般的金髮綁成雙馬尾。年紀跟我好像差不多——她那一身活潑的氣息締造出無邊無際的明亮感。頭上戴著沒有帽簷的奇妙帽子，上面還有像是將月亮反過來的圖案。

「咦……絲華卡……？」

我不敢相信，她怎麼會在這邊。

話說回來——那說話方式和身上的氣質簡直是判若兩人。

「幾天沒見了呢！黛拉可瑪莉。」

對方露出很不像她的燦爛笑容。

拿在她手裡的紅色糖果左搖右擺地晃來晃去，嘴裡說出令人絕望的自我介紹。

「還有初次見面。我是絲華卡・雷・傑米尼——是逆月的頭目喔！大家都叫我『弒神之惡』呢！」

我沒辦法將那些現實當成現實看待。

還以為自己是看到幻覺了。

「為、為什麼……？妳明明就是神聖教的教皇——」

「那種身分，肯定是假冒出來的啊。尤里烏斯六世雖然是我，卻也不是我。上一任教皇辭職不幹的時候，天津和特利瓦就用盡各種手段扶我上位！可是加入宗教真的是太悶太古板了。這個世界上明明就沒有神存在，大家卻在吶喊『神啊，請救救我！』喔？與其在那邊祈禱，還不如吃點點心，那樣度過的時光反倒是安穩許多、和平不少不是嗎？」

我看我對於眼下情況大概是徹頭徹尾的狀況外吧。

但唯獨一件事情，我還是看得明白，那就是眼前這個少女肯定不是友軍。

這傢伙——絲畢卡・雷・傑米尼。

她就是為這個世界撒下不幸種子的元凶。

「——對了特利瓦，我是不是可以脫掉教皇這個假面具了？接下來要扮演姆爾納特帝國的皇帝嗎？是說我真的有辦法即位？」

「當然可以。等一下就把部下召集過來，來舉行加冕儀式吧。」

「唔嗯——那我是不是要戴上這個？」

「啊？那個是……」

絲畢卡用手指轉著一個像皇冠的東西，拿那個東西玩耍。

我這才驚覺，那個東西好像是皇帝常常戴在頭上的皇冠。

她將那閃閃發亮的東西拿給特利瓦看，臉上浮現天真無邪的笑容。

© riichu

「這個啊，其實就是姆爾納特帝國的魔核。」

我的心臟有種被擊穿的感覺。

魔核。那是形同姆爾納特帝國根幹的神具。

「我從皇帝的頭頂上偷過來的。魔核這種東西，人們應該會想放在自己手邊。其他國家的君王平常好像也會戴在身上吧？照這個邏輯來想或許就能猜到，結果還滿讓人意外的喔。像天津・迦流羅戴在手上的鈴鐺也是這樣。」

「請問——公主大人，這是真的嗎？那個就是姆爾納特的——」

「你懷疑呀？」

「不，公主大人說是就是。」

話說到這邊，特利瓦恭恭敬敬地低頭。

「弒神之惡」——絲畢卡邊哼著歌，邊走向謁見用的大廳深處。接著嘴裡輕聲說了一句「嘿喲」，同時坐到皇帝的寶座上，還翹起二郎腿。

就在她的頭頂上——在帽子上面，放了一頂皇帝在戴的皇冠。

「——這裡視野真好！雖然看過去都是瓦礫，景象爛透了。」

「這麼說也對，晚點再來收拾一下吧。」

「讓天津去做吧。那傢伙好像在背地裡扯你的後腿喔？」

「不可原諒。看來那個男人缺乏身為逆月成員的自覺。除了派他收拾，我認為應該還要給予更重的懲罰。」

「有道理耶！那不然就判處『吃紅豆餡吃到死的刑罰』好了!?那樣是不是比較有趣!?」

「不，那好像有點……」

特利瓦這時邁開步伐走向皇帝的寶座。

那兩個人一副相談甚歡的樣子。可是這些話，我都聽不進去。嘴裡發出嗚咽聲的我，爬到薇兒那邊。我不知道特利瓦的炸彈有多大的威力，可是她的呼吸已經變得很微弱了。

「薇兒……」

就算叫她的名字，她也沒反應。

我原本是想要搖晃她的肩膀，但還是住手了。因為薇兒的臉色很蒼白。

若是繼續這樣下去，過一段時間她會死的。我絕對不能讓事情變成那樣。就算要把這個世界搞到天翻地覆，我也不能失去這個女僕——

就在那個時候。

有一團變得皺巴巴的信紙從口袋滑落。

上面有母親寫的一段文字。

〈姆爾納特就拜託妳了。這個世界常存於妳的心中。〉

「……………」

我心中感到一陣苦悶。就算收到這句話，我也只覺得困擾。

我沒辦法變得像媽媽那樣。孤身一人在這個世界上四處闖蕩，做出亮眼的表現，沒辦法像那個金色的吸血鬼一樣，成為那麼偉大的人。

姆爾納特帝國對我來說是過重的負荷。

那不是我這個廢物吸血鬼有辦法背負得了的東西。

「——吶，黛拉可瑪莉。妳很珍惜那女孩嗎？」

這時有人在我耳邊靜靜地說了這麼一句。

絲畢卡正在注視這邊。

我咬緊牙關，一雙眼睛回瞪她。

「那、那是當然的吧，薇兒她可是我很重要的——」

「那妳要不要放棄帝國？特利瓦的興趣並不是殺人。只要妳不來妨礙我們，我們可以對妳寬容一些。就像這個糖果一樣，把妳用舌頭舔得滑溜溜的！」

「在說什麼……？」

「嗯——可是這樣沒辦法讓事情做個了結呢！因為妳已經傷到我的夥伴了！部下的手都被妳弄斷了，若是我還悶不吭聲，這樣子沒辦法服眾——對了，若是妳下跪的話，我就原諒妳！妳就在地面上磕頭，對我說句『非常抱歉』吧！」

「唔……——」

絲畢卡一臉笑嘻嘻地，人就大剌剌地坐在皇帝寶座上。那傢伙怎麼有辦法擺出那麼自視甚高的姿態。那又不是妳該坐的椅子。那張椅子應該是那個變態皇帝來坐才對。

過於悔恨的我，眼淚一顆接著一顆滑落。

這些人怎麼會這麼過分。這一年來我看過不少壞蛋——但有誰能比他們更惡毒。

只不過自尊心這種東西，連一梅爾幣的價值都沒有。

我不忍心看那些重要的夥伴受到更多的傷害。

但我的力量不夠，到頭來還是沒辦法救助大家。只是——若是稍微低頭道個歉，對方就能放過我們的話……

「妳還在幹麼？如果妳不願意下跪，不管是妳還是那個女僕，特利瓦都會全部殺光的喔。」

「…………」

這件事情沒辦法做到兩全其美。

我鞭策疼痛的身軀站了起來。

沒錯，我根本就不適合當將軍。更適合我的是難堪地跪著，祈求他人原諒，然後再像先前那樣永遠當個家裡蹲。只是對象從米莉桑德換成絲畢卡罷了。被別人霸凌到失去鬥志，而我今後將會待在黑暗的房間裡，只知道抱住自己的膝蓋——

我就此被絕望包圍，正準備向對方磕頭。

當下卻突然聽到一個聲音。

「——可瑪莉大小姐……」

有人將手放到我的肩膀上。

這讓我驚訝地抬起臉龐。

不知不覺間，薇兒已經起來了，人還靠到我這邊。

她嘴角還在流血，卻說了這樣的話。

「對於那個問題……您應該已經有答案了。您選擇的道路不是當家裡蹲，而是成為將軍。事到如今才改變念頭……不覺得這樣對大家來說很失禮嗎？」

「薇、薇兒……！妳沒事吧……？」

「說真的，我痛到快死掉了……但我還不能死在這。」

她用力撐起下半身，搖搖晃晃地站了起來，還從懷中拿出暗器，刀尖就對準皇帝寶座所在的方向。最後她看著我，臉上帶著淡淡的微笑。

「可瑪莉大小姐，現在放棄還太早喔。」

「……我辦不到。若是跟那些人作對，我一定會被殺掉的……妳也很痛苦吧……已經可以休息了……」

「是這樣啊，那麼就由我一個人出面作戰吧。」

「唔……!?」

我全身上下感受到一陣衝擊，就好像被閃電打到一樣。

薇兒的眼神是認真的，她是真的想跟眼前的敵人戰鬥。

「我要自白。跟可瑪莉大小姐一起度過的這段時光，我真的很喜歡。我不想在這種地方結束。所以無論如何，我都要把那些恐怖分子趕出去。」

「可是……」

「可瑪莉大小姐討厭一直以來這種吵吵鬧鬧的日子嗎？」

其實我並不討厭。不管是她還是第七部隊，或是佐久奈、納莉亞、迦流羅和其他許許多多的人，都是因為有他們在，我才得以成長。這半年多的時間，真的過得很充實。

這時薇兒面帶微笑地說「看來您的心已經做出決定了」。

然後她溫柔地握住我的手，接著說道。

「我已經看見未來了，我很肯定我們會獲勝。」

「唔……」

應該要走的路，如今逐漸被照亮。

薇兒說出的話浸透我的心，原本鈍化的知覺一一恢復了。

——既然她都那麼說了。既然她都那麼說了，那我們都會沒事的吧。

就在我心中，這份信念萌芽了。

不管是什麼時候，這個女僕總是會給予我支持。如今來到這個生死關頭，若是沒有她在，那我也不可能勇敢站出來，因為我是個無可救藥的劣等吸血鬼。

若是少了她，我根本就沒有辦法扮演將軍這個角色。

「——我知道了。我也會努力的。」

「好，我們一起努力吧。」

我不需要再害怕任何事情。只要跟她在一起，不管面對什麼樣的敵人，我覺得我都有辦法打倒。

然而就在這時，人待在王位附近的特利瓦注意到我們了。

「——妳們還沒有放棄呀？要是敢發動烈核解放，我就會引爆薇兒海絲身上的炸彈。那樣妳也無所謂？」

這時薇兒露出有點戲謔的笑容。

「我沒看見那樣的未來，裝在我身上的炸彈就只有一個。」

「唔——那我就破壞魔核，可不許妳們從那挪動一步。」

「沒問題的，可瑪莉大小姐。那個並不是魔核。」

「公主大人!?這是怎麼一回事!?」

「看樣子被發現了。這只是我在虛張聲勢，想要讓那兩個人感到絕望罷了。」

特利瓦身上頓時爆出一股殺氣。

他朝著地面踢了一下，以猛烈的速度奔馳過來。我不由得渾身僵硬。這樣下去會被殺掉——那個念頭才剛閃過。

「砰!!」——一記刺耳的巨大槍響在那時響起。

「呃——？」

這突如其來射出的魔法彈丸貫穿特利瓦的肩膀。他的身體不停旋轉，在地面上飛了起來。絲畢卡嘴裡跟著發出一聲「咦？」我也是一臉震驚，轉頭朝背後看。出現在那裡的人是——

「——哇哈哈哈哈！在危急時刻趕上了！黛拉可瑪莉妳沒有受傷吧。喔不對，妳渾身是傷呢！抱歉我來晚了！」

對方銀白色的頭髮隨著夜風飄拂，她就是蒼玉種普洛海莉亞・茲塔茲塔斯基。

她怎麼會來這邊？——這個疑問一下子就消散了。普洛海莉亞原本還用右手拖著某樣東西，如今她將那個東西用力丟過來。

那樣東西滾了一下，某個渾身是傷的人隨即滾落在地面上。

這下我感覺到了，絲畢卡好像有點慌亂。

「芙亞歐!?怎麼會……!?」

「哎呀，這隻好戰的狐狸跑過來襲擊我，我一不小心就獵殺她了。只是這傢伙幾乎害我所有親愛的部下都失去戰鬥能力。」

「怎、怎麼會……！」

芙亞歐・梅特歐萊德。

這個有著狐狸耳朵的少女，從前曾經讓天照樂土陷入恐懼的深淵，現在卻被人打到渾身是傷，奄奄一息。到底發生什麼事了。是普洛海莉亞把那傢伙解決的嗎？——正在發愣的時候，銀白色少女用宛如風暴來襲的龐大音量吼道，「喂，黛拉可瑪莉！」

「妳快看上面，現在沒空讓妳在那婆婆媽媽的。」

「咦——？」

就在那一刻，夜空中傳來高亢的聲響。

『妳聽得見嗎？黛拉可瑪莉・崗德森布萊德閣下!!』

在上空的那塊畫面上，映照出一個新聞記者的身影。

她手裡握著麥克風，興奮地對著我說話。

『現在帝都這邊充斥著為崗德森布萊德閣下聲援的聲音！還不只是這樣——將恐怖分子和聖騎士團打得落花流水的阿爾卡・天照樂土軍團，如今正要前往姆爾納特宮殿！還有過來跟他們會合的帝國軍第七部隊，加上米莉桑德・布魯奈特閣下、佐久奈・梅墨瓦閣下，以及貝特蘿絲・凱拉馬利亞閣下的軍隊也正在挺進中！人數上非常龐大！乍看之下會覺得自己有可能被他們踩扁！』

『咿咿咿咿！若是受到波及會死掉的！』

「我說蒂歐，妳別跑啦！記者能夠死在戰場上，那也算是得償所願啊!!——來吧，崗德森布萊德閣下！請您充分展現稀世英雄的力量！將恐怖分子從姆爾納特帝國趕跑吧！能夠開創新時代的，除了黛拉可瑪莉・崗德森布萊德，就沒有其他人了!!」

我呆呆地眺望帝都的樣貌。

從梅露可傳送過來的影像中，可以看到好多人的面孔。有吸血鬼、和魂種、翦劉種和蒼玉種——大家不分種族，所有人都要趕往宮殿。逆月和聖騎士團的人好像都被趕跑了。

在帝都裡頭，到處都有人在呼喊我的名字。

可瑪莉！可瑪莉！可瑪莉！——這真是丟臉到極點了。可是一想到這麼多人心中都有我，我就覺得開心無比。

現在沒空在這猶豫不決了。

這時薇兒突然笑著轉向這邊。

「可瑪莉大小姐，我已經看到我們獲勝的樣子了。」

「是啊，說得對——」

慢慢地，我靠到薇兒身上。

她並沒有出現抗拒的反應，該做的事情早就有定案了。說真的，我到現在還不相信自己有那麼大的力量。若是吸食血液，意識就會變得模模糊糊，不知道自己在做些什麼，但是大家都很期待我發動烈核解放。

那我就必須有信心。

不要只顧及自己的主觀看法，有的時候也可以試著相信他人對我的評價啊。

我的嘴巴就此靠向那白皙的頸項——開口咬了下去。

薇兒發出短促的呼聲，流出來的血液滋潤我乾燥的嘴。雖然我真的很討厭鮮血，卻不知道為什麼，現下覺得薇兒的血液比任何果汁都要來得甜美。

「沒有學到教訓，還敢來跟我們作對是嗎？看來也沒必要繼續手下留情了——」

「先等等，特利瓦！若是你採取行動，芙亞歐會被殺掉的。」

「!?」

「哇哈哈哈哈！說得沒錯！若是不希望這隻狐狸腦漿四溢，你們最好就像待在洞穴裡等待春天到來的熊，安分點別亂動。就先等到黛拉可瑪莉發動完烈核解放吧。」

「這可恨的東西……！」

「真沒辦法。這種手段就跟特利瓦做過的事是一樣的吧？」

「…………………………………」

背後有人在爭論，但我沒心思去管那些。

而是專心地舔拭薇兒的血液。好甜、好美味，很想一直吸食下去——就在那瞬間，不知道為什麼，我的脖子也湧現一股刺痛感。

「咦——薇兒……？」

我驚訝地睜大眼睛。不知道是什麼時候的事情，薇兒的手已經繞到我背上了。

然後我發現她的牙齒正在咬我的肌膚，血都流出來了，接著被薇兒吸入口中。

狼狽不堪的我變得渾身僵硬。

之後薇兒總算滿足地笑了，這才將我放開。

「——多謝款待，非常美味喔。」

「啊——」

從我的身體深處，有一股灼熱的魔力湧了上來。

接下來整個世界都被紅色和青色暈染。

烈核解放會隨著心靈變化逐漸變強。

就如同兩年後的天津・迦流羅擁有移動時間的能力，所有人都留有同等的進化空間。

☆

薇兒海絲身上出現的現象也很類似。

由於她一心為主人著想，才會迎來另一階段的變化。受到黛拉可瑪莉・崗德森布萊德的決心感化，她也做好了覺悟──「無論主人去哪，自己都會一路相助」。

姆爾納特宮殿被壯絕的魔力洪流吞噬。

處在紅色漩渦中心的人，正是黛拉可瑪莉・崗德森布萊德。她忠心的隨從用血為她帶來這份特殊能力，那將足以破壞世間萬物，賦予她究極的魔法能力和身體機能。從前【孤紅之恤】曾經將帝都的天空染紅，這是其原點，也是頂點。

至於身上纏繞著青色激流的人，則是薇兒海絲。平常都在使用的暗器多了熠熠生輝的魔力寄宿。她敬愛的主人奉獻鮮血，為她帶來能夠掌控未來的特殊能力【潘朵拉之毒】──並且進一步進化。

「可瑪莉大小姐，我們來把那些人趕跑吧。」

「嗯，我要跟薇兒一起奮戰。」

在場的所有人全都屏息以待。

大氣在震動，魔力劇烈擦撞的聲響在謁見大廳中四處響盪。

不管是特利瓦、普洛海莉亞，還是絲畢卡・雷・傑米尼——他們全都被那兩個人放出的破天荒魔力和殺氣鎮住了。

率先反應過來的人是特利瓦。

這個男人堪稱是個豪傑，曾經在白極聯邦經歷過無數的生死關頭。即便親眼目睹萬夫莫敵的烈核解放，他的心也不會委靡不振。不管敵人有多麼強大，他都能用透徹的雙眼分析現況，因此才會被人稱為「逆月的參謀」。

緊接著，好幾起事件同時發生。

特利瓦在地面上高速奔跑起來。他心想趁敵人還沒出現動靜，最好先斬草除根。由於薇兒海絲發動了烈核解放，【大逆神門】就不能用了。這是因為整個世界的座標都會移位。

第二個做出反應的人是普洛海莉亞。一看到特利瓦單手拿著針急衝過去——她立刻凝聚白色的魔力，毫不留情地扣下扳機。

接著槍聲作響，魔法彈丸以堪比光速的速度飛了出去。

就在彈丸即將命中特利瓦的前一刻——對方不管三七二十一發動【大逆神

門】。就算不知道接下來傳送的座標會落在哪，他還是有機會讓敵人的攻擊遠離自己。

彈丸從特利瓦眼前消失了。

然後神不知鬼不覺間，那東西被傳送到黛拉可瑪莉・崗德森布萊德眼前。

這樣的奇蹟簡直就像是神明在惡作劇。

「咦——」

那對紅色的眼眸出現動搖色彩。

特利瓦則是歡喜地扯動嘴角。

普洛海莉亞接著大喊「唔哇啊啊啊啊啊啊啊啊抱歉!!」

「唔——可瑪莉大小姐!?」

彈丸就這樣直接命中可瑪莉的胸口。

好像有某種東西破裂的聲音響起，在場所有人都睜大雙眼。是黛拉可瑪莉・崗德森布萊德總是掛在脖子上的項鍊裂開了，才會有那陣聲響。

而從裂痕深處，一道白色的光芒滿溢而出。

這樣的情況令人無計可施。

就在當下，整個世界瞬間漂白了——那三個人的身影也忽然間消失不見。

© riich

吸

Monmon

[6]

潘朵拉之毒

——是不是在政變中輸了？沒地方去嗎？

——你有什麼樣的能耐？

——這樣啊。你願意幫我蒐集魔核嗎？那當作是謝禮，我會照顧你的！

那些來自「弒神之惡」的聲音，一直在腦海中揮之不去。

在他被白極聯邦政府流放出去後，是那名少女把他撿回去的。恐怕她就是用這個方式，拯救了好幾個「脫隊者」。她並不是要施恩惠給別人——而是因為絲畢卡・雷・傑米尼的本性比任何人都要來得和善。

因此逆月的成員才會為了她，粉身碎骨作戰也在所不惜。

就連特利瓦・克羅斯也不例外。

逆月根本就不團結，說大家各自為政也不為過，這個組織簡直就是一盤散沙。

[Hikikomari the Vampire Countess no Monmon]

就好比是芙亞歐・梅特歐萊德，她對組織的理念一點興趣都沒有。只要自己可以變強，這對她而言就足夠了。蘿妮・科尼沃斯也跟她很像，為了探求這個世界的真理，她一心一意只想埋頭做研究。

可是——明明他們每個人都擁有各式各樣的思想，成了一匹狼，卻不知道為什麼，一來到公主大人的身邊，他們就變成具備一定協調性的團體。而有的時候天津覺明做出來的事情讓人百思不得其解——甚至那些若無其事做下的勾當還能夠解釋成背叛，卻連他也適用這套說法。

是不是因為那個少女擁有領袖魅力才會這樣。

那樣的人才應該來統治世界，特利瓦是這麼想的。

的確，對於要如何處置魔核，他們之間是有出現一些意見分歧。可是在六國之間掀起革命後，若是能夠讓絲畢卡成為主事者君臨，那對這個世界而言肯定是一件幸福的事情。

因此特利瓦才會作戰。

這都是為了世界，為了逆月，還有——為了公主大人。

若是有人膽敢出來礙事，那他就必須排除掉那些人。

好比是黛拉可瑪莉・崗德森布萊德。

這是絲畢卡唯一認可的稀世吸血鬼。

※

普洛海莉亞・茲塔茲塔斯基滿心困惑。

彷彿剛才經歷了一場風暴，姆爾納特宮殿變得殘破不堪。原本應該站在正中央的兩個人忽然消失了。不對——不只是那兩個人而已，就連要攻擊她們的恐怖分子，那個蒼玉種也消失了。那個應該就是書記長口中提到的特利瓦・克羅斯吧，可是這些事情對普洛海莉亞而言全顯得無關緊要了。

「那是什麼啊——那三個人到哪裡去了！」

「他們消失了。去『常世』了。也就是說——那個才是真正的魔核。」

坐在王位上的吸血鬼在這時開口了，語氣上似乎有種悵然若失的感覺。接著她徒手捏碎戴在自己頭上的皇冠，閃閃發光的碎片散落在地面上。普洛海莉亞開始小心翼翼地觀察那名少女。

這張臉她見過，這個人是神聖教的教皇尤里烏斯六世——絲畢卡・雷・傑米尼。

原來她就是恐怖分子集團「逆月」的頭頭。

還有那身邪惡的氣息，這是怎麼一回事？就連身為白極聯邦最強六棟梁的她都感受到一絲詭異，對方身上有著不祥的魔力。外觀上明明就是楚楚可憐的少女——

不知道為什麼，光只是跟她面對面，普洛海莉亞就興奮到發顫。碰見強者的歡快感自心底一湧而上。

可是那個絲畢卡實在太過天真無邪了。

就很像是對遊戲感到厭煩的孩子，「呼啊——」地伸伸懶腰，人還站了起來。

「時間也差不多了，而且帶過來的糖果都吃完了。」

「在說什麼啊？以為我會放妳逃跑嗎？」

「在那種情況下，我不認為特利瓦能夠戰勝黛拉可瑪莉。原本還以為情況滿樂觀的——但要拿下一個國家，果然不是那麼容易呢。」

「喂，妳有在聽嗎——」

「那接下來——還是回去好囉。」

面對眼前這個蒼玉種少女，那個吸血姬似乎不屑一顧。

那態度像是在說「根本沒把妳放在眼裡」。就連心胸寬大的普洛海莉亞被人當空氣看待也難免感到受傷，也會覺得惱怒。妳對上的人可是足以稱霸天下的六棟梁大將軍，表現出來的態度卻那麼桀驁不馴——看來有必要讓她見識見識自己的厲害。

「喂，絲畢卡・雷・傑米尼，人家在跟妳說話，妳好歹也該聽一下吧。小心我的槍彈貫穿妳的心臟——」

就在這瞬間。

「咦？」——普洛海莉亞口中發出一聲呼喊。不知道是什麼時候的事情，她的武器已經從手中掉落，人也蹲在地面上了。究竟發生什麼事了，她一點都不明白。

肚子那邊很痛，很像是被刀刃之類的東西畫到——不對，事實上真的被割到了。

從她的身體內側，有個像是小型短刀的東西飛了出來。

「唔咕、啊啊……這、這是……什麼……!?」

「我在學特利瓦啊！但我這個單純只是空間魔法。」

神不知鬼不覺間，絲畢卡已經來到普洛海莉亞身邊了。

冷酷的青色眼眸向下注視。

她在說話的時候，臉上還帶著如太陽一般的笑容。

「——我是有想過，若是就這樣無疾而終，實在是太悲慘了呢。所以我要弄個伴手禮，把妳的頭提回去。再加上妳還傷害芙亞歐，新仇加舊恨。那孩子是我很重要的夥伴喔？這下妳要怎麼賠償我啊？我們原本還打算為了芙亞歐召開麻將大賽，這下要拖到她傷口治好才能開，那不就要延期了嗎！」

「…………」

普洛海莉亞朝著自己那把掉落在地面上的槍枝伸手。

可是她卻摸不到。因為身上的疼痛使然，害她的身體使不上力。

「——來吧，普洛海莉亞‧茲塔茲塔斯基。妳就死心吧。特地跑到姆爾納特帝國，是該感到悔恨！妳的那股正義感顯得很多餘喔！」

普洛海莉亞想不明白，黛拉可瑪莉和薇兒海絲跑去哪了。眼前這個少女的目的究竟是什麼？她為什麼會受這樣的痛苦折磨。

太讓人不爽了，這一切都讓人很不爽。

若是在這種地方慘敗給那名少女，她的自尊心說什麼都不容許。再加上還要對卑劣的恐怖分子屈服，這樣的屈辱肯定會永世流傳——碰巧就在這個時候。

毫無預警地，一陣貫穿天地的雷鳴聲轟隆大作。

雷鳴聲？——怪了。帝都的夜空明明就萬里無雲，甚至能夠看見滿月。

「什麼……？」

這時絲畢卡一臉不可思議地仰望天際。

普洛海莉亞也跟她一樣，視線朝著上空看去。天花板已經開了一個洞，從那可以看見美麗的滿月。那些月光像是能夠溫柔包容一切，灌注在謁見大廳中。

她該不會聽到幻聽了——這個念頭才剛閃過。

「恐怖分子，居然敢把朕的庭院弄亂。」

一道彷彿雷電般的銳利嗓音適時響起。

在那之後，像是要將整個世界都破壞掉的紫色閃電在這一帶迸射開來。

★

霜雪靜靜地下著。

吹來的風顯得冰冷。整個世界如同死去一般，全都靜悄悄的。

「這是……什麼……」

我茫然地環顧四周，這裡好像是姆爾納特宮殿的中庭。

我原本應該是在宮殿內部的謁見大廳才對。

是不是【轉移】魔法之類的作用，將我強行轉移到外面。

如果真的是這樣，那某幾個點就顯得很奇妙了。

不知是從什麼時候開始，這裡已經下起雪來了，而且冰雪堆積的量多到踏下去還會留下足跡。再加上宮殿的建築物完全沒有損壞跡象，彷彿什麼事情都沒有發生過，悠然地佇立著。不僅如此，帝都的街道安靜到令人恐懼的地步。完全沒有半點爭鬥爆發的氣息，也沒有鮮血的氣味。

緊接著，特利瓦察覺到一樣關鍵事實。

那就是原本應該浮在夜空中的月亮消失了。並不是被下雪天的烏雲掩蓋。只要仔細看就能發現——那個滿月好像在不知不覺間轉變成新月了。

這種感覺就很像一不小心誤入了另外一個世界。

不過原因顯而易見。

「原來如此……原來如此，這個是烈核解放的新能力啊？」

伴隨著心靈成長，烈核解放也會受到強化。

那麼這種現象若不是黛拉可瑪莉・崗德森布萊德引起的，就是薇兒海絲搞出來的，肯定沒錯。

詳細情況不明，但那能力不曉得有多麼強大。

一定要把她們除掉。如果那兩個人今後繼續讓心靈成長下去，沒有先在這邊殺掉她們，未來將會為他們逆月帶來重大的損害。

這裡沒有來自逆月的戰友，恐怕連【大逆神門】都沒辦法徹底發揮功用。

情況實在不利於他——但必須突破這樣的困境，那才配成朔月。

「——找到了。」

突然間，他聽見一個含含糊糊的聲音。

龐大的魔力灌注下來，令人膽寒的殺氣全都射向這邊。

背對著新月高掛的夜空，有人緩緩降了下來，是一對紅色和青色的吸血鬼。

那是七紅天黛拉可瑪莉·崗德森布萊德。

抓著她手腕的則是女僕薇兒海絲。

這樣的景象實在太讓人不快了，上一次被迫品嘗這種辛酸感受不曉得是多久前的事情。

特利瓦凝聚魔力。透過上級造型魔法，冰刀在這個世界上顯現。要葬送兩個人，用這種武器綽綽有餘了吧，臉上浮現笑容的特利瓦揮動那把冰刀。

冰刀刀尖對準浮在夜空中的兩名吸血鬼。

「妳們還真是會礙我的好事。就差那麼一點，計畫將得以實現——」

「受死吧。」

一個魔法陣逐漸成形。

緊接而來的是毫不留情的魔力，全都一口氣發射出去。

無數的彈丸伴隨猛烈吹拂的冰雪，朝著特利瓦來襲。特利瓦死命逃離現場，同時觀察敵人的動向。對方一動也不動。一降落到地面上就化成固定砲臺，在那胡亂施放魔法。

特利瓦背後的噴水池發出一記聲響，接著就被炸飛了。

碰巧有石頭碎片被特利瓦的右手碰到，他準備透過【大逆神門】將那些碎片傳送到黛拉可瑪莉的腦髓中——然而碎片卻轉移到遙遠的後方。果然沒錯，出於不明原因，傳送系特殊能力都沒辦法使用了。

應該是說空間中的座標無法明確定位，看來這裡果然是另外一個世界。

「真會耍小聰明——！」

眼看那些彈丸逼近眼前，特利瓦轉身迴避。

可是敵人的攻擊完全沒有中斷的跡象。那些凝聚起來的魔力團塊無論是行進速度還是數量，全都來到怪物等級，朝著特利瓦殺過去。他用盡心力挪動自己的腳，每次成功閃避，周遭的建築物就會缺塊，不然就是遭到破壞，然後發生壯烈的大爆炸，一些破碎的瓦礫則被炸到飛散。

特利瓦稍微一個閃神，在那瞬間魔力就掠過他的肩膀。

他的皮膚被切開，血液噴發出來。

可是現在沒空在那為痛楚感到苦悶。只不過是這點程度的傷口，放著不管就會治好吧。

「奸詐狡猾，真是太會耍小聰明了……！」

咬牙切齒的同時，特利瓦一面思考。

就這樣一直逃跑下去，根本沒完沒了。

那他不如主動進攻。那兩個人覺得自己是「獵人」，並且深信不疑。這份傲慢將會害她們丟了性命——想到這邊，特利瓦舉起冰刀。

他發動初級加速魔法【疾風】。

這是平淡無奇的魔法，可以說是基本款中的基本款。

但若是想要用來縮短跟敵人之間的距離，這是最方便好用的手段了。直逼而來的魔力高速來襲，像是一場暴雨，特利瓦用更快的速度閃避，快速貼近那股紅色漩渦。

若是尋常人碰到這股殺氣，早就因恐懼昏厥過去。

然而特利瓦靠著他與生俱來的精神力壓抑恐懼，在地表上拚命地奔跑。

還差一點點。就差那麼一點點了。

眼前出現一大團魔力。

特利瓦讓刀子打斜，令對方那股龐大力量的行進方向稍微錯位。紅色的魔力跟冰刀刀身擦身而過，往上打入背後的夜空。

「——————！」

黛拉可瑪莉臉上的神情在那瞬間似乎有些許動搖。

接著特利瓦揮動刀刃，打算瞄準敵人的脖子橫掃過去——

「唔——!?」

喀滋。

他的腳踝那邊突然感受到一陣衝擊，整個世界天旋地轉。特利瓦整個人的身體也跟著旋轉起來，同時在冰雪上滑行。他一時間沒看出發生什麼事了，那把冰刀也從手中飛了出去。

好不容易才找機會設法站好的他，驚懼地望著自己的腳踝。

像是在變魔法似的，一把暗器出現，深深插在特利瓦的腳上。

「這——這是什麼——!?」

這不是黛拉可瑪莉做的。更進一步說，那樣的魔法並不尋常。

若使用的特殊能力不是像特利瓦本身在用的【大逆神門】，想做出這種事情根本不可能。

「——如何啊？被人用類似的手法對待。」

他耳邊聽見一陣竊笑聲。

帶著難以置信的心情，特利瓦轉過頭。

就在黛拉可瑪莉身旁，有個身穿女僕裝的少女站在那邊。

那個吸血鬼身上散發出來的劇烈魔力並不亞於主人——她就是薇兒海絲。

身處青色的奔流中，那女孩面帶笑容看著這邊。

「類似的手法——講是這樣講，但那並非瞬間移動。我只是在你即將會迎接的未來預先設置了炸彈。」

「這話什麼意思……？」

「我也不是很清楚，可是我能夠輕易得知你接下來要做的事情。」

話說到這邊，那女孩從口袋中拿出好幾根暗器。

然而那些暗器陸陸續續憑空消失了。

傳送過去的座標很容易就能想像得到。

據說【潘朵拉之毒】是能夠看見未來的特殊能力。事實上，她也正確說出安裝在自己身上的炸彈數量。

假如剛才薇兒海絲說的都是真的——特利瓦料想得也沒錯——那麼那些暗器恐怕都會朝向「未來」飛翔吧。

特利瓦覺得很不是滋味。到底要以哪些東西為食糧，才能夠獲得如此強大的能力。

感到煩躁的他將插在腳上的暗器拔除。

血液冒了出來，疼痛的感覺從腦海中一閃而過。但那又如何——若是在這裡放棄，那麼理想中的世界將無法實現。逆月還需要他特利瓦·克羅斯。

「我怎麼可能——在這種地方死去!!」

他再度發動【疾風】。伴隨著從身上飛散的鮮血，特利瓦加快速度。

黛拉可瑪莉朝著他胡亂發射紅色的魔力。這威力確實很強——可是軌道太偏直線了，似乎不是預先看穿敵人的動向才打過來的。只要習慣了，要閃避易如反掌。

特利瓦讓魔力都集中在失去的左手部位——連續發射【魔彈】。

可是這些連牽制都談不上。飛出去的彈丸被黛拉可瑪莉四周展開的障壁阻撓，在夜色中爆裂消散。

那個吸血鬼果然不尋常。之前一直對她置之不理，現在特利瓦真想詛咒自己的愚蠢。

「一定要先把她給殺了——」

他知道背後發生了大爆炸，同一時間，他還在冰雪之上疾馳。

身體很疼痛，那些痛楚最終轉變成怒火。

不管用什麼樣的手段，他都必須把眼前這個敵人葬送掉。對逆月——跟「弒神之惡」作對的愚蠢之人，全都要消滅掉。

「沒用的。」

那名青色少女在這時驕傲地細語。

「你會在五秒鐘之後戰敗。」

「那我就要顛覆這樣的未來!!」

嘴裡發出嘶吼，特利瓦不顧一切地衝了過去。

相關法則已經逐漸明朗。的確，一般的座標計算方式在這個世界並不適用。既然如此，他只要學會去配合就行了。應該傳送到哪才能正確貫穿敵人的腦門——重複計算並模擬好幾次再確認，那樣就沒問題了。

「飛吧。」

又有一大團魔力飛過來。

特利瓦岌岌可危地避開。

「我是不可能被擊飛的——!!」

「四。」

眼前出現一大片如夢似幻的景象。

那股紅色的魔力宛如鮮紅的血液，再加上像是洶湧海浪的青色魔力；就在那中央，有兩個吸血鬼正在施放魔法，模樣有如在跳舞一般。

有那麼一瞬間，特利瓦看到入迷。心靈強大到這種地步，實在是太美麗了——然而他還是搖搖頭，讓自己的意識清醒過來。他不能放任如此不合理的事態繼續發展下去。

於是特利瓦凝聚魔力，再度創造出冰刀。

直接把這個東西丟出去吧——那念頭才剛閃過，右手就在那瞬間感受到一陣劇烈痛楚。

是薇兒海絲事先安排好的暗器刺到他的手了。

他臉上神情禁不住扭曲起來。青色女僕靜靜地開口。

「三——我看你也差不多該放棄了吧？」

「唔————!!」

怎麼可能放棄。

失去冰刀的特利瓦在本能驅動下匯集魔力，連續發射【魔彈】。但是沒有任何一發打中敵人。

黛拉可瑪莉四周展開一層薄薄的紅色障壁，是那樣東西在阻撓一切。

就算瞄準薇兒海絲發射，下場也是一樣。像是在保護自己的隨從，黛拉可瑪莉的障壁也擴展到她那邊了。

這讓特利瓦感到一陣絕望。

情況變成這樣，即便是他靠近敵人，也無法保證攻擊就能起到作用。

「二。」

整個世界都放慢速度了。

在特利瓦腦袋中流逝而過的是一些過往影像，就好像走馬燈一樣。

他被公主大人撿到，成為逆月的一員，積極從事恐怖活動。立下的功績獲得認可，晉升為朔月。第一次跟蘿妮・科尼沃斯見面的時候，她還被弄哭了，嘴裡說著「好恐怖」。還跟水火不容的天津覺明為了「比腕力誰比較強」吵了起來，在酒席上互毆。芙亞歐更是曾經嘲笑他說「特利瓦大人感覺好陰森啊！跟你待在一起，連情緒都變得好消沉！」，害他覺得有點受傷。公主大人會對他說「你做得很好喔！」被人誇獎是不錯，可是公主大人送他用血液做的糖果當獎品，說老實話他覺得很困擾，不知道該怎麼處理──

「這怎麼可能……不會的……」

如今弄成這樣，不就像是在宣告他接下來會死嗎？

這有什麼好感傷的。他又不一定會戰敗。還有事情等著他去做──

「──。」

特利瓦開始凝聚全身的魔力，做出第三把冰刀。

這個世界是因為有了人心才得以成形。

既然如此，那他特利瓦・克羅斯的信念一旦超越黛拉可瑪莉・崗德森布萊德的善心，那麼理論上，這把刀應該就能貫穿她的咽喉才對。

「去死吧。黛拉可瑪莉・崗德森布萊德──────!!」

伴隨著一聲咆哮，特利瓦用力踏了出去。

敵人就在眼前。

是不是沒料到他會擁有如此氣魄，因此被震懾住了，對方要發動魔法的動作在霎時間停頓了一下。

特利瓦的心緒變得高昂起來，思考速度也變快了。就讓他就此用鮮血染紅那具矮小的身軀吧。

所有該計算的都已經計算完成了。

特利瓦接著發動【大逆神門】。

他的眼睛在發熱，彷彿受到灼燒。只不過他依然無法完全掌握這個世界的座標系統。能夠傳送的範圍以自己為中心，只限半徑五公尺內。

他已經來到敵人身邊了。

特利瓦手中的冰刀隨即消失。只要讓冰刀貫穿黛拉可瑪莉・崗德森布萊德的腦髓，一切就能結束——正當他這麼想。

「——果然如我所料，可瑪莉大小姐。」

「嗯。」

黛拉可瑪莉的身體微微地偏開了。

被傳送過去的冰刀劃破虛空，掉落在地面上。

「這怎麼可能——」

啞然失聲的特利瓦望著眼前那片景象。

不管做什麼都沒用，發動任何攻擊都會被預測出來。等到他發現的時候，自己早就已經晚了一步了，而且是致命的一步。

黛拉可瑪莉・崗德森布萊德具備壓倒性的破壞力。

再搭配薇兒海絲擁有的預知能力，那能力堪稱完美、無可比擬。

這樣的組合簡直就像惡魔。碰到這樣的對手，他該如何攻略——如此這般，特利瓦被深不見底的絕望包覆，碰巧就在那一刻。

他全身上下又湧現劇烈的痛楚。

「唔——!?」

感覺都要把神經燒斷了，是薇兒海絲的【潘朵拉之毒】在攻擊他。

特利瓦的右手和雙腿都被銳利的暗器刺中。

被難以忍受的痛楚壓迫到再也無法保持身體平衡，他即將倒臥在那片冰雪之上。但怎麼能夠讓性命葬送在這種地方——特利瓦好不容易才使力試圖站穩腳步，這時耳邊聽見一聲小小的呢喃。

「——零。」

那聲音等同在宣告這場戰鬥即將畫下休止符。

「可瑪莉大小姐，時間到了。」

「特利瓦，去反省吧。」

就在眼前，那個吸血姬殺氣騰騰。

順著她的指尖，一道威猛的紅色光束射了出去。

特利瓦根本無法閃避。

© riichu

「公主大人……」

想來這聲輕語也不會有人聽見。

特利瓦當下心頭一驚，展開了好幾重的【防護罩】。其實他也心知肚明，知道這是無謂的抵抗。然而肉體在生存本能的驅使下，無意識間凝聚了魔力。

結果卻是徒勞無功。

眼前變得一片赤紅。

黛拉可瑪莉放出的魔法一下子就破壞這垂死掙扎的【防護罩】——就這樣粉碎了特利瓦的理想，不停向前衝。

★

吞噬特利瓦．克羅斯的紅色奔流就此成一直線突進，破壞姆爾納特宮殿的牆壁，消失在夜空的彼端。就連敵人也不知道消失到哪裡去了。但他不可能全身而退吧——薇兒海絲此刻在心裡如此想著。

緊接著那高掛新月的世界一口氣恢復寂靜。

能夠看見未來的力量消退了。青色魔力逐漸融化掉，變得朦朧起來。

就連站在女僕身旁的主人也一樣。達成目的後，【孤紅之恤】的熱度就消退了，紅色魔力和強烈的殺氣也逐漸變得稀薄。

就這樣，她恢復成平常的黛拉可瑪莉・崗德森布萊德。

「——咦……」

那具小小的身軀晃了一下。

薇兒海絲趕緊撐住主人的身體。

「您還好嗎？可瑪莉大小姐，有沒有哪裡受傷？」

「還好……我全身有好幾個地方都在痛……但應該不會有事吧。」

「您還記得發生什麼事嗎？」

「我記得自己好像做了很不得了的事情。」

她的眼神恍惚，可能是還分不清楚夢境和現實吧。發動烈核解放的時候，當下的意識會在事後殘留越來越多，似乎出現這樣的變化了，但好像還不夠完備。這時薇兒海絲不由得發出安心的嘆息。

「可瑪莉大小姐，您擊敗了逆月的特利瓦・克羅斯。還是跟我一起。」

「……這樣啊。」

可瑪莉輕輕笑了一下。

看來她已經不再對自己的力量存疑了。

「雖然沒有太多實感……但這下姆爾納特帝國已經沒事了吧？」

「恐怕是那樣。」

「可是絲畢卡還在那邊吧。那傢伙她……」

「鎮壓完暴徒，克寧格姆大人和天津大人應該就會前往宮殿了。不管絲畢卡・雷・傑米尼有多麼神通廣大，她也不可能同時打倒那兩個人吧。」

能立下這次的豐功偉業，全都要歸功於黛拉可瑪莉・崗德森布萊德。

當皇帝不在帝國的這段期間，她將心靈的強韌和善心都發揮出來，擊退恐怖分子。她是為了大家才挺身而出的——而周遭那些人則是因為想要支援她，才會舉起刀劍。不管是阿爾卡共和國或天照樂土，甚至是白極聯邦的將軍們，他們會趕來這邊增援，都是因為可瑪莉很有人望，才會有如今這般結果吧。

這個人總有一天果然會成為引領姆爾納特帝國的吸血鬼，薇兒海絲一想到這點，心中就感到好滿足。

「好吧……既然都結束了，那就好。那我是不是可以去當半年的家裡蹲了？」

「您在說什麼呢？今後工作也會像雜草一樣，密密麻麻冒出來喔。」

「不要冒出來啦！我已經很累了！」

「可是可瑪莉大小姐不是說過『我不會再回去當家裡蹲！』嗎？」

「咕唔唔……這個跟那個是兩回事吧……」

可瑪莉沉吟了一會，但接著她似乎下定某種決心了。嘴裡大大地嘆了一口氣，然後抬頭看薇兒海絲。

「……只是呢，只要有妳在，我就不會有事吧。像這次經歷了那麼多卻還是沒死──薇兒。今後要請妳多多指教喔。」

「我如果把這個當成是一種求婚，是不是也不算錯誤解讀？」

「那完完全全就是錯誤解讀啦！」

可瑪莉將臉轉向一旁。像這樣的互動，給人感覺好像也很久沒做了。

不管怎麼說，危機已經消除。他們要趕快回到大家身邊──

不對，等等。

這裡是哪──？

「……喂，月亮消失了耶。」

「看來真的是那樣，好像哪裡怪怪的。」

這裡顯然不是她們剛才待過的姆爾納特帝國。

天空在下雪，滿月轉變成新月。原本應該熱熱鬧鬧的帝都變得跟墓地沒兩樣，鴉雀無聲。這個世界裡的帝都跟真的那個似是而非。

然而薇兒海絲心中卻有一份奇妙的感慨。這裡有著不可思議的氣息，會令她產生鄉愁。就好像造訪故鄉時，心中會湧現一股懷念的情感──不，不可能有這種事情，因為她根本就沒有故鄉。

這究竟是什麼現象呢？

她原本以為原因是出在特利瓦・克羅斯的能力上，看來似乎不是那樣。

對了——印象中剛才有出現白色的光。普洛海莉亞・茲塔茲塔斯基打出來的彈丸遭到特利瓦・克羅斯轉移，命中可瑪莉的項鍊。

那瞬間的記憶記得不是很清楚。

「可瑪莉大小姐。您還記得移動到這邊的事情嗎——」

「啊啊!?」

由於薇兒海絲突如其來聽見這道尖叫聲，害她的肩膀抖了一下。

眼見可瑪莉捧著胸前的項鍊，臉上的表情彷彿見到世界末日一樣。

「破、破掉了……」

「什麼？」

「破掉了！出現裂痕了！媽媽給的遺物被……！」

確實如此，項鍊的墜子上出現裂痕。

是不是被普洛海莉亞射出的彈丸打到，才會產生這樣的影響——想到這邊，薇兒海絲突然想起另一件事。有一道白光將可瑪莉和她帶到這個地方，印象中就是從那個鍊墜洩漏出來了。

「怎麼辦……這樣媽媽會生氣……」

「請您別哭，可瑪莉大小姐。只要去拜託天津大人就可以修好了。」

「這、這麼說也對，可是我們不能給她添太多麻煩……」

「我感覺這個項鍊是很重要的東西。只要解釋一番，天津大人也能諒解吧。先別管那個了，我們應該來想想怎麼回帝都，這才是首要之務。總之先在這附近探索看看吧──」

話說到這邊，薇兒海絲轉頭朝四周張望。

染上冰雪色彩的姆爾納特宮殿安靜到嚇人的地步。這裡真的是姆爾納特帝國嗎？自己是不是在作夢──心裡抱持這份疑念，才剛踏出第一步，薇兒海絲就覺得腹部出現疼痛感。

這是當然的。她被體內埋藏的炸彈炸傷，這些傷口都還沒治好。只是因為烈核解放讓精神狀態亢奮起來，才忽略了這部分。

「……可瑪莉大小姐，不好意思，我可不可以休息一下。」

「咦？──對、對喔！妳受傷了吧!?還好嗎……!?」

「放著不管就會好吧，這個應該不是神具造成的傷口。」

薇兒海絲當場蹲了下去。

可是冷靜下來想想，又覺得有些古怪。這些痛楚沒有在魔核效果作用下減輕，這就奇怪了——而且不知道為什麼，疼痛的感覺越來越強烈。

此時可瑪莉一臉快哭出來的樣子，在替她擔憂。

「妳真的沒事嗎!?可惡，若是我會用回復魔法就好了。」

「我沒事的，請不用擔心。」

「妳不要太逞強。我現在馬上就叫人過來——」

可瑪莉的話說到一半停住了。

薇兒海絲不經意抬頭仰望她。

接著她目睹令人驚訝的畫面。

是可瑪莉在吐血，還無力地坐在地面上。每次她一咳嗽，那片鮮紅色就會滴滴答答地垂落在冰雪上。只見她按住胸口，「嘶呼——嘶呼——」地呼吸。

「咦……咦……好奇怪喔……我的身體越來越沒力……」

這下薇兒海絲腦袋變得一片空白。

她慌慌張張跑向主人。可是腹部的疼痛早已超過負荷，害她當場倒了下去。

主人痛苦喘息又蹲坐的身影就近在咫尺。

「可瑪莉大小姐……!!」

可能是身上某個傷口裂開了，就連可瑪莉的胸口處也有血液咕嚕咕嚕地流出。將飄落下來的積雪染成一片通紅，再融入冰雪之中。

眼前發生的現實，薇兒海絲無法好好消化。

她知道【孤紅之恤】會對可瑪莉的身體強行加上負擔。在烈核解放發動過後，可瑪莉總是會遇到一種現象，那就是全身的魔力都被抽乾，還會因此住院。

而這次她發動了三次，就算身體機能毀損也不奇怪。

「可瑪莉大小姐、可瑪莉大小姐……」

彷彿是夢境中的囈語，薇兒海絲開口呼喚主人的名字。

好奇怪，這說不過去。她們打倒恐怖分子了，將會迎來大團圓結局。後續發展不應該是這樣嗎？她們還準備要一起回到姆爾納特帝國。

對了——自己會感到如此絕望，都是因為那股不祥的預感揮之不去。

看看自己的腹部，這些痛楚都沒有減弱的跡象。

那就表示這個地方很有可能不受魔核的效果庇護。

「薇……兒……」

可瑪莉正一臉痛苦地望著她。

那目光很空洞，想必是勉勉強強保有意識。

然而薇兒海絲自己也快到極限了。

女僕裝都染紅了，血液不停湧現，眼前的一切變得模糊起來。

她的手慢慢朝著主人伸過去。

她要成為這個人在人生路上前進的助力，活著都是為了這些。也許一開始只是為了報恩吧。可是隨著和她一起度過的日子越來越多，薇兒海絲的心情也慢慢出現轉變。

她想要看看黛拉可瑪莉・崗德森布萊德打造出來的和善世界。

想要一直待在她身邊，為她貢獻力量。

一路走來會那麼努力都是基於這些想法。經過這次事件，自己也和主人心靈相通了——卻要面臨這樣的結局，對薇兒海絲而言，那未免太過殘酷。

主人的身體似乎變得殘破不堪。

可瑪莉已經來到只能短促呼吸的地步，連話都說不出來。

雪花靜靜地飄落。

由於痛覺麻痺的關係，身體一點都不覺得寒冷。

然而心卻以讓人膽寒的速度凍結。

被深深的絕望覆蓋，束手無策，變得越來越冰冷。

「可瑪莉大小姐……」

薇兒海絲用沙啞的聲音呼喚那個名字。

她說什麼都不願意用這種方式死去。她們兩個將要就此氣絕身亡，這要人怎麼接受。

接下來她明明還想跟可瑪莉大小姐攜手繼續走下去——薇兒海絲就這樣對著天祈求。

就在那個時候，她聽見有人踩踏冰雪的聲音。

由於她看東西已經變得模模糊糊的了，所以沒辦法看清對方的身分。

但是那裡確實有個人在。

「——妳們兩個都長大了呢。」

也許那是幻覺。

可能是因為即將踏上黃泉路，知覺變得奇怪也說不定。

可是那個人卻用溫和的聲音輕語，讓人很難將這些和幻覺聯繫在一起。

「可是妳們還不能過來這裡，就讓我為妳們指出回家的路吧。」

或許是死期將至的關係。

身上的疼痛都消失了，彷彿先前那些都是假象。

接著有一道眩目的光芒照亮了世界。

黑暗退去——被寂靜包覆的世界再度恢復喧囂。

「妳是……」

薇兒海絲好不容易才擠出聲音。

然而對方沒有回應，只知道她好像在微笑。

在腦海中來回盤旋的疑問終究還是在冰雪吹拂中逐漸消失。就這樣，在那股溫暖的包圍下，薇兒海絲逐漸失去意識。

※

六國新聞　十二月二十一日　早報

『姆爾納特帝國動亂 崗德森布萊德將軍大活躍

【帝都——梅露可・堤亞、蒂歐・費列特】侵襲姆爾納特帝國帝都的神聖教・逆月暴動在二十日當天受到黛拉可瑪莉・崗德森布萊德七紅天大將軍等帝都勢力鎮壓。這起事件（※後人都稱之為「吸血動亂」）的主謀是神聖教第九十九代教皇暨尤里烏斯六世，絲畢卡・雷・傑米尼氏（年齡不詳）。她跟逆月的首腦——通稱「弒神之惡」是同一個人，疑似從三年前開始滲透進聖都，布局這場計畫……（中間省略）……在帝都發生的戰鬥熾烈至極。然而天津・迦流羅大神率領天照樂土大軍，納莉亞・克寧格姆總統兼八英將率領阿爾卡共和國國軍前來支援，一舉扭轉劣勢。最終崗德森布萊德將軍放出烈核解放【孤紅之恤】，將恐怖分子一掃而空。自六國大戰過後，崗德森布萊德將軍推動「世界融合」政策，這政策可以說是漂亮地開花結果。此外聖都雷赫西亞大聖堂很看重這次的事件，對外聲明今年將會實施教皇選拔會議「聖衷較量賽」……（後面省略）……』

[0] 終章

姆爾納特帝國因逆月承受龐大的傷害。

回顧吸血鬼世界漫長的歷史，帝都還是第一次被破壞到這種地步。這正好證明了敵人的攻勢有多麼猛烈、多麼奸狠。

有許多人都嘗到悲痛的滋味。

但同時，他們也抱持莫大的希望。

拯救帝都的是七紅天大將軍黛拉可瑪莉・崗德森布萊德，納莉亞・克寧格姆和天津・迦流羅等他國英雄也都來支援她了。這也證明人們只要齊心協力，即便是強大的恐怖分子也會遭到驅逐。

帝都的吸血鬼有一種預感，覺得新時代即將到來。

人們將不會再彼此傷害，最終將會攜手面對龐大的惡勢力，打造出溫暖人心的世界。黛拉可瑪莉・崗德森布萊德將軍在追求（被迫追求）的和平世界——大家已經有了切身感受，覺得這樣的世界正逐漸成形了。

「——這次是可瑪莉救了朕。那孩子還真是處處是驚奇呀。」

自從那場徹夜未歇的大騷動過後，已經過了一小段時間。

姆爾納特帝國皇帝卡蕾・艾威西爾斯待在姆爾納特宮殿的某個房間裡，嘴裡吐出大大的嘆息。這樣的動作還真不像她會做的——帝國宰相阿爾曼・崗德森布萊德在心裡想著。

窗外天氣晴朗。雖然風還很冰冷，在帝都這邊降下的積雪卻有逐漸融化的跡象。

「帝都這邊蒙受很大的損害，但是復興起來應該不用花太多時間。建設部長說了『有崗德森布萊德將軍的威光加持，願意貢獻心力的人要多少有多少』。」

「意思是說可以隨便他們壓榨就是了。怪不得可瑪莉會哀嘆『這個國家好黑心！』。」

「雖然是那樣，但不管黑不黑心，我們都必須趕緊重整旗鼓。否則恐怖分子再度來襲，我們連片刻都撐不住。」

「朕想他們應該暫時不會攻打過來吧。畢竟逆月的成員——」

「——卡蕾，先別管那個了，不如來談正事吧？我很想睡覺。」

原本坐在窗邊椅子上的少女伸了個懶腰，當下插嘴說了這句話。

現場總共有三個人。

那就是皇帝，宰相，還有七紅天貝特蘿絲・凱拉馬利亞。

身為姆爾納特帝國領袖階級的三位人物齊聚一堂。

召集人是皇帝，召集目的是為了擬定今後方針——還有要從皇帝的視角來說明這次究竟發生什麼事了。

只見皇帝一臉沒轍地說「知道了知道了」。

「若是妳打瞌睡就麻煩了，朕長話短說。話說朕這次在騷動中都沒有現身，理由在於一不小心中了敵人的圈套。本該是保護國家的皇帝，出這種事真是丟臉至極，晚點得跟國民好好賠罪。」

「是什麼樣的圈套？連卡蕾都有辦法中招，騙人的手法應該很不一般。」

「騙人的手法還滿一般的，就是突然從背後襲擊朕。只是為了誘騙朕出來而用上的道具倒是不尋常。」

話說到這邊，皇帝從懷中拿出一張紙。

應該是信紙吧，看起來甚至像是張平淡無奇的便箋。

阿爾曼漫不經心地觀望，看著那樣被人放到桌上的東西。緊接著他大吃一驚，震驚到整個天地都要為之天翻地覆的程度。

「這是……尤琳的字跡……!?」

「沒錯，上面還蘊含她的魔力。內容是說——『我在常世，不要緊』。」
「我不明白，這是什麼意思？」
「就是字面上的意思，她人就在『常世』。」
由於腦袋太過混亂的關係，這下阿爾曼連話都說不出來了。
說起可瑪莉的母親——尤琳・崗德森布萊德，她曾以七紅天的身分在世界上四處奔走，跟恐怖分子展開激烈的爭鬥，最後被戰火吞噬，忽然消失無蹤。在姆爾納特帝國政府的官方說法中，她已經視同死亡了。阿爾曼也跟孩子們解釋「你們的媽媽已經到遙遠的地方去了」。
只不過，眼前這份書信又該做何解釋。
還有那段意味深長的文字，感覺並不像她生前就寫好的。
「朕啊，恐怕就是被關在這個名為『常世』的地方。」
「卡蕾，妳是不是撞到頭了？」
「朕的頭確實是被人家打到沒錯——只是尤琳的信件上還留下別人寫的訊息。『我在核領域的〇〇〇等妳』——內容就是這些。那肯定是逆月為了把朕引誘出來才加上去的文章。換作是平常的朕，面對這點程度的小伎倆，不可能沒有察覺，但這次嗅到尤琳的氣息，朕實在無法保持冷靜。於是朕就自行做出決定，前往指定地點，有人突然從朕背後偷襲，等到朕再度醒過來——朕就來到跟姆爾納特帝國如出一轍卻又截然不同的另外一個世界。」

「??」

「那應該不是死後的世界，恐怕是同時間存在的其他世界吧。朕就是在那邊看見很像尤琳的人。」

這個皇帝在說什麼，聽得人都已經一頭霧水了。

阿爾曼要自己靜下心，皺著眉頭說了聲「陛下」。

「那麼退個一百步來說，假設妳真的前往那個叫做常世的異世界好了。那妳遇到的那個人還有可能會是真正的尤琳嗎？會不會是妳弄錯了？」

「不會，朕不可能把她的氣息跟別人搞錯，而且朕還跟她稍微說了些話。」

「真是的。是因為已經上了年紀才會……」

「你是想被朕殺掉嗎？」

「很抱歉。」

阿爾曼覺得皇帝可能真的會殺了他。

「——但話又說回來，卡蕾妳是怎麼去那個世界的？又是怎麼回來的？妳本身應該沒有那種能力吧。」

「所以朕才會被逆月暗算。他們擁有能夠在常世和這個世界間往來的力量。那幫人——應該這麼說，這股力量或許來自『弒神之惡』本身。把朕送到那個世界的人，八成就是絲畢卡・雷・傑米尼，而且印象中那天是新月。」

「那回程呢？」

「尤琳說了——『這樣下去，姆爾納特帝國會很危險』。還有，朕跟她說過的話就只有這些。原本想要追問詳細情況，那個世界卻被白色的光芒包覆。後來朕就看見被破壞到殘破不堪的姆爾納特宮殿，還有在皇帝寶座上自以為是而端坐著的絲畢卡・雷・傑米尼，甚至還看到差點被人殺死的普洛海莉亞・茲塔茲塔斯基。」

當下的阿爾曼早就已經死了，因此他無從得知詳細情況。

只是恐怖組織的首腦一看到突如其來現身的皇帝，嘴裡就說「今天先到這邊好了」，然後逃之夭夭，據說事情是這樣。既然都已經把敵人逼到這個地步了，乾脆就抓起來呀，陛下——阿爾曼差點將這句話說出口，但說了會死，還是別說好了。

貝特蘿絲接著開口了，嘴裡還在吃羊羹。

「那這麼說來，那封信真的是尤琳寫的？」

「前提是沒有運用某種特殊技術偽造。再來恐怕就是——為了讓姆爾納特帝國這邊的人知道自己平安無事，她才會寫下那封信。但中間不知道經歷了些什麼，那東西落入逆月手中。後來遭到逆月利用，成了用來算計朕的道具。」

「…………」

疑點太多了。但既然皇帝都如此斷言，他也不得不正視。「常世」「尤琳」「逆月」——這其中究竟有什麼樣的關聯性。

「……說得也是，或許卡蕾妳說得沒錯。」

貝特蘿絲將羊羹的包裝紙隨手丟掉，讓人不由得想對她說「丟垃圾桶啦」。

「我有在帝都遇到恐怖分子幹部，是身上穿著白衣的翦劉種……名字好像叫做『蘿妮．科尼沃斯』，那傢伙也說過類似的話。早知道就把她殺了。稍微不留神，她就【轉移】走了。」

「不該把她殺了，而是要抓捕起來。但事情都已經發生了，現在去講那些也沒意義。」

「還有科尼沃斯跟我說了另一件事。那就是若要開啟通往常世的門，魔核似乎就是鑰匙。」

這下皇帝沉默了。

阿爾曼也跟著閉上嘴巴，因為他沒辦法理解那些。又是常世又是魔核的，他並沒有實際親眼見過，才會沒什麼實感。

此時皇帝「嗯」了一聲，帶著嚴肅的表情點點頭，視線望向窗戶外的雪景。嘴裡看似不經意地說了這番話。

「姆爾納特帝國的魔核，其實就是尤琳的項鍊。」

「啊？」

阿爾曼彷彿被人當頭棒喝，內心感受到一陣衝擊。

他不由得凝視皇帝的側臉。

「……咦？原來那個就是魔核？那為什麼會讓可瑪莉帶著？」

「這是因為原本就該那樣。朕還沒跟她本人提起——只不過，你明明是宰相卻沒注意到啊？還是一樣遲鈍呢，阿爾曼。」

「…………」

他要用什麼樣的手段才能得知真相啊？這個吸血鬼從各方面來說未免都太獨裁了。妳也這麼認為吧，凱拉馬利亞閣下？——為了尋求對方同意，阿爾曼看向那個「無軌道炸彈客」，卻見她並未有太大的驚訝表現，而是大快朵頤另一塊羊羹。

看樣子在場的人之中，不知道魔核真面目的人就只有他。

沒把阿爾曼的絕望當一回事，皇帝嘴裡繼續說著。

「看來有必要調查一下，查查魔核究竟是什麼。」

「就算說要調查，我們又能怎麼辦？總不能拿實物來做實驗吧。」

「若是真的要做，方法有的是。最快的方式就是去質問知情的人吧——好比是『弒神之惡』。」

將這句話說完，皇帝陛下露出一個陰狠的笑容。

就這樣，姆爾納特帝國將逐步解開跟魔核和逆月有關的謎團。

看來工作量又會增加——想到這邊，阿爾曼發出嘆息。

☆

「可瑪莉大小姐，這下您總該承認了吧。」

「…………」

「這次跟平常不一樣，您還保有記憶是不是？這是因為可瑪莉大小姐的心靈也有所成長的關係。」

「…………」

「您有在聽嗎？可瑪莉大小姐，可別說您已經忘了。」

「…………說得也是。那我就稍微承認一下吧，畢竟這次還留有記憶——」

「謝謝您。可瑪莉大小姐曾經在我耳邊說悄悄話，『薇兒跟我結婚吧』，這件事我也都記得清清楚楚。」

「在說哪件事啊!?」

這次我可是傾盡全力吐槽。

十二月二十四日。在床鋪上。就跟之前一樣，我一覺醒來又來到醫院。

這種情況常常發生，也沒什麼好訝異的——可是「一醒來就在醫院」，這樣的事情實在是太扯了，已經對此習慣的自己則令人懼怕。我明明想要過更和平更安穩的生活。

但只要我在當七紅天，我就沒辦法過上和平的生活吧，我覺得我好像在這方面看開了。

沒錯，畢竟我可是背負帝都人民期待的七紅天。

那天晚上的事情，我還有印象。

不對，我當然不記得自己曾說「薇兒我們結婚吧」。那個肯定是變態女僕捏造出來的。重點不是這個——而是我還記得自己發動了烈核解放【孤紅之恤】。

在那個滿月之夜，我跟逆月的特利瓦大肆廝殺。

身上有紅色的魔力，薇兒則是放出青色的魔力。

說真的，我到現在都還懷疑那是一場夢。許多的記憶片段直到現在都還不是很清晰。可是在跟敵人對峙時，我身上好像散發平常難以想像的殺氣。曾這麼說是基於一點，那就是唯獨這份情感，我依然對它保有清晰的印象。我想為了大家而戰——懷著這樣的念頭，我才能心無旁騖地挺身出戰。

「……那後來發生什麼事了？」

「說到那個絲畢卡・雷・傑米尼，據說她已經被皇帝陛下驅逐。至於特利瓦・克羅斯則是行蹤不明。還聽說其他的逆月成員被帝都這邊的勢力驅離。」

「逆月跟神聖教是同一個組織嗎？」

「好像不是同一個。尤里烏斯六世是從三年前開始擔任教皇，在教會中權力大到足以隻手遮天，可是她這種蠻橫的手法似乎飽受教會內外批評，即便是在聖都中，依然有好幾股勢力是反對她的。還聽說目前正在舉行選出下一任教皇的儀式。」

「喔——……」

「不管怎麼說，這件事情都算是暫時落幕了。那些無法無天的恐怖分子全都被人從帝都掃地出門，原先的和平時光也回來了。」

簡單講，姆爾納特帝國大獲全勝就是了。

薇兒還說，被破壞到七零八落的帝都將會在今後重建。曾經作亂的人大部分都被抓起來了。據說接下來要對他們做些讓人毛骨悚然的事情，像是拷問或詰問之類的，不過呢，這些跟我都沒什麼關聯，我也用不著想太多吧。

就在這時，我心裡突然浮現一個疑問。

絲畢卡她——那個吸血姬到底有什麼企圖？

奪取帝都是有什麼打算嗎？

逆月的理念好像是「追求死亡即是我們的野心」那類的。可是從她的言談來看，他們的理想好像沒有這麼駭人聽聞，透露出來的感覺似乎是更為積極、更具活力。關於這點，若是不問問她本人就沒辦法弄明白吧。

「……我想再跟絲畢卡對話一次看看。」

「您還是老樣子呢，可瑪莉大小姐。我認為碰上那種鼠輩，用不著多費唇舌，直接把她捏爛就行了。話說比起那個什麼絲畢卡‧雷‧傑米尼，還有更讓我在意的事情。」

「是什麼啊。今天的晚飯菜單嗎？」

「今天晚餐就讓我來做蛋包飯吧。」

「真的嗎!?太好了!!」

「是——不對，當然這也是很重要的一件事情，但我在意的是那個有著新月的世界。」

「新月？喔喔……」

我在反芻記憶。

那個有著新月的世界。跟姆爾納特帝國似是而非的另一個世界。

我、薇兒和特利瓦這三個人被突如其來產生的白色光芒照到，然後就被傳送到那個地方了。至於契機，我好像能猜到一些。當普洛海莉亞射出來的彈丸被彈開，命中我胸口的那一刻——我好像聽見某種門扉打開的聲音。

接著我低頭看自己的胸口。

那裡有著發出紅色光芒的鍊墜。因為請迦流羅幫忙修復了，所以上面的裂痕也消失了。講真的，我不是很想讓她發動【逆卷之玉響】，但不知為何，她卻一副有所警覺的樣子，並用非常嚴肅的表情斷言「這個東西一定要修復才行」，然後毫不猶豫地替我回溯時間。

「那個世界有可能是魔核效果無法發揮的異次元。原本我連回去的方法都不曉得，正感到不知所措的當下——我耳邊彷彿聽見某個人的聲音。」

「聲音？」

「是，那是一個溫暖的聲音。我想應該就是那個人帶我們回原本的世界。然後在魔核的恩賜下，我們兩個才能撿回一命。」

「…………」

我不覺得薇兒說的那些是胡亂編造的。

這是因為我也有類似的感覺。當時我的意識變得朦朦朧朧的，但我知道有陣光亮逐漸將我包圍，就像能夠照亮黑暗的月亮。

對方說著溫柔不已的話。而且身上的氣息令人有點懷念。

溫暖到就連冰雪的冰冷都能吹散。

「——媽媽……」

薇兒的眉毛在此時動了一下。

「不，只是氣息很像媽媽。」

「……………」

我知道我自己正在說些蠢話。

媽媽她——尤琳．崗德森布萊德應該早在六年前就命喪戰場了。假如那時出現在我跟薇兒身邊的人就是媽媽，那就代表在那一小段時間裡，我曾經一腳跨進死後的世界。

除此之外，還有其他的部分也令我介意。

那就是天津覺明為我帶來的信件。

那個是不是媽媽生前寫的？不，按照常理來想，就只能朝這個方向解釋了，但我總覺得這背後好像藏了什麼祕密。

——『這個世界常存於妳的心中』。

說到底，那封信件背後到底是有什麼含意呀？

難道說媽媽還活著——我心中湧現淡淡的希望。

但也許我不該抱持太大的期待。

「……總而言之，就算去想那些，現在的我們也不可能想得多透徹。不管怎麼說，能夠平安無事生還下來，光這點就值得慶幸吧。」

「說得也是呢。」

接著我出神地眺望窗外。

醫院（屍體安置所）附近一帶，相較來說似乎比較風平浪靜，但只要稍微在帝都裡頭走一下，處處都能見到被破壞的痕跡。發生這樣的事件，虧我們能活下來，我心中湧現一股感慨。

「得跟納莉亞和迦流羅好好道謝才行。我很想送些禮物給她們，但不知道她們會喜歡什麼？」

「如果是克寧格姆大人，應該只要送她女僕裝就可以了吧。」

「那就送適合納莉亞穿的好了。我一直很想讓那傢伙親身體驗一下，看看她自己當女僕是什麼滋味。晚點再來問她三圍是多少吧。」

「噢對了，關於我的三圍——」

「不用說了啦！——那迦流羅這邊要送什麼才好？」

「天津大人的話，不如送些手工點心如何？當然必須是可瑪莉大小姐親手製作的。」

「喔喔！這個不錯喔。那就送個餅乾好了。」

「除了她們，白極聯邦的茲塔茲塔斯基大人也有趕過來這邊呢。」

「對喔還有她。她有的時候就像小孩子一樣，送她海豹玩偶好了。」

「她本人若是聽到這句話可能會大發雷霆。」

於是在我思索謝禮要如何安排時，我還想到一件事——自己實在是太受眷顧了。

光靠我的力量，說到底是不可能生還的。因為有納莉亞、迦流羅、普洛海莉亞和其他許許多多的人把力量借給我，我才能完成這一切。

「──太好了呢，可瑪莉大小姐。跟友人之間的羈絆又變深了。」

「嗯，若是她們遇到困難，我也一定要用光速趕過去。」

「假如逆月進攻阿爾卡或天照樂土，到時又能再次看到可瑪莉大小姐開無雙，害我現在心情就已經亢奮到不行了。」

「別那樣啦。說老實話若是又發生像這次這樣的戰鬥，我敢保證我一定會掛掉。」

「您不會死的，因為可瑪莉大小姐擁有烈核解放。」

這話讓我一時間有點詞窮。

我的目光從薇兒身上轉開，嘴裡小聲說了一些話。

「……好吧，我確實是做了很厲害的事情，這我也知道，但我覺得有一半還是隕石造成的。也有可能是神明降駕在我身上，大顯神通之類的。我看晚點還是去教會之類的地方獻上布丁祭拜吧。」

「您又在說這種話了？接下來可是還有一大堆戰爭在等著您喔？那個大猩猩也已經對外發表宣戰通告了呢？」

「他最好去冬眠啦！因為我也要冬眠！」

「我可不允許您冬眠。可瑪莉大小姐不是說了，『我再也不會當家裡蹲！』我的記憶力很好，絕對不會忘記。」

「咕唔唔……說那句話是因為……我一時口誤……」

我本質上依然還是家裡蹲體質，這點是不會改變的。

這次我確實稍微拿出一點幹勁了，但這不代表那份幹勁會永遠存在。只是姆爾納特帝國若是再次遭遇危機，我應該是不會跑去當家裡蹲吧。

總而言之，我接下來打算申請三個月的休假。

不管是什麼樣的人物，都還是需要休息的。雖然第七部隊那幫人放話說「我們不需要休息」，但是那些人全都是狂戰士，不能跟人類相提並論。

想著想著，我看見薇兒笑著說了一句「開玩笑的」。

「我想我能明白可瑪莉大小姐的心情，我是不會勉強您的。」

「嗯，再怎麼說妳都是我忠誠的女僕嘛。」

「是，所以說明年的工作，從現在就會開始著手準備。先跟您說一下，一月預計安排十五場戰爭。我們目前正在向各國廣發戰帖，時期就定在二月——」

「妳果然對我的心情是一點都不了解啦!!」

薇兒在竊笑。那有什麼好笑的啊。

「不會有問題的，因為可瑪莉大小姐身邊有我跟著。」

「…………………」

這傢伙還真是充滿自信。

不過……多虧有她，我才能夠成長。春天的時候打倒米莉桑德，在七紅天爭霸戰中獲勝，夏天遇到六國大戰，跟納莉亞變成好朋友。秋天則是在天舞祭上對自己的夢想產生自覺，來到了冬天，透過跟恐怖分子作戰，我找到了自己應該要做的事情。

即便今後又發生其他的騷動，只要跟薇兒在一起，想必都能逢凶化吉——我有這種感覺。

「……妳不會再次從我身邊消失吧？」

「這是當然的。無論何時，我都會待在您身邊——因為我們可是交換過血液的主僕。」

「就是啊。聽妳這麼一說，還真的是這樣呢。」

「話說回來，我的血液嘗起來味道如何？」

怎麼突然說這個？

「我想想……要說味道的話——」

「可瑪莉大小姐的血液非常甘甜喔，那我的血液感覺怎麼樣？」

「這、這個嘛……是還不錯啦……」

「還不錯？那味道喝起來感覺怎麼樣呢？」

「就、就喝起來沒什麼問題呀！對於討厭血液的我來說，這是很驚奇的體驗。」

「那就好。話說味道呢？味道嘗起來如何？」

「妳怎麼一直在問味道啊！味道有那麼重要嗎！」

「很重要。那麼您覺得如何，可瑪莉大小姐。」

薇兒突然間靠了過來，我不由得在床鋪上退後。

我跟變態女僕不一樣，是不擅長撒謊的人。甚至會把想法直接寫在臉上。看也知道不管我說什麼都會被薇兒揶揄。怎麼辦？該怎麼辦？我真的覺得好難為情喔——就在這個時候，我想到一個好點子。

只要改變話題就好了。

「——那、那還用說！妳的血液有著『光輝的未來滋味』！」

「什麼？請問這是什麼意思？」

「跟同年紀的人比起來，我的身材比較矮小，那是因為我之前都不太喜歡吸血。可是不知道為什麼，薇兒的血液卻不至於讓我喝不下去。今後只要繼續攝取妳的血液，那樣我的身體就會跟土當歸一樣，長得又高又大吧。」

「可瑪莉大小姐的身高是不會長高的。」

「為什麼!?」

「因為我都透過【潘朵拉之毒】看見了。」

「…………………」

為什麼要做那麼過分的事情？

既然未來都被人看光了，那我不就沒救了。

我都快哭出來了，薇兒卻神情認真地說「請您放心」。

「可瑪莉大小姐是除了身高以外都能攝取營養的類型……」

「這樣哪裡讓人放心了!!」

簡直是糟透了。聽起來我若是攝取這傢伙的血液，身材可能會往橫向發展。

我果然還是很討厭鮮血，我看今後還是盡可能不要吸血好了。而且吸食血液還會發動烈核解放，到時就會像隕石砸下來那樣，演變成大慘案。

接著薇兒又輕笑著補上一句。

「——只不過，可瑪莉大小姐似乎不討厭我的血液，這樣我就放心了。」

「我再也不會喝妳的血液了。」

「您別這麼說嘛。等到您能夠將烈核解放收放自如了，我們每天晚上都互相吸血吧。」

「那種事情我才不做！」

我將臉轉向一旁，人倒在床鋪上。

這個女僕真是讓人不愉快。這傢伙都把主人當成什麼了——心中感到憤慨的我用毛毯包住自己。

話說若是少了這傢伙，我也別想繼續當將軍了，這倒是事實。

再加上多虧有她，我才得以成長，這則是另一個事實。

雖然她或多或少會有些無禮表現，但我就原諒她吧。畢竟她總是將我擺在第一位，為我著想，還會做蛋包飯給我吃。若是我捅了什麼婁子，她都會用意想不到的方式替我解決。更重要的是——她對我而言是無可取代的女僕。

就在這個時候。

病房的門忽然被人粗暴地開啟，發出一陣「喀啦」聲。

「閣下！屬下有事情稟報！」

沒頭沒腦地，卡歐斯戴勒跑過來報到了，還在那大聲嚷嚷。

我趕緊端正姿態，在床鋪上擺出高高在上的樣子。我可不想在部下面前顯露出軟爛的模樣。話說這傢伙也太不客氣了吧，怎麼有辦法大剌剌地闖進上司的病房。難道都沒有常識嗎？我看大概是沒有吧。

「你怎麼了，卡歐斯戴勒。我是覺得也差不多該來殺個人了，可是醫院這邊的人還不允許我出院。所以說，戰爭就要延後——」

「不是在說這件事。而是黛拉可瑪莉・崗德森布萊德的雕像完成了。」

「啊？」

這傢伙在說什麼？

薇兒接著用冷靜的語調接話，「那還真是不錯呢。」

「如果要放在姆爾納特帝國，果然不該放神明的雕像，而是要放可瑪莉大小姐的雕像才對。我們趕快去看一看吧，可瑪莉大小姐。」

「咦？等等——不要拉我啦！我現在就換衣服！」

我就這樣被人強行拉著手帶走了。

心中只剩下不好的預感。

☆

那不好的預感成真了。卡歐斯戴勒透過【轉移】，讓我們來到變得破破爛爛的姆爾納特宮殿。牆壁跟天花板都被破壞掉，裸露出來的走廊上堆著積雪。這樣的光景實在太讓人痛心——只不過現在那些事都不重要了。

因為我已經看到那個黛拉可瑪莉・崗德森布萊德雕像了。

除此之外，我也不知道該怎麼形容現在的情形。

那個地方原本應該是放絲畢卡帶過來的神像——卻不知為何，演變成巨大化的我兩手都比「ＹＡ」，屹立於該處。

而且周遭還有一大堆觀光客。

他們抬頭看我的銅像，嘴裡說著「好厲害啊。」「跟閣下超像。」「來拍照吧。」「新的姆爾納特名產誕生了。」「啊啊神啊……啊啊神啊……請為世界帶來和平。」，諸如此類的。最後那個傢伙一定是把我跟神明搞錯了。簡直莫名其妙。

「……這是——什麼。」

「這是閣下的銅像。」

「看也知道啊!?為什麼會建造出那種東西呀!?也太奇怪了吧!?」

「閣下是忘了嗎？為了讓全世界都能瞻仰閣下的威光，我們才會建造這座銅像。而且還根據薇兒貝絲中尉的要求做改良，弄成可以從眼睛噴發光波的版本。」

這麼說來，薇兒好像有說過那樣的話。

哎呀好丟臉喔，拜託不要弄成那樣啦。這樣很莫名其妙耶。

外國的偉人若是來了，他們大概會覺得「這是什麼鬼東西呀？」為此感到狐疑吧。這豈止讓人臉快要噴火，我根本連整張臉都要爆發了啊。

當我想到一半，其他那些人也發現我來了。仔細看會發現這些人之中還混雜第七部隊的成員。他們一認出來的人是我，立刻滿臉笑容地靠近，嘴裡喊著「閣下!!」。

「閣下!您這次的活躍表現真是太有看頭了!」「多虧有閣下在,帝國才能得救!」「真正的閣下比銅像還要偉岸呢!」「閣下請看。有那麼多人都在為閣下獻上祝福喔!」「耶——!閣下的時代即將到來。毀掉整個宗教,結果還是很OK。」

這下我的羞恥心要突破極限了。

像是在找根救命稻草來抓,我懷著那樣的心情大叫。

「我、我說梅拉康契!你很喜歡把建築物炸掉對不對?我是不會特別指名道姓是哪一棟啦,但你不覺得那邊剛好建了很適合炸掉的銅像嗎?」

「我不能炸掉神像。」

「為什麼只在碰巧需要你的時候當好孩子啊!?」

根本就沒人願意傾聽我的願望。

那些人都跟笨蛋一樣,在那大叫「可瑪莉!可瑪莉!可瑪莉!可瑪莉!」就連第七部隊以外的吸血鬼也滿臉笑容,一雙眼睛不停望著我。這些人未免也太會鼓譟了吧——想是那樣想,不知道為什麼,我覺得心裡暖洋洋的。

我有種感覺,覺得日常生活總算又回歸了。

也許我就是為了這份感慨才持續奮戰吧。當然我死都不想碰那些危險事件,可是這些人那麼信賴我,我才會產生一種心情,想要試著稍微為他們努力看看——

「可瑪莉大小姐，明天開始也要努力殺戮喔。」

「我才不要那樣————!!」

才剛萌芽的心情又縮回去了。

發自靈魂的吶喊沒入冬季的天空中，逐漸消逝。

啊啊。

搞不好我真的更適合當家裡蹲……

就這樣，家裡蹲吸血姬的鬱悶日子還要繼續下去。

（終）

結果到頭來，他們還是沒能奪取姆爾納特帝國。
不過這次還是先果斷抽身吧。
黛拉可瑪莉那拚搏賣命的樣子足以打動人心。不分敵人還是我方，能夠感化周遭其他人，她擁有那樣壓倒性的魅力和精神力——她擁有如此強韌的心，很想替她拍拍手。不如就送我很喜歡吃的鮮血糖果當禮物吧。
但這些姑且不談。
眼下她暫時可以回去過她夢寐以求的家裡蹲生活。
逆月失去大半的成員，原先在帝都那邊作亂的人都被姆爾納特帝國政府逮捕了。他們這邊若是要重新出發，想必也需要花上一段時間吧。
「……我看我也來休息一下好了，雖然我一天到晚都在休息。」
眼裡眺望著夜空，我拿出新的糖果。
滿月發出明亮的光芒，那是跟夜之國很匹配的黃金色寶石。
光只是看著，心中都會湧現不明所以的情緒。不知道我的夢想什麼時候才能實現——我為此覺得有點傷感。
不。那一定會實現的。
因為我有夥伴。就跟黛拉可瑪莉一樣，身邊有很信賴我的夥伴在。

☆

等到特利瓦・克羅斯醒來的時候，一切的事情都已經結束了。

姆爾納特帝國被黛拉可瑪莉・崗德森布萊德搶回去，派去襲擊帝都的逆月成員也都被帝國軍抓起來了。再來就是「弒神之惡」和特利瓦拿來當幌子的大聖堂，那裡也已經被「反尤里烏斯六世派」占據，據說他們還在那裡辦理選舉新任教皇的活動。

這次他們輸得一敗塗地。理想又距離他們更遙遠了——想到這邊，特利瓦嘴裡吐出嘆息。

「……光是能夠撿回一命都算僥倖了吧。」

等到他發現的時候，自己已經被人放在床鋪上躺著了，失去的左手也在魔核力量催化下恢復原狀。公主大人有說「是我把你帶到核領域去的喔！」

特利瓦又嘆了一口氣，看向窗戶外面。

這個逆月基地好像是改造古城而來的，可是成員的身影都已經消失了。目前大概都被關在姆爾納特帝國的監牢吧。人走在走廊上，特利瓦心中感受到一絲落寞。

「外面都積雪了呢！要不要去堆雪人？」

「……公主大人。」

也不知道是什麼時候來的，他背後出現了「弒神之惡」——絲畢卡・雷・傑米尼。她的雙眼發出如星斗般的光芒，朝著特利瓦靠過來。就像平常一樣，嘴裡含著顏色很像鮮血的糖果。

「你還好嗎？傷都治好了？」

「託公主大人的福，我現在都能夠作戰了呢。」

「是嗎？可是因為你的緣故，逆月元氣大傷喔。」

特利瓦口裡變得乾澀起來。

逆月會變得搖搖欲墜，責任都在特利瓦身上。畢竟就是他對絲畢卡放話「我一定會擊潰【孤紅之恤】」，且投身於這次的作戰計畫。他確實是化解了【孤紅之恤】兩次——最終卻遭到逆轉。

而且還輸得悽悽慘慘。

就他現在的立場而言，就算被殺掉也不能有怨言。

「我不會找藉口，不管要如何處分都行。關於這次的騷動，所有的責任都在我——」

砰。

有一隻手放到他頭上。沒料到會發生這種事情，特利瓦一時間說不出話來。

是絲畢卡伸長背脊，在摸特利瓦的頭。摸起頭來手法輕柔，就很像在安撫孩子一樣。特利瓦不明所以地僵住身體。

「這……公主大人——」

「做得好啊！雖然組織變得七零八落的，可是我們成功給予姆爾納特帝國重創。這都是你的功勞喔！特利瓦。」

「可是——」

「『逆月對失敗者毫不留情』——這股風潮形成的時期大約是在三十年前左右吧？那是當時的朔月擅自決定的！我都叫他們別那樣了，他們還是一意孤行。浪費人力資源真的是不太好……話說你要不要彎一下身體？我的腳都快要抽筋了喔？」

「非常抱歉。」

順著對方的話，特利瓦彎下身，同時還在腦中想些事情。

那就是他看不穿絲畢卡的心思。這名少女的想法真的有那麼天真嗎？

有那麼一陣子，她都在摸特利瓦那顆滿是疑問的頭。接著她笑咪咪地露出彷彿像是太陽一般的笑容，然後才從特利瓦身旁離開，接著搖晃紅色的糖果開口。

「……逆月元氣大傷。為了實現我的夢想，我要讓你賣命。」

「屬下明白。只要是我能做到的，無論什麼都願意做。」

「很好！看特利瓦你那麼忠心，我要給你獎品！」

「咦？——咕。」

突然有個糖果塞入他口中，是公主大人常常在舔的紅色糖果。

一股血腥味在嘴巴中擴散開來，那讓特利瓦有種想吐的感覺。吸血鬼很喜歡飲用這種東西，他們的味覺未免也太奇怪了吧？

「好難吃……」

特利瓦情不自禁地出聲。

絲畢卡的眼睛也在那時閃了一下。

「你說什麼？」

「什麼都沒說。」

「是這樣啊？那我們就先來開會吧！」

「開會……是嗎？」

「也差不多該來跟大家細細講一講我的目的和背景了，我覺得這樣會比較好。經過這次的事件，我敢肯定這一代的朔月值得我那麼做——啊，芙亞歐！妳來得真快！」

從走廊深處，有個長著狐狸耳朵的少女走了過來。

她一看見絲畢卡的身影就說了聲「來了」，一臉沒勁的樣子。

「……有什麼事，拜託長話短說。」

「妳身上的傷已經好了嗎？妳好像被普洛海莉亞・茲塔茲塔斯基傷得很慘。」

芙亞歐的狐狸耳朵在這時動了一下。

「其實也不是什麼大傷。再說我若是真的出手作戰，才不可能輸掉。都是因為『檯面下』的人出來攪局，才會造成這樣的結果——」

「但輸了就是輸了吧？」

「…………這我也知道，只不過是優先順序改變罷了。在黛拉可瑪莉・崗德森布萊德之前，我就先殺了那個囂張的蒼玉種吧。」

「是嗎！加油喔。」

芙亞歐臉上的神情不悅地扭曲。

「……趕快把要事說一說，我很忙的。」

「等到天津和科尼沃斯過來，我會詳細說給妳聽的。例如絲畢卡・雷・傑米尼是基於怎樣的想法，才會當逆月的頭目——還有常世和魔核的相關資訊，這方面也有很多話要說喔。」

「若是說起來很冗長，把我排除在外也無所謂。」

「芙亞歐，不要老說這麼任性的話。」

「又沒關係。這種急性子的特質也很有魅力喔——只不過呢，對了。另外那兩個人或許能夠自行意會，那我就先挑些重點，跟芙亞歐和特利瓦你們說說吧。」

此時絲畢卡臉上浮現滿足的笑容。

接著她說話的語調彷彿孩子在跟人炫耀惡作劇計畫。

「——我的目的是破壞魔核，開啟通往常世的門扉。要讓這個世界上的家裡蹲通通來到外面去！」

經過這次事件，逆月幾乎喪失身為一個組織該有的機能。

接下來短時間內，他們不會發動大規模恐怖行動來謀奪魔核。

黛拉可瑪莉·崗德森布萊德將能夠迎接片刻的和平時光吧。

只不過——那不代表所有的事情都解決了。

只要絲畢卡的心還沒有屈服，只要絲畢卡的心沒有改變。

那麼家裡蹲吸血姬能夠放心睡懶覺的日子將不會到來。

後記

我是受各位關照的小林湖底。後記是在截稿日快到的時候才開始寫的，所以我想不到要寫什麼（這已經是老戲碼了）。於是我要來發表第五集特別讓我喜愛的幾個場景。這樣可能會形成些許的劇透作用，若是有人先從後記開始閱讀，要跟你們說聲抱歉。

一：「妹妹登場」——之前三不五時都會突顯還有這號人物存在，原本形象一直不明的蘿蘿可小妹妹，這次帶著飽滿的形象登場了。像這種天真無邪卻又工於心計的角色，我個人很喜歡。

二：「女僕佐久奈」——失去了薇兒，一蹶不振的可瑪莉在追求一道幻影。在本作中常常被人描寫成美少女的佐久奈，打扮成女僕的樣子後，對可瑪莉而言是足以魅惑人心的超級美少女。

三：「米莉桑德回歸」——在可瑪莉和米莉桑德之間，想必她們互相對對方抱持複雜的情感吧。我有預感她們絕對不可能變成朋友。只是透過這次的事件，希望她們在談話時可以少些顧忌……以上是我個人的淺見。

四：「夥伴們趕過來的橋段」——這同時也是可瑪莉一直以來的努力耕耘獲得回報的橋段。這是我寫得最開心的一段……

五：「最終決鬥」——薇兒和主人形成雙人搭檔發揮所長的橋段。明明是本作的主要角色，從第二集到第四集卻都在最後關頭昏厥，要不然就是被排除在重要片段外，但這次終於可以和主人一起戰鬥到最後。主僕關係果然是很美好的。

六——原本還想寫六，但是礙於篇幅限制，只好割愛了（其實還有很多場景也是我個人很中意的，但是講太多可能不太好，我還是自律一點吧）。

多虧有各位，《家裡蹲吸血姬的鬱悶》才能夠出到第五集。在這個第五集裡，序戰算是告一段落了。可瑪莉跟她的家裡蹲時代相比，已經成長到不能相提並論的程度。只不過「想當家裡蹲卻不能繼續蹲」的狀況還會持續下去吧。若是各位能夠繼續陪伴我，那將是一大幸事。

話說這部家裡蹲吸血姬在創作概念上，我都會比較著重「悠哉輕鬆加上殺伐」這樣的氛圍，不過最近感覺起來一直都是「殺伐加上殺伐」。希望下一集可以寫寫具「悠哉輕鬆加爽快感」的日常故事。我覺得偶爾也是需要休息一下的……

接下來是遲來的道謝。

給這次畫插圖一樣可愛又帥氣的りいちゅ大人，還有將書籍裝訂弄得又華麗又好看的柊椋大人，從情節安排開始就熱心給予建議的責任編輯杉浦よてん大人，以

及其他與本書發行有關的諸多人員，再來就是手裡拿了這本書的各位讀者。我要對你們所有人致上深厚的謝意——很謝謝你們!!那我們下次再見。

小林湖底

浮文字

家裡蹲吸血姬的鬱悶 5

（原名：ひきこまり吸血姫の悶々5）

著　者／小林湖底
繪　者／りいちゅ
譯　者／楊佳慧
執　行　長／陳君平
美術總監／沙雲佩
文字校對／施亞蒨
榮譽發行人／黃鎮隆
美術編輯／陳聖義
內文排版／謝青秀
協　理／洪琇菁
執行編輯／石書豪
總　編　輯／呂尚燁
國際版權／黃令歡、高子甯

出　版／城邦文化事業股份有限公司 尖端出版
台北市中山區民生東路二段一四一號十樓
電話：（〇二）二五〇〇－七六〇〇
傳真：（〇二）二五〇〇－二六八三
E-mail: 7novels@mail2.spp.com.tw

發　行／英屬蓋曼群島商家庭傳媒股份有限公司城邦分公司　尖端出版
台北市中山區民生東路二段一四一號十樓
電話：（〇二）二五〇〇－七六〇〇（代表號）
傳真：（〇二）二五〇〇－一九七九

中彰投以北經銷／楨彥有限公司（含宜花東）
電話：（〇二）八九一九－三三六九
傳真：（〇二）八九一四－五五二四

雲嘉經銷／智豐圖書有限公司　嘉義公司
（嘉義公司）　電話：（〇五）二三三－三八五二
傳真：（〇五）二三三－三八六三
（高雄公司）　電話：（〇七）三七三－〇〇七九
傳真：（〇七）三七三－〇〇八七

南部經銷／智豐圖書有限公司　高雄公司
電話：（〇七）三七三－〇〇七九
傳真：（〇七）三七三－〇〇八七

香港經銷／一代匯集
香港九龍旺角塘尾道六十四號龍駒企業大廈十樓 B & D 室
電話：（八五二）二七八三－八一〇二
傳真：（八五二）二五八二－一五二九

新馬經銷／城邦（馬新）出版集團 Cite（M）Sdn. Bhd.
E-mail: cite@cite.com.my

法律顧問／王子文律師　元禾法律事務所
台北市羅斯福路三段三十七號十五樓

二〇二三年六月一版一刷
二〇二三年十二月一版二刷

■中文版■

郵購注意事項：
1.填妥劃撥單資料：帳號：50003021戶名：英屬蓋曼群島商家庭傳媒(股)公司城邦分公司。2.通信欄內註明訂購書名與冊數。3.劃撥金額低於500元，請加附掛號郵資50元。如劃撥日起 10～14日，仍未收到書時，請洽劃撥組。劃撥專線TEL：(03)312-4212 ・ FAX：(03)322-4621。E-mail：marketing@spp.com.tw

國家圖書館出版品預行編目資料

家裡蹲吸血姬的鬱悶 / 小林湖底作 ; 楊融融譯 . -- 1 版 . -- 臺北市 : 城邦文化事業股份有限公司尖端出版 : 英屬蓋曼群島商家庭傳媒股份有限公司城邦分公司發行 , 2023.06-

冊 ; 公分

譯自 : **ひきこまり吸血姫の悶々**

ISBN 978-626-356-679-8 (第 5 冊 : 平裝)

861.57　　112005640